한일 학문의 역전

조동일

지식산업사

조동일 趙東一

서울대학교 불문학·국문학 학사, 서울대학교 대학원 국문학 석박사.
계명대학교·영남대학교·한국학대학원·서울대학교 교수를 역임하고, 현재 서울대학교 명예교수, 대한민국학술원 회원이다.
《한국문학통사 제4판 1~6》(2005), 《동아시아문명론》(2010), 《서정시 동서고금 모두 하나 1~6》(2016), 《통일의 시대가 오는가》(2019), 《창조하는 학문의 길》(2019), 《대등한 화합》(2020), 《우리 옛글의 놀라움》(2021), 《국문학의 자각 확대》(2022) 등 저서 다수.
화집으로 《山山水水》(2014), 《老巨樹展》(2018)이 있다.

한일 학문의 역전

초판 1쇄 인쇄   2023. 2. 8.
초판 1쇄 발행   2023. 3. 1.

지은이   조동일
펴낸이   김경희
펴낸곳   (주)지식산업사
본사 ● 10881, 경기도 파주시 광인사길 53(문발동)
전화 031-955-4226~7 팩스 031-955-4228
서울사무소 ● 03044, 서울시 종로구 자하문로6길 18-7
전화 02-734-1978, 1958 팩스 02-720-7900
영문문패 www.jisik.co.kr
전자우편 jsp@jisik.co.kr
등록번호 1-363
등록날짜 1969. 5. 8.

책값은 뒤표지에 있습니다.

이 책에 대한 문의는
지식산업사로 연락해 주시길 바랍니다.

한일
학문의
역전

조동일

지식산업사

머리말

한국이 선진국이 되어, 일본과 선후 역전을 한다는 말을 많이 한다. 과연 그런가? 경제는 역전된다고 해도, 학문의 역전은 의심스럽다. 학문이 뒤떨어져 있으면, 한일의 선후 역전이 헛된 희망이다. 학문은 뒤로 물러나 있다가 혜택을 누리려고 하지 말고, 역전의 선도자여야 한다.

우리 학문의 실상은 어떤가? 자연학문을 우선적으로 발전시키려고 많은 투자를 해도 성과가 기대하는 것만큼 크지는 않다. 지원 순위가 밀린 사회학문이나 인문학문이 허약한 것은 어쩔 수 없다고 할 것은 아니다. 사회학문은 정체성 확립이 의심스럽다고 할 수 있으나, 인문학문에는 정신 차리기를 임무로 삼고 적극적으로 노력하는 움직임이 있다. 한일 학문의 우열을 역전시키는 성과를 이룩하고 있다.

어느 분야가 그렇다는 말인가? 내가 전공하고 있는 문학사이다. 문학사는 내용으로 삼는 유산이나, 유산에 대해 고찰하는 이론 양면에서, 학문의 수준을 말해주는 지표이다. 나라다운 나라는 문학사를 잘 쓰려고 하는 치열한 경쟁을 벌이고 있다. 이 경쟁에 재빨리 참여한 일본은 앞서고, 나라를 잃어 뒤늦게 나설 수밖에 없던 한국은 뒤떨어진 것이 당연하다고 할 것인가? 아니다. 문학사 서술의 선진화를 위한 경쟁에서, 한국이 선후 역전을 이룩하고 있다.

문학사에서 선후 역전이 일어나고 있는 이유가 무엇인가? 일본은 문학사를 서술하는 방법을 유럽에서 가져와 선진 학문을 하려고 하는 수입학으로 일관해 왔다. 한국은 문학사 서술의 이론을 스스로 마련하면서 필요한 방법도 갖추는 창조학으로 나아가고 있다. 수입학의 위세를 창조학이 자라나면서 뒤집는다.

문학사의 창조학은 한국문학사에 머무르지 않고, 동아시아문학사·세계문학사로 나아가면서 타당성 검증을 확대한다. 문학·역사·철학을 함께 연구해 얻은 인문학문의 통찰력을 사회학문과 자연학문을 포함하는 학문 전반의 원리로 정립한다. 천지만물의 근본 이치를 새롭게 밝히는 데까지 이른다.

이 작업은 유럽문명권에서 주도해온 근대 학문의 폐해를 시정하고 다음 시대 학문을 이룩하는 지침을 제시하는 의의를 가진다. 이에 관해 일본 학자들과 토론해 동의를 얻고, 세계학문을 혁신하기 위해 함께 나아가자고 한다. 한일 학문의 역전이 한일 학문의 동행이게 하자고 한다.

차 례

1. 논의의 방향

한국이 선진국이 되고, 일본보다 여러 면에서 앞서 나간다고 한다. 과연 그런가? 일본 제조업이 일시적인 장애를 겪고 있는 기회에 한국이 일어선 것을 대단한 능력이라고 착각하지 말아야 한다. 뛰어난 기술로 물건을 잘 만들어 경제 발전의 수치가 올라간다고 해도, 학문이 뒤떨어져 있으면 선후 역전을 이룩한 것은 아니다.

기술 향상이나 경제 발전은 창조력을 근거로 이루어진다. 창조력을 제공하는 학문이 경쟁력의 원천이 된다. 한일 비교를 제조업의 기술 수준에서 피상적으로 하는 데 그치지 말고, 학문의 창조력을 문제로 삼아야 본질적인 논의를 할 수 있다. 유럽문명권이 세계를 제패하는 물리적인 힘을 행사하는 것은 학문을 선진화했기 때문이다. 한일 두 나라도 학문의 선진화에 힘쓰는 것이 당연하다. 그 방향이나 방안이 달라 격차가 벌어졌다.

일본은 유럽문명권에서 이룩한 선진 학문을 재빨리 배우고 따르는 수입학에 힘써 상당한 정도로 성공을 거두었다. 그 결과가 한때 눈부신 경제 발전으로 나타났다. 한국도 수입학이 학문 선진화의 마땅한 방안이라고 여기고 뒤늦게 나섰다가, 선발 주자인 일본과의 격차를 줄이지 못하고 경쟁력 결핍에 시달렸다. 일본에 대한 기술 의존이 심해지고 무역 적자가 누적되었다.

이런 질곡에서 벗어나려면 근본적인 반성이 있어야 한다. 일본에서 가져온 기술을 어느 정도 개량해 일본이 불황을 겪을 때 앞지르는 재간을 보이면 된다고 여기는 수준의 사고를 버리고, 무엇이 문제인지 철저하게 검토하고 기본 작전을 다시 세워야 한다. 학문의 방향을 돌려야 한다.

우리 학문을 선진화하려면 어떻게 해야 하는가? 여기서 의문을 새삼스럽게 제기하고, 바람직하게 해결하기 위해 일본의 전례를 검토하고, 일본이 이미 택한 방안과 우리가 택해야 할 방안을 비교한다. 일본과는 다른 한국의 길을 찾고자 한다. 한국의 길을 찾아 앞서 나가고자 한다.

일본은 脫亞入歐를 표방하면서 유럽문명권 학문을 받아들이는 수입학을 학문 선진화의 방안으로 삼았다. 한국은 이렇게 할 수 있는 기회를 잃어 식민지가 되는 수난을 겪었다. 그러나 지금이라도 수입학에 힘써서 일본처럼 되는 것을 선진화의 방안으로 삼아야 하는 것은 결코 아니다. 같은 길로 가면 계속 뒤떨어지고 앞설 수 없다. 앞서는 길을 찾아야 한다.

한국은 수입학이 아닌 창조학을 발전시켜야 한다. 그 결과를 가지고 먼저 일본학문을, 다음에는 유럽문명권 선진국들의 학문을 토론의 대상으로 삼고 넘어서야 한다. 이렇게 하는 방안에 관한 이미 해온 작업을 검토하고 그 의의를 평가하면서 앞으로 더욱 힘써 해야 할 일을 말한다. 한국 학문 발전을 위한 전략을 긴 안목과 깊은 성찰을 갖추고 제시하고자 한다.

학문의 모든 분야를 한꺼번에 거론할 수는 없어, 나의 전공 분야 문학사를 논의의 출발점으로 삼는다. 자국문학사 서술은 학문의 수준에서 결정적인 의의를 가지는 예증이다. 문화유산 정리와 이론정립 양면에서, 문학사는 학문의 모범을 보인다. 어느 나라든지 문학사를 잘 쓰는 세계적인 경쟁에서 앞서려고 하는 것이 당연하다.

문학사에서는 일본 학문과 한국 학문의 차이점이 분명하다. 일본은 유럽문명권의 선진 학문을 배우고 따르는 수입학을 잘하는 것을 보여주어 선진의 대열에 들어섰다는 평가를 얻고자 했다. 자료와 사실을 엄밀하게 다루고, 일본문학사의 특수성을 밝히는 것을 특히 소중한 과제로 삼고 미시적인 작업에 힘썼다.

한국은 민족의식 각성을 위해 문학사를 찾고, 거시적인 이론을 장기로 하는 전통을 되살려 문학사를 스스로 해명하는 창조학을 하려고 고심해왔다. 한국문학사에서 정립한 문학사 이해의 보편적 이론을 적용해 동아시아문학사를, 다시 세계문학사로 새롭게 이해하고자 한다. 이에 관해 일본뿐만 아닌 다른 많은 나라에서도 열띤 토론을 했다. 일본이 수입해온 유럽문명권 학문도 논란의 대상으로 삼고, 잘못을 바로잡으려고 했다.

선진 학문을 가져오는 수입학에서는 일본보다 뒤떨어진 약점을, 한국은 창조학을 이룩해 스스로 선진화하는 길을 찾아 해결했다. 일본은 근대학문을 완성하려고 하고, 한국은 근대를 넘어서서 다음 시대로 나아가는 학문을 하려고 한다. 이것은 선진이 후진이고 후진이 선진이게 하는 선후 역전의 좋은 본보기이다. 논의가 여기서 결말에 이르는 것은 아니다.

한국에서 이룩하는 비약이 충격을 주어, 일본도 달라지기를 바란다. 일본 또한 수입학에 머무르지 않고 창조학에 힘을 써서 한국과 동행하기를 기대한다. 동아시아학문의 전통을 재창조하는 작업을 함께 하고 동아시아문학사를 널리 모범이 되게 서술해 세계문학사 이해의 유럽중심주의를 바로잡기 위해 공동의 노력을 하자고 한다. 근대를 넘어선 다음 시대로 함께 나아가자고 한다.

문학사에서 보여주는 학문 선진화의 방안, 한일 학문의 역전과 동행이 널리 모범이 된다고 인정하고, 다른 학문에서도 받아들여 성과를 확대할 수 있기를 바란다. 먼저 인문학문이, 다음에는 사회학문이, 그 다음에는 자연학문이 호응할 것을 기대한다. 여러 분야가 참여해 토론하면 이미 얻은 결과를 보완하고 발전시켜 타당성과 유용성을 더욱 분명하게 할 수 있을 것이다.

선진국이 되려면 학문을 선진화해야 한다. 상품은 수출하고 학문은 수입하는 나라는 선진일 수 없다. 수출 상품이 많아져 무역 흑자는 늘어나는데, 학문이 수입에 의존하는 정도는 더욱 심해지는 불균형이 심각한 문제인 줄 알고 힘써 해결해야 한다.

수입하는 학문인 수입학을 일삼으면서, 수출하는 상품을 적절한 수준에서 만드는 것은 아직 뒤떨어진 상태에서 선진국을 뒤따르는 시기에 하는 일이다. 수출 상품의 경쟁력을 품질이 아닌 저임금에서 확보하는 것이 요령이었다. 이런 방식으로 경제를 발전시키고, 국민소득을 늘여왔다.

이제 국민소득이 3만 불을 넘어서서, 이런 방식을 버려야 한다. 저임금을 경쟁력으로 삼을 수 없게 되었다. 오직 품질로 다투고 시비해야 한다. 학문도 예외가 아닌 것을 분명하게 알아야 한다. 학문하는 사람들이 꿈에서 깨어나지 못하고 딴소리를 하고 있는 시대착오나 직무유기를 엄중하게 나무라야 한다.

앞에 나서서 나라를 이끌어야 할 학문이 뒤에 처져서, 앞으로 나가지 못하게 방해하는 것을 용납할 수 없다. 책임을 묻고 죄를 다스리지 않을 수 없다. 내막을 알고 온 국민이 분노하기 전에 스스로 비판하고 처벌해야 한다. 새 출발을 하기 위해 극단의 노력을 해야 한다.

나라의 위상을 수치를 들어 확인해보자. 인구 5천만 이상이고, 국민소득 3만 불 이상인 나라를 국민소득 순위로 들어보자(IMF 2021년 자료, 국민소득 미국 달러, 인구 만 명). 미국 63,375(33,291), 독일 50,787(8,390), 영국 46,200(6,820), 불국 42,330(6,542), 일본 40,704(12,536), 이태리 35,584

(6,036), 한국 35,143(5,166)이다. 이태리와의 역전이 이루어지고 있다.

한국이 위의 순위에서 세계 7위이니 선진국임에 틀림없다. 학문에서는 선진국이라고 할 수 없는 것이 문제이다. 소득은 선진국이고 학문은 뒤떨어져 있는 불균형을 시정해야 정상적인 나라가 되고, 바람직한 발전을 하게 된다. 상품은 수출하면서 학문은 수입하는 비정상을 시정해야 한다. 선진국을 따르면서 선진국이 되려고 하는 생각을 버리고, 타당한 대책을 강구해야 한다. 기존 선진국들의 대열에 끼어들 자리를 찾으면 되는 것은 아니다.

수출 상품이 가격이 아닌 품질로 평가받아야 하는 것이 당연하다. 상품의 질이 더 우수해 기존의 선진국들보다 앞서는 새로운 선진국이 되는 것이 바람직한 해결책이다. 학문도 이와 같다고 말하고 말 것은 아니다. 학문이 국가 발전의 장애물이 되지 않고, 추진 동력이 되어야 한다고 분명하게 밝혀야 한다. 학문이 앞서서 다른 모든 발전을 이끌어야 한다.

학문을 선진화해야 나라가 선진화된다는 것은 누구나 알고 있다지만, 정확하게는 모른다. 학문의 원론은 버려두고 각론만 갖추려고 하고, 이론은 없으면서 실천만 하려고 한다. 《학문론》(2012) 전후에 여러 책을 써서[1] 전개한 원론이 모두 무시되고 있다. 이미 제시한 견해를 재확인하면서 새로운 논의를 보탠다.

학문을 하는 단계는 수입학·자립학·창조학으로 나누어진다. 지금까지 우리는 수입학을 일방적으로 숭상해왔다. 외국박사라야 수준이 인정되어

---

1 《인문학문의 사명》(서울대학교출판부, 1997); 《이 땅에서 학문하기》(지식산업사, 2000); 《세계·지방화시대의 한국학》 1-10(계명대학교출판부, 2004-2009); 《학문론》(지식산업사, 2002); 《한국학의 진로》(지식산업사, 2014); 《창조하는 학문의 길》(지식산업사, 2019)

대학이나 연구기관에 자리를 잡을 수 있다고 여기는 것이 단적인 증거이다. 국내에 축적된 역량으로 스스로 하는 학문인 자립학의 수준이 수입학과 대등하거나 그 이상이어야 선진국일 수 있다. 세계적인 범위에서 타당성이 입증되는 창조학을 이룩하고, 수입학은 물론 그 원천이 잘못된 것을 바로잡으면, 기존의 선진국들보다 앞서 나가는 새로운 선진학문을 할 수 있다.

자립학이니 창조학이니 하는 말은 사용하지 않아도, 학문이 경쟁력을 가지도록 하기 위해 정부가 적극적으로 힘쓰면서 많은 연구비를 제공하고 있다고 할 것이다. 그러나 알아야 할 것을 모르고, 힘을 낭비하고 있다. 규제를 엄격하게 해서 연구비를 유용하지 못하게 하는 것을 능사로 삼고 연구의 자유는 보장하지 않기 때문에, 남들이 하는 연구나 뒤따르며 수입학을 이어나가지 않을 수 없게 한다. 이런 잘못을 시정하기 위해서 어떻게 해야 하는지 〈국가 학술 정책 개선 방안〉에서 말했다.[2]

여기서는 같은 말을 되풀이하지 않고, 새로운 논의를 전개한다. 유용성을 앞세우다가 학문을 망치는 것을 문제로 삼는다. 제로섬 게임(zero sum game)이라는 사고방식을 가지고 판단을 그릇되게 한다. 기초학문을 누르면 응용학문이 올라간다고 여긴다. 인문학문을 누르면 자연학문이 올라간다고 여긴다. 이런 생각은 아주 잘못되었다.

나는 학문의 세 분야를 인문학문·사회학문·자연학문이라고 일컫는다. 그 어느 것은 과학(science)이고, 어느 것은 사람됨(humanities)이라고 하는 유럽 전래의 차등론을 버리자고 한다. 學하는 탐구와 問하는 논의를 함께하는 학문인 점이 대등하다고 하는 동아시아의 전통을 되살리자고

---

2 대한민국학술원 정책 연구 과제로 연구를 수행하고, 《학술원논문집》 57집 2호(대한민국학술원 2018년)에 게재하고, 《통일의 시대가 오는가》(지식산업사, 2019)에 재수록했다.

한다. 학문론을 정상화하는 공동의 용어를 확보하고, 학문이 다시 하나가 될 수 있는 길을 찾는다.

어느 한쪽의 학문을 누르면 다른 쪽이 올라간다고 여기지 말고, 한쪽이 올라가게 하면 다른 쪽도 올라간다고 해야 한다. 누른 쪽의 −와 올라간 쪽의 +를 합치면 0이 된다고 하는 제로섬 게임의 사고방식을 버려야 한다. 올라간 쪽의 +와 그 덕분에 같이 올라간 다른 쪽의 +를 합치면 +가 더하기 이상 곱하기까지 해서 아주 많아진다는 새로운 사고방식을 갖추어야 한다. 이것은 토탈섬 게임(total sum game)이라고 하자.

학문 발전은 제로섬 게임이 아닌, 토탈섬 게임이라고 할 것으로 추진해야 한다. 한쪽을 올리면 다른 쪽도 올라간다는 원칙을 실행해 발전의 성과를 얻어야 한다. 이렇게 하려면 어느 쪽부터 올려야 하는지 판단하는 것이 가장 긴요한 일이다. 판단의 기준을 분명하게 말할 수 있다. 올리기 쉽고, 비용이 적게 들고, 파급효과가 큰 쪽부터 올려야 한다.

기초학문과 응용학문은, 기초학문을 올리면 응용학문이 올라가는 관계이다. 기초학문이 응용학문보다 올리기 쉽고 비용이 적게 되는가는 일률적으로 말하기 어렵지만, 기초학문이 응용학문보다 파급효과가 더 큰 것은 분명하다. 기초학문 연구 성과를 응용학문에서 가져가는 것이 당연하고 그 반대일 수는 없다. 응용학문은 생산업체에서 투자해 할 수 있고, 기초학문은 국가에서 지원해야 한다. 이 말은 공인된 사실의 재확인이고, 다음에 하는 말은 내가 여기서 특별히 하는 것이다.

인문학문과 자연학문은, 인문학문을 올리면 자연학문이 올라가는 관계에 있다. 인문학문은 올리기 쉽고, 비용이 적게 든다. 뛰어난 능력을 가진 개개인에게 시간을 충분하게 주고 사명감을 가지고 연구할 수 있게 하면 대단한 성과를 거둘 수 있다. 자연학문 연구 결과는 전문가가 아니면 알아볼 수 없지만, 인문학문의 새로운 창조는 이해의 범위가 개방되어 있어 널리 영향을 끼칠 수 있다.

학문론 혁신은 인문학문에서 선도하는 것이 마땅하다. 인문학문은 사회학문과 자연학문이 분화되어 나가기 전 단계 학문 총론의 직접적인 상속자이고, 인간에 대해 성찰하는 과업을 필수적인 과제로 삼고 학문하는 행위와 의의를 고찰하기 때문이다. 자연학문은 토론에 동참해 공동작업을 하면 된다. 사회학문은 인문학문과 자연학문 중간의 성격을 지닌다.

학문론 혁신은 학문 통합의 방법을 제시하고 실현하는 방향으로 나아가야 한다. 文史哲을 근간으로 삼아 인문학문을 하나로 만든 데다 사회학문을 합치고, 다시 자연학문을 보태는 것이 적절한 순서이다. 모든 학문이 여럿이면서 하나이고, 하나이면서 여럿인 원리를 밝히는 것이 인문학문의 장기이고 소임이다. 인문학문에서 제시하는 설계도를 가지고 시공을 하려면 여러 학문이 협동해야 한다.

자연학문이 주도해 새로운 길을 제시하고, 학문을 통합하겠다고 하는 시도가 있다. 이렇게 하려면 자연학문 특유의 수리언어를 버리고 인문학문을 본떠서 일상언어를 사용해야 한다. 일상언어를 사용하면 자연학문 전공자가 사실상 인문학문을 하게 된다. 인문학문이 학문론을 혁신하고 학문 통합의 길을 제시하는 데 가담하게 된다. 성실한 협동을 하는 자세가 필요하다.

성실한 협동을 하려면, 자연학문이 최상의 학문이라고 자부하는 차등론을 버리고, 어느 학문이든 대등하다고 하는 대등론을 받아들여야 한다. 자연학문만 '과학'이어서 다른 학문보다 상위에 있다는 착각을 버리고, 모든 학문의 상보적인 관계를 소중하게 여겨야 한다. 이런 사실을 밝혀 논하면서 학문총론을 이룩하려고 인문학문이 애쓴다. 나누어져 폐단을 자아내는 여러 학문이 다시 하나이게 하는 학문통합을 위한 노력

이 특히 소중하다. 이것을 알지 못하고 학문총론은 수입을 해야 한다고 착각하지 말아야 한다.3

학문론 또는 학문총론을 위한 인문학문의 기여는 이론에서뿐만 아니라 실천에서도 나타난다. 교육 현장에서 아주 유용하고 실질적인 성과를 거둔다. 자연학문 공부에 입문하는 학생들이 자연학문에서 하는 창조를 미리 경험할 수는 없다. 그 때문에 창조가 무엇인지 모르게 될 수 있는 염려를 인문학문에서 덜어 줄 수 있다. 인문학문에서 하는 창조에

---

3 'consilence'라는 것을 구태여 '統攝'이라고 하는 난삽한 한자어로 옮겨, 학문 통합을 이룩하는 점령군이라도 되는 듯이 섬기지 말아야 한다. 그 때문에 혼란을 일으켜 이 논문에서 하는 작업을 방해하는 것을 용납할 수 없다. 〈학문 재통합 논란〉, 《세계·지방화시대의 한국학 2 경계 넘어서기》(계명대학교출판부, 2005)에서 Julie Thompson Klein, *Crossing Boundaries : Knowledge, Disciplinarities, and Interdisciplinarities* (Charlottesville : University Press of Virginia, 1996); Basarab Nicolescu, *La transdisciplinarité, Manifeste*(Monaco : Éditions du Rocher, 1985); Jean-Phiippe, *Unité des sciences, expliquer la nature et comprendre l'homme*(Paris : Le Pommier, 2000); Skinner Quentin ed., *The Return of Grand Theory in the Human Sciences*(Cambridge : Cambridge University Press, 1985) 등과 함께 Edward O. Wilson, *Consilience, the Unity of Knowledge*(New York : Vintage Books, 1999)에 대한 비판적인 검토를 했다. 이 사람은 진화생물학에서 출발해서 다른 모든 것을 함께 다루겠다고 하는 학문을 하고 있어서 '통합과학'이라고 일컫는 것이 적절하다. '통합과학'은 내가 주장하는 '통합학문'과 유사하면서 상이하다. 자연학문에서는 이미 인정되고 있는 통합과학이 사회학문으로 나아가 마침내 인문학문까지 포괄해 학문 대통일을 이룰 것이라고 한 방향 제시가 상이한데, 타당성을 인정할 수 없다. "인문학은 자연과학에 접근하다가 그 속에 녹아들어갈 것이다."(12면) "우리는 통합과학 시도가 최대의 지적 도전으로 등장하는 종합의 시대를 향해 나아가고 있다."(12면) "물질과학은 비교적 쉽게 이루어져왔고, 사회과학이나 인문학이 궁극적인 도전이 될 것이다."(72면) 이런 견해는 자연학문 과신에서 유래한 오해이고 횡포이다. 유전자 분석에서 "유전자와 문화의 동반진화"(gene-culture coevolution)를 밝혀 문화연구를 자연학문에서 점령하겠다고 한 것은 비용이 너무 많이 들고 성과는 의심스러운 그 자체의 결함이 있을 뿐만 아니라, 인문학문에서 이미 잘하고 있는 문화연구를 교란시킨다. 과학적 검증으로 통찰을 밀어내면 학문이 온통 망한다.

는 일찍부터 참여할 수 있어 필요한 훈련을 받을 수 있다.[4]

자연학문 전공자들이 창조학을 할 수 있는지 의심스럽다고 하고 그 방법이 무엇인지 알지 못해 갑갑해 하면, 인문학문이 도와준다. 인문학문에서 이룩한 창조의 성과를 어렵지 않게 이해하고, 자극을 받고 깨달음을 얻을 수 있다. 아래의 논의에서 일본을 넘어서는 학문을 인문학문을 들어 말하는 것을 자연학문에서 받아들여 이용하면 크게 도움이 될 것이다.

자연학문에서 일본을 넘어서는 학문을 한다고 할 수 있을까? 일본학문의 총체를 알기 어렵고 핵심을 집어내지도 못해 이에 관해 말하기 어려울 것이다. 분야가 너무 세분되어 있어 일반적인 논의는 할 수 없다고 하리라.

문학사를 중심에 둔 인문학문은 핵심을 들어 총체를 아는 통찰을 갖출 수 있다. 통찰을 갖추면, 일본 인문학문에 대한 이해를 근거로 자연학문의 내막을 밝히는 것도 어느 정도 가능하다. 두 학문의 불균형을 문제 삼을 수 있다.

이런 작업을 다 하자는 것은 아니다. 이 논문은 총론에 머무르고 각론을 갖추지 못한다. 세부적인 검토는 여럿이 힘을 보태 진행해야 할 과제로 남겨두고, 전체를 총괄하는 조망만 지금 제시하고 토론에 회부한다. 학문의 현재와 미래에 대한 총괄 논의가 가능하다고 믿고 이 작업을 시작한다.

코로나바이러스 역병이 지구의 거의 전역을 휩쓸자, 예상하지 못한 사태가 벌어지고 있다. 선진이라고 자처하면서 후진을 인도한다고 하던

---

4 〈창조력 향상을 위한 교육〉, 《통일의 시대가 오는가》(지식산업사, 2019)에서 이에 대해 자세하게 고찰하고 실천 방안을 제시했다.

유럽 각국이나 미국은 이에 잘 대처하지 못해 어려움을 겪고, 아직 많이 모자란다고 해온 한국은 적절한 퇴치의 모범을 보여 부러움을 사고 있다. 선진이 후진이 되고 후진이 선진이 되는 역전이 일어나고 있다.

일본과 한국을 견주어보면, 역전이 더욱 선명하게 확인된다. 일본은 유럽 각국이나 미국과 거의 같은 수준에 이른 선진국이고, 한국은 아직 여러모로 뒤떨어졌다는 것이 공인된 사실이었다. 일본의 식민지 통치를 받고 반감이 쌓여 있어도, 한국은 일본을 배우고 따르면서 기술 격차나 무역 적자를 줄이는 것이 불가피하다고 해왔다. 코로나바이러스 역병이 닥쳐오자, 일본은 혼란에 빠지고 한국은 슬기롭게 대처하는 차이가 극명하게 나타나고 있다. 일본은 내려가고, 한국은 올라가는 추세가 이번 사태에 집약되어 나타났다고 생각하게 한다.

예상하지 않던 대변동이 일어나는 것을 어떻게 이해하고 설명해야 할 것인가? 유럽 각국이나 미국의 석학들이 이 의문에 대한 대답을 해주리라고 기대하는 것은 적절하지 않다. 무어라고 하는 말이 많이 소개되지만, 부분적이고 근시안적인 견해여서 도움이 되지 않는다. 일본에도 대단한 석학이 있어 우리는 모르고 있는 말을 해주리라는 것은 더욱 무리한 기대이다. 언제나 그렇듯이 물러나게 된 쪽에서는 대변동의 전모를 파악할 수 없으며, 앞으로 나아가는 쪽이 무엇을 어떻게 해야 하는지 알려주는 것은 더욱 불가능하다.

대변동은 정체가 무엇인가? 앞으로 어떻게 되고, 무엇을 해야 하는가? 이런 의문에 대답하고, 적절한 대책을 세워 실행해야 할 책임이 우리에게 넘어와 있다. 남들에게 의지하는 것은 불가능하게 되었다. 우리가 앞서 나가 세상을 이끌어야 할 당사자임을 분명하게 알아차려야 한다. 선진이 후진이 되고 후진이 선진이 되는 교체를 학문에서 먼저 이룩해, 다른 모든 활동의 지침이 되게 해야 한다. 논제에 내놓은 '학문 선진화'가 이런 의미이다.

선진국을 배우고 따라 같은 수준에 이르는 선진화를 하자는 것은 아니다. 지금까지의 선진국이 후진이 되어 물러가게 되어 있어, 후진이라고 여기던 우리가 앞으로 나가 선진화를 새롭게 이룩하는 학문을 하자는 것이다. 일본 학문은 선진국을 배우고 따르는 선진화를 했다. 우리 학문은 스스로 앞으로 나아가 선진화를 새롭게 이룩하려고 한다.

이렇게 말하면 시대 전환에 대한 이해가 충분하게 된 것은 아니다. 가까이에서 한 말을, 멀리까지 바라보면서 다시 해야 한다. 현미경으로도 보고, 망원경으로도 보아야 한다. 망원경으로 멀리까지 보고 다시 말해야 한다.

지난날을 되돌아보자. 일본이 밖으로 나가 유럽문명을 받아들일 때, 우리는 문을 닫고 들어앉아 洋夷를 물리치겠다고 했다. 脫亞入歐의 방법으로 일본은 힘을 키워, 衛正斥邪의 꿈에 사로잡혀 뒤떨어진 이 나라를 식민지로 했다. 늦지 않게 정신을 차려려 한다.

이런 말은 맞으면서 틀렸다. 지난날에 근대로 들어설 때에는 맞았고, 다음 시대로 나아가야 하는 지금은 틀렸다. 일본은 유럽 열강의 근대화에 편승해, 중세에 미련을 가지고 있던 우리를 침략하고 지배했다. 이제 시대가 달라지니 선진이 후진이 되고, 후진이 선진이 된다. 유럽 주도의 근대가 끝나가고 있어, 탈아입구는 그쪽과 함께 몰락하겠다는 말이 되었다. 우리 한국이 다음 시대로의 전환을 선도할 수 있으리라고 하는 국내외의 기대를, 衛正斥邪의 전통을 이어 실현할 수 있다. 세계사의 대전환에 앞설 수 있다.

위정척사의 '正'은 동아시아문명의 가치이고, '邪'는 근대 유럽 열강의 침략 행위이다. 동아시아문명의 가치를 옹호하고 계승해, 근대 유럽 열강의 침략을 종식시키고 인류가 평화롭게 살면서 함께 행복을 누리는 다음 시대를 이룩하기 위해 노력하는 것이 너무나도 당연하다. 지금까지는 말로만 하던 이 일을 이제는 실제로 해야 한다. 탈아입구는 버리고, 위정척사의 기치를 더 크게 내걸고 세계사를 쇄신해야 한다.

한국이 잘나서 앞서 나간다고 자부하지 말아야 한다. 앞서 나간다고 하다가 잘못될 수 있다. 편협한 국가로 되돌아가야 경쟁력을 키워 앞서 나간다고 착각하지 말아야 한다. 뒤떨어진 곳들을 얕보고 비웃으면 최악의 후퇴를 하게 된다. 위정척사가 한국이 잘났다고 뽐내는 민족주의 노선이 아님을 분명하게 해야, 이 모든 잘못에서 벗어날 수 있다.

동아시아문명의 가치를 일본을 포함한 동아시아 다른 나라도 함께 물려받은 것을 잊고 있다는 사실을 깨우쳐주고, 동지를 모아야 한다. 대다수의 선량한 일본인은 훌륭한 동지가 될 수 있다. 동아시아문명이 홀로 대단한 것은 아니고, 다른 여러 문명도 그 나름대로의 장점을 가지고 있어 유럽 열강의 침략 행위를 종식시키기 위한 연합전선 구축에서 큰 기여를 할 수 있다. 중세 문명에 참여하지 못하고 고대나 원시 상태에 있는 쪽은 인류가 이른 시기에 얻은 지혜를 잘 간직하고 있다. 유대를 최대한 넓혀, 위정척사를 세계사를 재창조하는 공동의 노선으로 삼아야 한다.

2. 일본과 한국의 문학사

2-1 초창기

우리는 일본에 어떻게 대응해야 하는가? 이에 관해 네 가지 대답을 할 수 있다. 네 가지 대답 가운데 어느 것을 택하는가에 따라 학문을 하는 방향이 아주 달라진다.

첫째, 일본은 우리를 괴롭혀온 침략자이므로, 규탄하고 물리쳐야 한다. 둘째, 일본이 우리보다 앞서서 장점을 가진 것을 인정하고, 힘써 뒤따르면서 격차를 좁혀야 한다. 셋째, 일본의 도전 때문에 우리가 분발하지 않을 수 없는 불행을 다행으로 여기고, 경쟁에서 이기기 위한 노력을 적극적으로 해야 한다. 넷째, 우리와 일본이 경쟁을 넘어서서 화합하고, 인류의 행복을 위해 함께 기여하는 길을 찾아야 한다. 이 네 가지 대응을 문학사 서술에서 어떻게 실행하는가? 하나씩 살펴보기로 한다.

첫째, 일본은 우리를 괴롭혀온 침략자이므로, 규탄하고 물리쳐야 한다. 이 말대로 문학사를 서술하면 어떻게 되는가? 일본문학사에는 관심을 가지지 않는다. 고전문학은 관심의 대상이 아니라고 여기고 밀어둔다. 일제강점기 이래의 문학을 친일문학과 항일문학으로 양분하고, 친일문학은 매도하고 항일문학은 찬양한다.

이렇게 쓰는 문학사를 어떻게 평가해야 하는가? 물려받은 유산, 유산을 연구하는 학문 양면에서, 자국문학사는 그 나라가 어느 수준인지 잘 알려주는 것임을 척도로 삼고 평가를 해보자. 고전문학은 버리고 현대문학에만 관심을 가져 유산을 빈약하게 한다. 매도와 찬양의 양단논

법으로 학문의 수준을 낮춘다. 한국은 일본보다 저급한 나라임을 자인하지 않을 수 없는 결과에 이른다.

일본은 불량한 나라이니 문학사든 무엇이든 제대로 된 것이 없다고 할 것은 아니다. 이런 수준 이하의 폭언은 자해에 지나지 않는다. 성숙된 자세로 사태를 바로 판단해야 한다. 일본문학사는 제대로 썼으며, 한국문학사는 수준 미달이라고 제3국 사람들이 평가하면 어떻게 하겠는가? 문학사를 일본보다 더 잘 쓰는 것은 항일이다.

둘째, 일본이 우리보다 앞서서 장점을 가진 것을 인정하고, 어떻게 해서든지 격차를 좁혀야 한다. 이 말대로 문학사를 서술하면 어떻게 되는가? 일본문학사에 관심을 가지고, 무엇을 어떻게 했는지 알아내 그 장점을 우리도 갖추어야 한다.

일본문학사는 일본정신의 배타적 우월성이 지속된 내력을 자료를 점검하고 문헌을 고증하는 방법으로 서술해, 애국주의와 실증주의의 모순된 양면을 노정해왔다. 애국주의는 뒤로 물러나 흐려지고, 실증주의가 앞으로 나와 확고하게 자리를 잡도록 해야 제대로 된 문학사를 내놓을 수 있었다. 이런 노력을 한 경과를 살펴보기로 한다.

일본은 유럽 밖에서 자국문학사를 처음 쓴 나라이다. 유럽의 선례를 바짝 뒤쫓으려고 수준 미달의 모방작을 내놓았다. 《日本文學史》가 1890년에 처음 나오고 후속작업이 바로 이어졌는데,[1] 연구의 축적을 거치지 않은 비전문가의 저작이다. 애국주의를 앞세워 호응을 얻고자 했으며,

---

1 三上參次·高津鍬三郎, 《日本文學史》(1890); 大和田建樹, 《和文學史》(1892)가 그런 것이다. Raimond Queneau dir., *Histoire des literatures* vol. 3(Paris: Gallimard, 1977) 말미에서 Robert Escarpit가 문학사의 역사를 고찰하면서, 三上參次·高津鍬三郎, 《日本文學史》는 유럽문명권 밖에서 최초로 자국문학사를 서술한 업적이어서 높이 평가해야 한다고 했다.

신뢰할 만한 내용은 갖추지 못했다. 이런 결함을 시정하려면 유럽의 선진 학문을 본격적으로 공부하고 제대로 받아들여야 한다고 여겼다.

芳賀矢一(하가야 이쯔)가 독일에 유학하고 돌아와 동경제국대학 교수로 자리 잡고, 중책을 맡아 나섰다. 독일 문헌학의 방법으로 문학사의 자료를 정리하고 사실을 고증한 성과를 보여준 《國文學史十講》(1899)에서, 애국주의는 명분으로나 삼고 실증주의 작업을 실질적인 내용으로 하는 문학사를 서술하는 전범을 이룩했다. 藤岡作太郎(후지오카 사쿠타로)가 이어서 내놓은 《國文學史新講》(1908)에서는, 고찰의 범위를 일본의 고유정신이 외래문화와 관련을 가져온 내력에까지 확대하려고 했다.

이런 움직임과 맞서려면, 일본의 식민지 통치를 받고 있는 한국에도 문학사가 있어야 했다. 安廓이 《朝鮮文學史》(1922)를 서둘러 내놓고, 정신적 혼미와 주체성 상실을 청산하는 '自覺論'의 서설로 삼는다고 했다. 민족 고유의 정신이 불교와 유교를 받아들여 더욱 발전된 과정을 밝혀 희망을 가지도록 하겠다고 했다. 민족문화 운동을 위한 사상적 각성을 높이 평가해야 하겠으나, 준비 부족으로 내용이 빈약하고 서술이 엉성했다.

일본의 애국주의는 우리가 앞장서서 배격하고 규탄할 것이지만, 실증주의는 그렇지 않다. 우리도 실증주의의 방법으로 자료를 정리하고 문헌을 고증해야 문학사를 제대로 서술할 수 있다. 이와 함께, 관심을 현대문학에서 고전문학으로 돌려야 한다. 고전문학에 접근하는 방법을 작품 완상에서 자료 연구로 바꾸어야 한다. 새로운 작업을 잘하려면 유럽의 문헌학을 수용할 필요가 있는데, 독학으로 감당하기는 어려운 과제이다.

이렇게 판단한 선각자 趙潤濟는, 일제가 식민지통치를 위해 만든 동경제국대학의 축소 복제품인 경성제국대학에 입학하지 않을 수 없었다.

얻어내야 할 것을 얻어내려고, 자존심을 버리고 몸을 낮추었다. 일본이 자랑으로 삼는 문헌고증학이 어느 수준이고, 일본문학사 서술에서 어떻게 활용되는지 알아내, 그 이상의 작업을 하기로 작정했다.

역사학에서는 일본의 석학 여럿이 경성제국대학 교수로 자리 잡고, 총독부의 朝鮮史編修會 사업을 주도했다. 실증적 연구를 앞세워 한국사의 종속성을 입증하는 연구 성과를 자랑스럽게 내놓았다. 조선문학을 담당하는 일본인 교수 高橋亨(다카하시 토루)는 문학은 너무 어렵고 능력이 부족한 두 가지 이유가 겹쳐, 그런 업적이 없었다. 문학 주위를 돌아다니면서 한국의 불교나 유학을 폄하하기나 했다.

배울 것이 없어도, 조윤제는 조선문학을 전공하는 학생이 되어 주소를 분명하게 했다. 다른 여러 교수의 강의를 들으면서 학문하는 방법을 탐색하는 것을 공부하는 보람으로 삼았다. 鄭萬朝 같은 한학자가 강사로 나와 한문학의 오랜 전통을 전수해, 얻을 것이 있었다. 오랜 전통을 새로운 방법으로 가다듬어, 한국문학 연구를 본궤도에 올려놓을 구상을 했다.

다카하시 토루가 학문의 장애는 되지 못하고 공연한 간섭이나 하는 것은 불운이기도 하고 행운이기도 했다. 경성제국대학을 졸업하고 조수(조교)로 있을 때 제주도 민요를 조사하고 온 자료를 바치라고 명령해, 부당하다고 여기고 사표를 냈다. 경성사범학교 교유(교사)로 간 첫날 계획하고 준비한 역저의 원고를 쓰기 시작했다.

참담한 심정으로 분발해, 한국문학사의 전개를 우선 시가사의 측면에서 처음으로 충실한 고증을 갖추어 충실하게 서술하는 작업을 진행했다. 몇 년 동안 힘을 들여 《朝鮮詩歌史綱》이라는 책을 가까스로 탈고했으나 출판을 하지 못했다. 이런 사정을 전해들은 친일파 거두인 부호가 나서서 도와주었다. 일본인 친지들에게 조선을 자랑할 것이 필요해 출판비를 지원하겠다고 해서, 그 책이 탈고 2년 뒤인 1937년에 이르러서야 출판되었다.

친일파의 도움을 거절하지 않고 받아들여 친일파가 되고 말았다고 나무랄 것인가? 일본의 학풍을 따랐다든가, 항일투쟁의 전선에 나서지 않았다든가, 고문 받고 투옥된 경력이 하나도 없다든가 하는 등의 이유를 들어 평가를 절하해야 할 것인가? 아니다. 조윤제는 나라 없는 민족의 자긍심을 되찾는 데 크게 기여했다.

자랑스러운 유산을 이어받아 연구하는 학문이 훌륭하다고 자부하는 양면에서, 자국문학사 서술은 한 나라의 문화 수준을 집약해 보이는 의의가 있다. 조윤제는 이 일을 맡아 어려운 조건에서 외롭게 분투했다. 우리 시가문학의 자랑스러운 유산을 충실하게 수집하고 정리하고, 철저한 문헌고증을 거쳐 그 역사적인 계보나 전개를 분명하게 하려고 했다.

대학의 교수로 자리 잡고 국가의 지원을 받아 수행해야 할 과업을 개인의 노력으로 성취했다. 조국 광복을 이룩하자 그 진가가 드러났다. 국어 교육을 전국에서 일제히 실시할 때 가르쳐야 할 내용을 미리 마련한 공적이 있는 것을 알게 되었다. 문학사 서술의 기초공사를 단단하게 할 수 있는 유산을 남긴 것을 두고두고 평가할 수 있다.

2-2 다음 단계

우리는 일본에 어떻게 대응해야 하는가? 이에 관해 셋째로 든 말을 다시 한다. 일본의 도전 때문에 우리가 분발하지 않을 수 없는 불행을 다행으로 여기고, 경쟁에서 이기기 위한 노력을 적극적으로 해야 한다고 했다. 이 말대로 문학사를 서술하려고 조윤제는 더욱 분발했다. 어떤 상황에서 무엇을 어떻게 했는지 말하기로 한다.

일제가 조선어라는 교과목을 없애자 조윤제는 경성사범학교에서 해임되었다. 실업자가 되어 어렵게 살아가면서, 식민지 통치에서 벗어나 광복을 이룩하려면 민족정신이 죽지 않고 살아나게 해야 한다고 깨달았다. 민족사관을 원리로 한 새로운 문학사를 준비하고 있다가 광복 후 대학에서 강의할 때 완성해 《國文學史》(1949)라는 이름으로 출판했다. 이것이 널리 쓰이는 표준 교재가 되었다.

종래의 문학사는 사실의 열거에 지나지 않는다고 비판하고 새 출발을 다짐했는데, 이 말은 아직 실체가 없던 우리문학사가 아닌, 분명한 특징을 지니고 굳건하게 자리 잡고 있는 일본문학사에 해당한다. 일본문학사는 오늘날까지도 이 이상 나아가지 않고 있다. 문헌고증의 방법을 일찍 확립한 선진이 후진이 되어 발전을 가로막는다.

문헌고증을 민족사관으로 넘어서고자 하는 대안은 이론이면서 실천 전략이다. 문헌고증이 부분에 집착하는 폐단을 전체를 중요시해서 극복해야 하고, 문학연구가 사실 확인에 머무르는 잘못을 생명의 약동을 인식해 시정해야 한다는 이론은 어디서든지 타당할 수 있다. 일본문학사 서술도 이 방향으로 나아가야 한다고 말할 수 있다.

민족사관은 식민지 통치에서 벗어나기 위한 정신적 각성을 촉구하는 실천 전략이었다. 남북 분단이 닥치자 분열을 넘어서서 통일을 이룩하는 지침을 제공하는 사명까지 감당해야 되었다. 조윤제는 학문을 이렇게 하는 데 그치지 않고, 남북의 양극을 넘어서고자 하는 중도파로 나서서 정치 활동을 하다가 박해를 받았다.

조윤제의 손제자인 조동일은 가업을 이어받아 《국문학사》를 발전시키고 결함을 시정하고자 했다. 《한국문학통사》 전6권을 1982년부터 1988

년까지 내놓고, 2005년의 제4판으로 완결했다. 조윤제가 문학사를 강의하던 서울대학교 교수의 자리를 한 대 건너 물려받아 이 책을 가지고 한국문학사를 강의하다가 때가 되어 퇴임했다. 그 뒤에도 탐구를 계속해, 한국문학사를 넘어서서 문학사에 관한 광범위한 논의를 하고, 학문을 혁신하는 방안을 제시하는 데까지 나아가고 있다.

식민지 통치에서 벗어나 광복을 이룩했으나, 일본의 위협이 남아 있고, 불행한 시대에 왜곡된 의식이 올바른 판단을 저해한다. 남북이 분단되어 충돌하는 비극이 청산되지 않고, 이따금 지나치게 악화된다. 이런 긴장된 상황이 두려워 움츠려들지 않고, 불운이 행운이게 하는 대결단을 오래 축적한 역량을 발휘해 내려, 학문의 비약을 이룩하기 위해 진력해야 할 상황이다.

이와 관련을 가지고, 민족사관에 대해 이론적 비판을 하고 대안을 제시하였다. 부분의 의의를 부정하고 전체만 소중하다고 하는 것은 잘못이다. 전체는 부분의 대립적 총체이다. 부분들이 상생하면서 상극하고 상극하면서 상생하는 生克의 관계를 가지는 것이 바로 전체임을 알면 사리가 분명해진다. 사실과 생명, 물질과 정신의 관계도 이와 같은 것을 문학연구의 범위를 넘어서서 분명하게 하는 학문 혁신을 이룩해야 한다.

민족사관에 대한 실천적 비판과 대안도 말한다. 민족정신이라는 추상적 개념을 내세우기만 하지 말고 실질적인 내용을 갖추어야 한다. 우리 민족의 광복과 통일이 그 자체로 소중하다고 하는 데 그치지 않고, 어떤 세계사적 의의를 가지는지 알고 더욱 바람직한 방향으로 진행되게 하려고 노력해야 한다. 우리의 불행이 인류를 행복하게 하는 원동력이게 해야 한다.

조윤제는 국문문학만 소중하게 여기고 그 내부에 분열이 생겼다가 해결되는 것을 민족사관의 관점에서 평가하는 거시적인 논의에 머물렀다. 작가나 작품을 이해하는 내부의 이론을 갖추지 않은 것을 결함으로 지적할 수 있다. 조동일은 상극이 상생이고 상생이 상극인 생극론의 원리가 공통되게 있는 것을 근거로 삼고, 여러 국면이나 단계의 인식을 일관성 있게 구체화하는 본보기를 보이는 문학사 이론을 정립한다.

구비문학과 한문학이 관련을 가지고 국문문학을 산출한 거대한 생극의 작용이, 더 작은 범위에서도 그 나름대로 나타나는 것을 파악한다. 문학 갈래들이 생극의 관계를 가지고 교체되는 것이 변화의 이유이고 양상임을 밝혀 중간 단계의 작업을 한다. 말을 최소한으로 줄인 작품의 미세한 구조까지 분석하는 일관된 방법을 갖추려고 한다.

조윤제는 관심의 범위를 민족문학으로 한정하고, 민족문학사의 독자적인 전개를 밝혀 논하고자 했다. 우리 민족의 학문을 하는 데 그치고 더 나아가려고 하지 않았다. 일본문학에 대해 전혀 아무 말도 하지 않은 것이 놀라울 정도이다. 조동일은 한국문학이 동아시아문학에서 차지하는 위상을 중국이나 일본의 경우와 비교해 밝히는 데 힘쓴다.

중국은 동아시아문명권의 중심부이고, 일본은 그 주변부인데, 우리는 둘 사이의 중간부임을 주목한다. 중심부는 한문학에서 앞선 반면에, 민족어문학은 뒤떨어진 것이 당연하다고 한다. 주변부는 한문학이 낙후한 처지를 민족어문학을 일찍부터 일으켜 시정하려고 한 것을 확인한다. 중간부는 한문학과 민족어문학이 대등한 위치에서 깊이 교류한 특징이 있음을 밝힌다. 이런 사실의 해명은 과거를 정확하게 이해하는 데 그치지 않고, 미래를 위한 예견이나 지침으로서 더욱 소중한 의의가 있다.

중세에는 하나였던 동아시아가 근대에 와서 낱낱이 흩어진 불행을 시정하고 다시 가까워지도록 하려면, 중간부가 선두에 나서야 한다. 중심부는 중세에 미련을 가져 복고주의에 사로잡히고, 주변부는 근대의 일탈에 앞장선 것을 자랑하는 양극단을 설득해, 중세와 근대를 모두 존중하면서 넘어서는 다음 시대를 함께 이룩하도록 하는 것이 중간부의 사명이다.

2-3 최근의 작업

우리는 일본에 어떻게 대응해야 하는가? 이에 관해 넷째로 든 말을 다시 한다. 우리와 일본이 경쟁을 넘어서서 화합하고, 인류의 행복을 위해 함께 기여하는 길을 찾아야 한다. 문학사를 이렇게 서술하려면 어떤 작업을 해야 하는지, 조윤제가 보여주었다. 조윤제의 민족사관은 민족의 자위책이지만, 문학사 이해를 위한 정신사관으로 평가할 수 있는 의의도 지녔다.

일본의 경우에도 문학사 서술이 부분적 사실의 집합에 머무르는 것이 결함이라고 인정하고 시정하려면 정신사관이 필요하다. 다른 어느 나라의 문학사 서술도 같은 과정을 거쳐야 했다. 이런 이유에서 조윤제의 민족사관이 보편적 의의가 있는 작업을 했다고 평가할 수 있다. 그래도 민족사관은 두 가지 모자라는 점이 있다. 문학의 이해를 심화하는 내밀한 이론은 아니다. 민족끼리의 화합은 말하지 않았다.

조동일은 생극론에 입각해 문학사를 이해하면서, 미시적이고 거시적인 논의를 서로 맞물리게 진행한다. 한편으로는 문학 작품의 실상을 미시적으로 해명하면서, 다른 한편으로는 어느 나라의 문학사에서도 타당성을 가질 수 있는 거시적인 일반론을 이룩한다. 문학사보다 더 넓은 영역에서 효력을 가지는 학문총론을 마련하는 데까지 나아간다. 민족이

나 문명의 충돌을 넘어서는 보편적 이상을 찾아내 인류 화합에 기여하고자 한다.

이에 관한 원론적인 논의는 그만 하고, 관심의 폭을 좁힌다. 한국과 일본이 경쟁을 넘어서서 화합하고, 인류를 위해 함께 기여하는 길을 찾고자 하는 실제 작업을 연구 성과를 들어 말하기로 한다. 자세한 논의를 번다하게 펼치지 않고 간략하게 설명하기로 하지만, 책을 여럿 드는 것은 어쩔 수 없으니 나무라지 말기 바란다.

《동아시아문학사 비교론》(1983), 《하나이면서 여럿인 동아시아문학》(1999), 《동아시아문명론》(2010)이 일본어로 번역되어 있다.[2] 이런 책에서 일본을 경쟁상대로 여기고 배격하지 않았다. 한국문학에서 동아시아문학으로 나아가면서 일본문학의 비중과 의의를 한국문학 못지않게 중요시했다. 일본문학과 한국문학이 불가분의 관계임을 확인했다.

한국·일본·중국·월남문학을 대등하게 존중하면서 동아시아문학의 공통된 모습을 찾았다. 작품 자료뿐만 아니라, 연구 성과도 적극적으로 받아들여 동아시아문학사에 관한 총체적인 일반론을 구축했다. 그 성과를 다른 여러 문명권의 경우와 비교해 공통점과 차이점을 밝히는 작업을 다각도로 진행했다.

《공동문어문학과 민족어문학》(1999)에서는 한문학과 동아시아 각국의 민족어문학의 관계와 같은 것이 다른 여러 문명권에서도 일제히 확인되어, 세계문학사를 일관되게 서술할 수 있는 근간을 확보할 수 있다고 했다. 《철학사와 문학사 둘인가 하나인가》(2000)에서는 철학사와 문학사가 하나이면서 둘이고 둘이면서 하나인 관계를 세계적인 범위에서 고찰

---

2 豊福健二 譯, 《東アジア文學史比較論》(東京: 白帝社, 2010); 《東アジア文明論》(京都: 朋友書籍, 2011); 《東アジア文學論》(京都: 朋友書籍, 2015)이다.

하고, 두 학문을 합칠 수 있는 가능성을 탐색했다. 《소설의 사회사 비교론》(2001)에서는 말썽이 가장 많은 소설의 이론을 생극론의 관점에서 새롭게 정립하고, 소설의 발전에서 선진이 후진이 되고 후진이 선진이 되는 과정을 밝혀 논했다.

유럽문명권의 선행 작업을 크게 넘어서는 이런 연구는 선진이라고 자부하는 그쪽이 후진임을 깨우쳐주는 경고이다. 유럽중심주의의 협소한 시야에서 벗어나 세계를 널리 이해해야 할 때가 되었다. 분야의 세분을 철폐하고 학문을 통합하는 방향으로 나아가야 한다. 이렇게 역설하는 데 그치지 않고, 논의를 더 진전시킨다. 상극의 의의를 일방적으로 평가하는 변증법에 미련을 가지지 말고, 상극이 상생이고 상생이 상극임을 밝히는 생극론을 받아들여야 한다고 일깨워준다.

《문학사는 어디로》(2015)는 세계 어디에도 전례가 없는 문학사 총괄론이다. 자국문학사를 중간에 두고 다룬 범위가 더 적거나 큰 여러 문학사를 모두 대상으로 삼고, 감당할 수 있는 능력을 갖춘 10여 개국에서 어떻게 썼는지 고찰했다. 더 나아가서 문학사의 과거·현재·미래에 관한 심도 있는 진단을 했다. 문학사 부정론과 긍정론의 논란을 검토하고, 해결 방안을 제시했다. 문학사는 근대의 산물이므로 이제 수명을 다해간다고 할 것이 아니고, 근대의 편향성을 시정하고 다시 태어나 다음 시대로 나아가게 한다고 했다.

그 책에서 진행한 일본에 관한 고찰 가운데 요긴한 것을 재론한다. 일본문학사를 자세하게 서술하는 작업을 동경대학의 일본문학 주임교수가 교체되면 다시 해서, 久松潛一(히사마쯔 센이치) 주편, 《日本文學史》(1955-1960) 전6권이 먼저 나오고, 市古貞次(이찌코 테이지) 주편, 《日本文學全史》(1978) 전6권이 뒤를 이었다. 앞의 책을 그대로 본떠서 뒤의 책을 만들었다.

둘 다 주편자 1인, 각권의 편자 6인, 집필자 다수가 일관된 작업을 조직적으로 해서 개개의 사실을 배열하고 해설하는 작업을 백과사전에서 하듯이 하기나 했다. 애국주의를 버려 운신의 폭이 넓어진 실증주의가 발육 부족한 상태에 머무르고 있다. 문학사의 전개를 파악하는 이론적 시각을 갖추려고 고민한 흔적은 없다. 일본이 문학사를 위해 기여한 것은 편집과 인쇄 밖에 없다고 했다.

久保田淳(구보다 준) 주편, 《日本文學史》(1995-97) 전18권은 동경대학 일본문학 주임교수가 교체되어 나온 삼대째 업적인데, 문헌고증을 존중하는 그 동안의 관례를 어겼다. 이론적인 발전을 위해 새로운 시도를 한 것이 아니고 그 반대이다. 유럽 원산의 실증주의는 낡았다고 여겨 폐기처분을 하고, 수입선을 교체해 새로운 유행사조 해체주의를 미국에서 받아들였다. 대단한 일을 한 것 같으나 허장성세라고 하지 않을 수 없으며, 문학사 아닌 문학사를 만들어냈다.

물려받은 유산, 이것을 연구하는 학문 양면에서, 자국문학사는 나라 수준이 어느 정도인지 분명하게 알려준다는 말을 다시 한다. 구비문학, 유구문학, 아이누문학은 뒤로 돌려 대강 다루는 데 그쳐 유산 상속을 제대로 하지 않았다. 고식적인 시대구분마저 버리고, 서로 무관한 개별 사항을 산만하게 고찰한 글을 잔뜩 모아 18권이나 되는 거질을 이루었다. 해체를 지나치게 하는 데 이르러, 일본은 문학사 쓸 능력을 잃고 후진으로 물러나는 사정을 알리고 있다.

한국학술원과 일본학사원의 공동학술발표대회 2017년도 행사를 서울에서 할 때 나는 구보다 준이 와서 일본문학사를 말하면 나는 한국문학사를 말해, 문학사를 잘 쓰기 위한 공동의 관심사를 논의하자고 제안했다. 내가 하는 작업을 알려주고 잠을 깨라고 하고 싶었다. 구보다 준은 오지 않았다. 대신 참석한 일본 학자에게 내 논문 일본어 번역본을 전해달라고 할 수밖에 없었다. 국문본인 〈문학사의 내력과 진로〉가 《통일의 시대가 오는가》(2019)에 있다.

2-4 세계문학사

일본문학사나 한국문학사는 동아시아문학사에 포함되고, 동아시아문학사는 세계문학사의 한 영역이다. 일본문학사나 한국문학사를 잘 알려면 동아시아문학사로 관심을 넓혀야 한다. 다시 동아시아문학사에서 세계문학사로 나아가야 문학사 이해가 온전하게 이루어질 수 있다.

이 세 가지 문학사를 다 갖추려면 어떻게 해야 하는가? 나는 한국문학사·동아시아문학사·세계문학사가 연속되어 있는 양상을 일관되게 고찰하려고 노력했다. 한국문학사 서술에서 얻은 성과를 동아시아 다른 나라의 문학사에 적용하고 타당성을 검증해 동아시아문학사를 이룩하고자 했다. 동아시아문학사에서 세계문학사로 나아가는 작업도 이와 같은 방법으로 했다.[3]

일본에서 한 작업은 이와 다르다. 일본에는 동아시아문학사가 없으며, 일본문학사는 세계문학사와 별개의 영역이라고 여긴다. 동아시아문학사가 없는 이유를 세계문학사를 펼쳐 보면 알 수 있다. 세계문학사는 수입학의 저술이다. 스스로 연구해서 쓴 것이 아니고 유럽에서 이루어진 기성품을 가져와 가공한 것이다. 그 속에 동아시아문학사가 들어 있지

---

3 그래서 얻은 성과를 영문으로 간추려 Cho Dong-il, *Interrelated Issues in Korean, East Asian and World Litetrature*(Seoul: Jimoondang, 2006)를 냈다.

않아 수입이 불가능하므로 없는 대로 지낸다.

　동아시아문학사를 스스로 이룩해야 한다고 생각하지 않는다. 일본은 동아시아를 떠나 자랑스럽다고 여기려고 동아시아의 이웃을 애써 무시하는 잘못이, 동아시아문학사 부재에서 심각하게 나타난다. 일본에서 중국문학사를 쓰는 것은 가능하고, 볼 만한 업적이 있다. 한국문학사는 모르는 것이 당연하다고 여겨 동아시아문학사가 이루어질 수 없다. 어느 나라의 문학이든 대등하게 이해하려고 하지 않고, 자국문학이 우월하다고 착각하는 차등론이 결정적인 장애가 되어 일본의 문학사 연구는 기형에서 벗어나지 못한다. 이것이 일본학문의 치명적인 결함이다. 선진이 후진이게 한다.

　세계문학사는 수입학의 소관이어서 자립학의 소산인 일본문학사와 아무런 관련도 가지지 않고 이루어진다. 일본문학에 대해서는 아는 바 없다고 공언하는 유럽문학 전공자 특히 영문학자가 세계문학사를 맡아 나선다. 세계문학사는 유럽문명권에서 거듭 써서 명저가 적지 않으므로 수입하는 것이 마땅하다고 할 수 있다. 잘 알지 못하면서 함부로 거론하는 경거망동을 경계해야 한다고 할 수 있다. 수입을 하는 적절한 방법은 번역이다. 일본은 번역의 나라이다. 선진국 책 번역에 힘써 선진국이 되었다는 칭송을 듣는다.

　과연 그런가? 세계문학사 번역을 들어 검토해보자. 유럽에서 이루어진 세계문학사 가운데 간명하면서 알찬 명저로 널리 알려진 것이, 필명을 클라분트(Klabund)라고 하는 독일 시인의 《문학사, 시초에서 현대까지의 독일 및 외국의 문학》(*Literaturgschichte, die deutsche und fremde Dichtung von den Änfangen bis zur Gegenwart*, 1929)이다. 이 책을 즉각 富田幸 譯, 《世界文學, 一時間講義》(1931)로 일역한 것이 놀랍고, 번역이 원전과 많이 다른 것을 알면 더욱 놀랍다.

책 제목을 바꾸고, 독일문학사편과 외국문학사편이 나누어져 있던 것을 합쳐 시대순으로 배열했다. 저자는 독일인이므로 독문학을 많이 다루었지만, 일본인을 위한 번역에서는 그럴 필요가 없어 독문학에 관한 내용을 일부 삭제한다고 했다. 〈체코·폴란드·발트·헝가리·발칸〉이라는 장이 원문에서는 독립되어 있는데, 번역에서는 서부유럽문학에 관한 서술에 첨부했다.

아시아문학에서는 장을 제외하거나 통합하지는 않고, 삭제는 함부로 했다. 저자 클라분트가 최고의 서정시인이라고 칭송한 李白의 시와 후대 서양시의 비교 등으로 작품을 논한 대목을 없애고, 중국문학에 대한 서술을 대폭 축소했다. 일본문학에 관한 그 다음 대목은 충실하게 번역해서, 마치 원저자가 일본문학을 중국문학보다 더욱 확대해서 다룬 것처럼 보이게 했다.

역자가 그렇게 한 의도는 두 가지로 이해할 수 있다. 하나는 주변의 문학에 관한 서술을 줄여 세계문학사는 서부유럽문학사를 중심으로 한다는 것을 더욱 분명하게 하려고 한 것이다. 또 하나는 일본문학만은 대단한 비중을 지녀, 중국문학보다 더욱 존중해야 마땅하다고 한 것이다. 서부유럽문학 중심주의를 본고장에서보다 더욱 강화하면서도 일본문학은 독특한 가치를 가져 특별히 평가해 마땅하다는 이중의 태도는 유독 이 책에서만 보이는 것이 아니고, 일본 근대학문의 일반적인 성향이라고 할 수 있다.

일본에서 저술한 세계문학사가 여럿 있다.[4] 그 가운데 《세계문학의 역사》(1971)라는 것을 대표적인 업적이라고 할 수 있어 집중적으로 고

---

4 吳茂一 外, 《世界文學史槪說》(1950); 高橋健一 外, 《世界文學入門》(1961); 阿部知二, 《世界文學の流れ》(1963); 《世界文學の歷史》(1971); 矢崎源九郎 編, 《世界文學入門》(1964) 등이 있다.

찰한다. 동경대학 영문과 출신이라고 특별히 소개되어 있는 저자가, 언어 이해의 사정 때문에 비교적 친숙한 영문학을 교두보로 삼으면서, "영문학에서 재료를 얻어" 서양문학을 고찰하는 데 치중하고, 세익스피어를 특히 중요시하겠다고 했다.

유럽 밖의 문학은 중국문학만 어느 정도의 비중을 두어 다루고, 인도문학에 관한 논의를 조금 곁들였다. 아랍문학에 관해서는 자기가 "교양이 부족"하다는 이유를 내세워 간략하게 언급하는 데 그쳤다. 서술의 분량이나 비중에서 철저하게 유럽문명권 중심의 세계문학사이고, 그 편향성이 유럽의 전례에서보다 더 심하다.

더욱 납득하기 어려운 것은 일본문학을 제대로 취급하지 않은 점이다. 일본문학은 세계문학을 이해하는 주체의 입장이므로 별도의 장을 설정해서 따로 고찰하지 않는다고 했다. 실제 작업에서는 유럽문명권문학을 주체로 하고 일본문학은 오히려 객체로 하는 문학사를 서술했다. 유럽문명권문학에 있었던 일을 먼저 들어 세계문학 일반론의 근거로 삼고, 일본문학에도 그 비슷한 것이 보인다고 몇 줄씩 보태 말하는 방식을 택했다.

마지막 문장에서 "결국 문학은 인간을 포함한 모든 것을 묘사하고, 그래서 세계의 모든 인간을 하나로 결합시키겠다고 하는 의지를 잃어버리지 않고 있다."고 했다. 이 말은 책에서 실제로 다룬 내용과 거리가 멀다. 실제로 한 작업은 유럽문학에 대한 평가를 본바닥에서보다 더 높여 유럽문명권의 세계지배에 기여한 것이다.

세계문학사를 서술하면서 유럽문명권 여러 나라에서는 자기 민족 또는 자기네 문명권의 문학이 세계문학의 중심이고, 세계문학 발전의 최고 형태를 보여준다고 한다. 일본은 이렇게 하지 않고 반대 방향으로 나아간다. 자기네 문학은 세계문학에 참여하지 못하고 밀려나 있다고

생각하는 自卑의 의식을 세계문학사를 서술해서 더욱 분명하게 하고자 했다.[5]

일본에서는 일본문학사는 自尊, 유럽문학사는 自卑의 의식을 가지고 이해하는 양극의 성향을 함께 보여준다. 자기가 대단하다고 뽐내고, 유럽과 견주면 초라하다고 한다. 이것은 선진국다운 태도가 아니고, 선진국을 따르다가 실패한 모습이다. 脫亞를 한다고 이웃 나라에게 자랑하고, 入歐를 하려다가 자기가 너무나도 모자라는 것을 알고 주눅이 들어 있는 실패자의 모습을 하고 있다. 선진국이라고 위장하고 세상을 속여온 사이비 선진국 일본의 민낯이 문학사에서 가장 잘 드러난다.

일본문학사와 유럽문학사, 自尊과 自卑 담당자가 따로 있고 서로 교류하지 않아 분열을 해결할 방법이 없다. 동경대학 문학부의 일본문학과와 교양학부의 비교문학과가 국교조차 없는 외국 같은 사이임을 양쪽을 드나들면서 알아차렸다. 우열을 나누는 차등의 관점만 있어 배제를 능사로 삼고, 대등의 관점으로 포용을 하지는 못하는 것은 양쪽의 공통된 결함이다. 일본과 유럽을 합치고, 더 나아가 세계 모든 곳의 문학을 아울러 세계문학사를 이룩하는 것이 일본에서는 가능하지 않다.

自尊과 自卑를 둘 다 시정하고 극복해야 문학사 이해가 바르게 되고, 학문의 보편적인 원리를 갖춘다. 누가 잘나고 못난 것을 가리기 위해서 문학사가 필요한 것은 아니다. 차등이 아닌 대등의 관점에서, 인류가 문학을 창조하고 향유해온 공동의 성과를 찾아내서 평가하고 계승하는 것을 문학사 서술의 목표로 삼아야 한다.

일본은 수입학으로 학문을 선진화려고 한다. 일본은 유럽으로 가서

---

5 1994년 동경대학 비교문학과에 초빙될 때의 연구 주제가 "Japanese Contribution in Writing World Literary History"였다. 얻은 결론은 일본은 세계문학사 서술에 기여한 바가 없고, 이미 이루어진 성과를 왜곡하기나 했다는 것이었다.

제1세계의 일원이 되고자 한다. 그쪽의 견지에서 작별하고 떠난 동아시아를 낮추어보고, 지난날 일본의 특수성을 검증하고 한다. 이런 작업을 영문학자가 영미에서 얻은 지식을 가지고 앞서서 추진하고, 자국문학 연구자는 문헌학이나 하면서 뒤로 물러나 있다.

나는 창조학으로 학문을 선진화하려고 한다. 한국에서 동아시아로 나아가 여러 문명과 동지적인 유대를 가지고, 유럽의 횡포를 제어하는 학문을 하고자 한다. 제1세계의 허위를 제2세계가 비판하고 또 하나의 허위를 빚어낸 것을, 제3세계의 견지에서 일제히 바로잡는 데 앞서고자 한다. 이렇게 하려고 국문학에 머무르지 않고, 동아시아문학·제3세계문학·세계문학으로 연구를 확대한다.

그 과정에서 많은 작업을 했다. 《제3세계문학연구입문》(1991), 《동아시아문학사 비교론》(1993), 《동아시아 구비서사시의 양상과 변천》(1997), 《하나이면서 여럿인 동아시아문학》(1999), 《공동문어문학과 민족어문학》(1999), 《문명권의 동질성과 이질성》(1999), 《세계문학사의 허실》(1996), 《세계문학사의 전개》(2002), 《동아시아문명론》(2010), 《문학사는 어디로》(2015) 등의 저작을 이룩했다. 특히 중요한 내용을 몇 가지 소개한다.

《하나이면서 여럿인 동아시아문학》에서는, 동아시아문학은 모두 하나이면서 나라마다 다른 기본 원리를 밝히고 다양한 양상을 살렸다. 건국신화에서 말하는 시조의 내력을 下降에서 渡來로 바꾸면서, 고대자기중심주의에서 중세보편주의로 나아간 시대 변화를 고찰했다. 동아시아 공동의 문명을 수용해 민족문화를 상이하게 이룩하는 작업을 한시와 민족어시, 소설의 번역과 창작을 들어 구체적으로 고찰했다.

《공동문어문학과 민족어문학》에서 말했다. 중세는 공동문어와 민족어를 함께 사용하는 시대였다. 공동문어에 따라 문명권이 구획되었다. 한문·산스트리트·아랍어·라틴어문명권이 동쪽에서 서쪽까지 큼직하게 자리 잡고, 팔리어·그리스어문명권이 작은 단위를 이루었다. 어느 문명권이든지 그 내부에 중심부·중간부·주변부가 있다. 중심부에서는 공동문어가 우세하고, 중간부에서는 공동문어와 민족어가 대등하고, 주변부에는 민족어가 우세한 편차가 어느 문명권에서나 동일하다. 한문문명권에서는 중국이 중심부이고, 일본이 주변부이다. 한국은 중간부의 전형적인 모습을 갖추어 중심부나 주변부도 잘 이해할 수 있는 거점이 된다.

공동문어와 민족어의 관계는 시대에 따라 달라져, 중세전기, 중세후기, 중세에서 근대로의 이행기, 근대가 일제히 구분된다. 4·5세기 무렵에 시작된 중세전기에는 문명권의 중심부가 공동문어문학의 육성을 주도해 우위를 지속시켰다. 12·13세기 무렵 중세후기로의 전환이 이루어지면서 중간부가 대두해 공동문어문학과 민족어문학이 대등하게 했다. 17세기 이후의 중세에서 근대로의 이행기에는 주변부가 분발해 민족어문학이 공동문어문학을 넘어설 수 있게 했다. 20세기 이후의 근대에는 공동문어문학을 청산하고 민족어문학만 하게 되었다.

《공동문어문학과 민족어문학》에서 한 작업으로 세계문학사를 서술할 수 있는 근간을 마련했으나, 장애를 제거해야 할 일을 할 수 있으므로 《세계문학사의 허실》를 썼다. 8개의 언어로 이루어진 38종의 세계문학사를 검토하고, 제1세계 유럽중심주의 문학사관의 폐해가 심각한 것을 밝히고, 이에 대해 비판을 하고 대안을 제시한다고 나선 제2세계의 세계문학사도 심각한 문제점이 있는 것을 고찰했다. 그 둘의 과오를 제3세계의 관점에서 시정하고 진정으로 보편적인 세계문학사를 이룩해야 한다고 제안했다.

《세계문학사의 허실》에서 한 제안을 실현해 세계문학사를 새로 쓰는 설계도를 마련하는 작업을 《세계문학사의 전개》에서 했다. 서두에서 편 논의를 조금 옮긴다. 제1세계가 지배하고 제2세계가 비판자 노릇을 한 근대라는 시대는 배타적 경쟁에서 이기는 것이 가장 자랑스럽다고 하면서 역사를 왜곡했다. 이제 다시 출발해 화합의 새로운 시대를 만들어야한다. 민족문학사가 문명권문학사로 통합되고, 여러 문명권의 문학사가만나 세계문학사를 이룩한 과정을 밝혀내고, 나아가 더욱 바람직한 미래상을 제시하는 작업을 수행해야 한다. 세계문학사의 총체적 서술을실제로 이룩해, 제1·2·3세계의 인류가 서로 다르지 않고, 각기 이룬문화와 이념이 대등한 의의를 가진다는 사실을 입증한다.

책의 본문은 1. 원시문학, 2. 고대문학, 3. 중세문학, 4. 중세에서 근대로의 이행기 문학, 5. 근대문학으로 이루어져 있다. 공통된 시대구분을 하고 여러 문명권, 많은 민족의 문학을 대등하게 고찰했다. 시대적인 특징을 잘 나타내면서 세계문학의 새로운 경지를 보여주는 작품의본보기를 고루고루 선택했다. 근대에 이르러서 유럽문학이 우세를 차지하고 널리 영향을 끼치는 것은 일시적인 파행이라고 하고, 다음 시대에는 반드시 시정해야 한다고 했다.

결론 대목에서 다음 시대 문학을 말한 것을 갖추어 옮긴다. 유럽문명권에서는 역사가 종말에 이르렀다고 하고, 거대이론의 시대는 끝났다는것은 잘못이다. 그쪽에서 주도하던 근대가 끝나고 다음 시대가 시작되어야 할 시점에 이르렀으므로 물러나야 할 쪽에서는 미래에 대한 통찰을 잃고 그렇게 말하는 것이 당연한 일이다. 유럽문명권에서는 죽은 문학을 제3세계에서 살려내고 있다는 사실을 확인하는 데서 다음 시대로나아가는 길이 열린다.

다음 시대를 예견하는 방법은 셋이다. 하나는 역사철학의 일반적인원리에 비추어 판단하는 것이다. 변증법과 형이상학을 합쳐, 상극이 상생이고 상생이 상극이며, 발전이 순환이고 순환이 발전임을 밝힌 생극론이 그 작업을 할 수 있다. 다른 하나는 다음 시대는 근대의 결함을 시정한 시대라고 보고, 근대의 결함을 지적하고 시정 방향을 말하는 것이다. 또 하나는 근대를 이룩할 때 중세를 비판하고 고대를 계승한 것과 같은 일이 다시 일어나, 다음 시대에는 근대를 비판하고 중세를 계승하게 될 것이라고 예견하는 것이다.

이 세 가지 방법에 의한 작업이 합치되면 어느 정도 신빙성 있는 결과를 얻을 수 있다. 생극론에서 총론을, 다른 둘에서 각론을 맡는다고 갈라 말할 수 있지만, 그 셋이 결국은 하나로 모아진다. 총체적인 양상에서는, 근대를 극복한 다음 시대에는 근대의 상극을 불리한 쪽에서 들고일어나 시정하고 상생을 이룬다. 국력의 선진과 후진이 문학에서는 와해와 창조로 나타나는 상극이 지나치면 역작용이 일어나 그 어느 쪽에서도 양면이 서로 대등한 관계를 가진 상생으로 전환된다. 상생을 이루었다고 해서 상극이 없어지지 않고 다시 나타나지만 앞에 있었던 것과 양상이 다르다. 다음 시대는 근대의 문제점을 해결하는 시대이지만 그렇다고 해서 이상적인 시대이고 역사의 도달점이라고 생각하면 잘못이다.

다음 시대에는 갈등과 번민이 없으리라는 것은 아니다. 근대의 문제를 일단 해결해 시대 전환을 이룩하고 나면 새로운 문제가 다시 발생한다. 다음 시대 또한 역사의 종말은 아니고 한 과정일 따름이지만, 근대와 마찬가지라고 할 수는 없다. 근대보다 한 걸음 더 나아간 발전을 이룩하고서 근대처럼 극복의 대상이 되는 순환을 겪을 것이다. 그래서 발전이 순환이고 순환이 발전이게 하는 것이 당연하다.

2-5 문학사 일반론

일본에 《문학사의 방법》이라고 한 책이 둘 있는 것이 확인된다.[6] 둘
다 기존의 지식을 전달하는 내용이고 새로운 탐구는 아니다. 서유럽 특
히 불국에서 문학사를 서술한 방법이 무엇인가 알리는 데 중점을 두고,
마르크스주의 문학사관에 관한 논의를 보태고, 일본의 경우는 어떤지
추가해 고찰했다. 시대구분의 문제는 유럽의 '近代'와 일본에서 말하는
'近世'가 어떻게 같고 다른지 살피면서 조금 거론하는 데 그쳤다.

문학사 일반론이라고 할 것은 유럽문명권에서도 찾아보기 어려우므로,
일본에서 기대할 것이 아니다. 미국에서는 문학사 부정론이 대두해 말썽
을 일으키고 있다. 포스트모더니즘이 유행하면서 모든 역사를 부정하는
풍조가 문학사에서 맹위를 떨치고 있다. 그 선두에 선 저작을 보자.[7]

문학사 서술이 불가능하고 무의미하다는 논의를 펼치기만 하고, 문학
사의 문제점을 파악하고 해결하기 위해 노력한 것은 아니다. 검토의 대
상으로 삼은 문학사 저술을 일정한 원칙 없이 임의로 선택했다. 대부분
영어로 된 것들이며, 독일어 서적이 약간 추가되어 있을 따름이다. 영
문학사의 최근 업적과 미국에서 영어로 써낸 불문학사를 중점적으로 다
루기나 하고, 유럽문학사나 세계문학사는 논의의 대상으로 삼지 않았다.

이와는 조금 다른 생각을 하는 사람들이 힘을 모아 문학사 재건을
시도하는 책을 냈다.[8] 포스트모더니즘 시대에도 문학사가 지속적인 의의

---

6 小場漱卓三,《文学史の方法》(東京: 理論社, 1956); 森修,《文学史の方法》(東京: 塙書
房, 1990)

7 David Perkins, *Is Literary History Possible?*(Baltimore: Johns Hopkins University
Press, 1992)

8 Jeffrey N. Cox and Larry J. Reynolds eds., *New Historical Literary Study, Essays on*

를 가질 수 있다는 생각을 미련으로 가지기나 하고 새로운 문학사를
이룩하는 대책을 내놓을 수는 없었다. 문학사 부정론이 지나치게 강경
해지지 않도록 제동을 거는 정도의 작업을 하는 데 그쳤다.

새로운 역사주의에 기대를 걸자는 주장도 제기되었다.[9] 역사의 의의
를 부정하는 여러 사조가 퇴조를 보이자 새로운 역사주의라고 통칭할
수 있는 주장이 다양하게 나타났다고 하고,[10] 유행의 변화로 문학비평이
문학사에 대해 관심을 가지게 된 사정을 소개하는 데 머무르고 자기
견해를 편 것은 아니다. 문학사 재건의 구상과 방법을 제시한 것과는
거리가 멀다.

미국은 대학에서도 문학사를 강의하지 않는 것이 관례이다. 불국에서
는 고등학교에서 문학사 공부를 필수로 하고, 대학에서는 방법을 바꾸
어 다시 한다. 교육부 문학 분야 장학관이 고등학교 문학사 교육을 위
해 쓴 책이 명저의 반열에 올라 있다.[11] 문학사 이론의 전개를 고찰하
고 교육적 의의를 평가하는 작업을 여러 항목에 걸쳐 하면서 총론을
다지고, 구체적인 과제에 대한 세부적인 논의도 해서 각론까지 갖추었
다. 압축된 서술에 많은 내용을 담아 효율성을 높이고 유용성을 확대했
다. 문학사를 실제로 어떻게 가르치는지 고찰해 실질적인 도움을 주려
는 책도 여럿 있다.[12]

Reproducing Texts, Representing History(Princeton: Princeton University Press, 1993);
Marshall Brown ed., *The Uses of Literary History*(Duram: Duke University Press,
1995)

9 Claire Colebrook, *New Literary Histories: New Historicism and Contemporary
Criticism*(Manchester: Manchester University Press, 1997)

10 Foucault, Bourdieu, Williams, Althusser 등을 대표적인 논자로 들었다.

11 Anne Armand, *L'histoire littéraire, théories et pratiques*(Toulouse: CRDP Midi-Pyrénées,
1993)

문학사의 의의를 재평가하고 새로운 서술 방법을 찾고자 하는 노력을 거대한 규모로 진행한 적도 있다.[13] 11개국 60여 명의 참가자가 2003년 5월 12일부터 17일까지 스트라스부르에 모여 문학사에 관해 논의를 한 결과를 7백 면 이상이나 되는 책에다 모았다. 의욕은 대단했으나 성과는 미흡한 편이다. 문학사가 나아갈 길을 문학사를 실제로 서술하는 작업과 관련시켜 고찰하지 않아 논의가 공허해졌다. 21세기의 문학사라는 표제를 내걸고 시대 변화에 대한 전면적인 인식은 하지 않았다. 근대를 극복하고 다음 시대로 나아가야 하는 것을 생각하지 못했다.

이런 형편을 두루 고찰하면서, 나는 《문학사는 어디로》(2015)라는 문학사 일반론을 써서, "문학사는 무엇이며, 어디서 와서, 어디로 가는가?"하는 문제에 대한 총괄적인 논의를 세계 최초로 했다. 유럽 각국, 미국, 러시아, 인도, 월남, 중국, 일본, 한국의 경우를 논의의 대상으로 삼아 유럽중심주의를 넘어섰다. 자국문학사, 지방문학사, 광역문학사, 세계문학사를 포괄해 문학사의 전 영역을 고찰했다. 문학사 부정론과 긍정론을 시비하고, 진로를 말하는 것을 도달점으로 했다. 마지막 대목 〈무엇을 얻었는가?〉에서 한 말을 조금 다듬어 옮긴다.

세계는 넓고 할 일이 많다. 이 말이 적실하다고 새삼스럽게 절감한다. "문학사는 무엇이며, 어디서 와서, 무엇을 하고, 어디로 가는가?"하는 의문을 풀기 위해 온 세계를 돌아보려고 했는데 많이 모자란다. 산 전체를 아는 사람은 없어 일부만 바라본 것을 지혜로 삼지 않을 수 없는 형편이다.

12 Michel Tournet et al., *Enseigner l'histoire littéraire*(Rennes: Presses Universitaires de Rennes et Laboratoire de Didactique des Disciplines, 1993); Jean Rohou, *L'histoire littéraire, objets et méthodes*(Paris: Nathan. 1996)

13 Luc Fraisse dir., *L'histoire littéraire à l'aube du XXIe siècle*(Paris: Gallimard, 2006)

근대의 산물인 문학사는 꾸준히 성장하고 확장되다가 위기에 봉착하고 있다. 문학사는 폐기할 때가 되었다는 부정론이 대두하고, 다른 한편에는 위기가 있더라도 슬기롭게 해결하고 새로운 활로를 찾아야 한다는 긍정론이 있다. 둘이 평행선을 달리고 있다. 논쟁을 해서 결판을 내려고 하지는 않고, 그 어느 쪽도 사태의 전모를 알지 못하고 있다. 이러한 사실을 밝혀 논하고 해결책을 찾는 작업에서 근대를 넘어서는 다음 시대의 학문이 시작된다.

문학사의 여러 영역을 두루 갖추는 근대의 과업을 완수하면서, 구분을 없애고 영역을 허물고 다음 시대의 학문을 이룩하는 방향으로 나아가려면 뛰어난 통찰력이 있어야 한다. 지난 시기 여러 善知識을 멀리까지 찾아다니면서 가르침을 청하고 얻은 바를 쌓아나가는 작업도 해야 하지만, 너무 많아 질리게 하는 책, 질식할 정도로 넘치는 지식에서 벗어나 스스로 깨달음을 얻으려고 발심을 하고 정진하는 것이 더욱 바람직하다. 밑면을 넓힌 만큼 꼭짓점이 더 높이 올라간다는 범상한 인과론에 머무르지 말고, 밑면의 넓이는 부정하고 넘어서서 꼭짓점을 높이기 위해 소중하다는 것을 체득하고 실행하자.

문학사 서술은 학문의 본보기이다. 학문이 무엇이며 어떻게 하는지 알아야 잘할 수 있다. 학문에 자립학·수입학·시비학·창조학이 있다고 한 것을 들어 논의를 보완해보자. 자국문학사를 고수하고 옹호하는 데 그치는 자립학은 계속 존경받기를 원하지만 고립을 자초하고 시대에 뒤떨어진다. 비판과 혁신을 배제하는 탓에 학문의 의의를 축소하는 것이 더 큰 결함이다.

남들은 어떻게 하는지 알고 따라야 한다는 수입학으로 그 결함을 시정할 수는 없다. 수입품을 우상으로 받들다가 자기 비하에 이르는 것을 경계해야 한다. 나무라기를 일삼는 시비학은 수고는 적게 하고 위신이 높아 매력이 있지만, 문학사 부정론을 정당화하려고 허무주의를 역설하는 데까지 이르러 파탄을 보인다. 문학사 부정론을 우상으로 섬기는 수입학은 가장 어리석은 자살행위이다.

자립학·수입학·시비학을 넘어서서 창조학을 하려면 어떻게 해야 하는가? 그 세 학문을 하나씩 단죄해 배격하는 것을 능사로 삼지 말고, 각기 지닌 장점을 합쳐서 이용해야 한다. 자립학을 확대하고 발전시키기 위해 다변적이고 비판적인 수입학을 해야 한다. 시비학을 긴요한 과정과 방법으로 삼아, 자립학과 수입학에서 얻은 성과를 합치고 차원을 높이면 창조학에 이를 수 있다. 창조는 지금까지 없던 無에서 이루어지지 않고 기존 有의 부정의 부정에서 이루어진다. 부정의 상극과 부정의 부정의 상생이 서로 맞물리게 하는 작업을 다각도로 진행해야 한다.

문학사의 문제점을 깊이 이해하고 해결하면서 문학사를 바람직하게 쓰는 것은 문학연구에 뜻을 둔 사람이 할 일 가운데 기쁨과 보람이 특히 크다. 문학사 잘 쓰기와 학문 수준 높이기는 같은 과업이다. 내가 해온 작업을 되돌아보면서 이 사실을 확인하고 증명하면서, 못 다 이룬 소망을 한탄 거리로 삼지 않고 잘 정리해 다음 연구자들이 공유재산으로 삼도록 넘겨준다. 가까이 있어 이 책을 먼저 읽는 인연을 맺은 분들이 분발에 앞서기를 기대한다.

근대의 산물인 문학사를 폐기하지 않고 혁신해 근대를 넘어선 다음 시대에 더욱 발전시켜야 한다. 이것을 우리 학계의 사명으로 삼고 분발하자. 중세에는 앞서다가 근대 동안에는 뒤떨어져 수입학을 해온 과거를 청산하고, 후진이 선진으로 전환하는 미래로 나아가자. 다음 시대의 창조학을 위한 방향을 제시하고 모형을 보이는 작업을 문학사에서 하자.

3. 논란 (1) 가까이서

3-1 무엇을 말하나

한국·동아시아·세계문학사의 연관관계를 해명해 얻은 연구의 성과를 여러 나라에 가서 발표한 내력을 말한다. 가서 발표한 나라는 16개국이고, 발표 횟수는 49회이다. 발표 내용은 국내에서 한 방대한 연구를 청중의 관심에 합당하게 간추려 재론한 것이다.

왜 이렇게 했는지 말해보자. 운동선수가 올림픽에 참가해 메달을 따고 싶은 것과 같다고 하고 말 수는 없다. 더 중요한 이유를 셋 든다. 논의하는 내용이 국내의 것만 아니고 많은 나라의 사례를 거론하므로, 잘 아는 사람들과 만나 타당성 검증의 범위를 넓혀야 한다. 학문의 선진화를 어느 정도 이룩했는지, 밖에 나가 외국 학자들과 토론하면서 상이한 견해를 격파하면서 검증해야 한다. 학문 선진화는 국내에서 의의를 가지기만 하지 않고 세계학문의 혁신에 기여해야 하므로, 적극적으로 나서야 한다.

연구한 결과를 밖으로 널리 알리는 통상적인 방법은 번역이다. 저서와 몇 저작이 여럿 번역되었지만, 번역에 큰 기대를 걸지 않는다. 번역은 시간이 많이 걸리고, 충실하게 하기 아주 어렵다. 세부적인 내용까지 다 잘 옮기면 이해하기 더 어려워진다. 되도록 많은 나라에 가서, 학문하는 사람들을 모아놓고 발표하고 토론하는 방식을 택하는 것이 더 좋다. 연구한 결과 가운데 특히 요긴한 것을 청중의 관심이나 요구에 맞게 간추려, 열띤 공방을 하면서 화끈하게 발표해야 얻을 것을 바로 얻는다.

논란의 현장에서 무엇을 어떻게 했는지 모두 말하는 것은 너무 번거롭다. 경과는 대한민국학술원 홈페이지-학술원회원-조동일-국내외활동에 대강 적어놓았다. 활동 내역을 《세계·지방화시대의 한국학 3 국내외학문의 만남》(2006)이라는 책에서 정리해 보고한 적 있다. 둘 다 너무 장황하다. 특히 중요한 발표와 논란만 몇 가지 집중적으로 제시해 내실을 갖추고 토론 거리로 삼고자 한다.

이 대목 서술을 어떻게 할 것인지 고민이다. 내가 어디 가서 어떤 발표를 했는지 말하는 것은 어려운 일이 아니나, 사실 자체는 특별한 의미를 가지지 않는다. 내 발표가 획기적인 의의를 가진다고 평가되어 연구의 방향 전환에 기여했으므로 시도한 보람이 있다. 이런 사실을 말해야 학문을 선진화하는 방안을 분명하게 제시할 수 있다.

운동 경기에서 얻은 성과는 공인된 기록이 말해주고, 취재 기자가 보도해 알게 된다. 학문 발표에서 얻은 성과는 수치로 나타나지 않고, 언론에서 관심을 가지지 않는다. 목격한 사람이 있어 전한다고 해도 핵심을 갖추기 어렵다. 내가 한 일을 스스로 전달하고 평가하는 것이 불가피하다. 학문 선진화가 어떻게 구체화되고 밖에서 어떤 평가를 얻는지 구체적인 사례를 들어 논의해야 이 논문이 성립된다.

3-2 일본에 머물며

1994년에 일본 동경대학 비교문학과에 초빙되어 가 있는 동안에 강연을 했다. 그 학과의 공용어 격인 영어를 사용하는 것이 당연한 일이었다. 이제는 추종의 시대를 끝내고, 유럽중심주의를 넘어서는 문학 일반이론을 정립해야 한다고 하면서 말했다. 坪內逍遙(쓰보우치 쇼요)에서 비롯한 지난 백 년을 청산하고, 새 시대가 시작되게 하는 작업을 趙東一이 한다고, 흑판에다 이름을 한자로 큼직하게 쓰고 말했다.

셰익스피어 전집을 최초로 번역한 일본 영문학의 선구자 坪內逍遙는 《小說神髓》(1885)에서 '小說'이라는 말을, 'romance'에 해당하는 재래의 저질 읽을거리와는 판이한, 격조 높은 'novel'을 지칭하는 번역어로 사용해야 한다고 했다. 용어를 바꾸는 데 그치지 않고, 유럽소설을 모범으로 삼고 참신한 작품을 창작해야 한다고 했다. 그 뒤를 이어, 수입품이어야 제대로 된 문학이라고 여기는 풍조가 생겨나 일세를 풍미하고, 한국에도 깊은 영향을 끼쳐 심각한 폐해가 남아 있다.

이런 잘못을 바로잡으려고 나는 어떻게 했는지 말했다. 〈중국·한국·일본 '小說'의 개념〉이라는 논문에서[1] 동아시아 각국에서 소설의 발전과 더불어 소설이라는 용어가 새롭게 규정되어온 내력을 밝히고, 이 소중한 유산을 버린 坪內逍遙의 잘못을 바로잡아야 한다고 했다. 이 논문이 불어로 번역되어 있는 것을 알리고 논의를 더 진전시켰다.

'소설'이 동아시아 공통의 용어여서 함부로 버리지 말아야 하는 것만은 아니다. '소설'은 유럽에서 'roman'이니 'novel'이니 하는 것들보다 한층 포괄적인 의미를 가져 소설 일반론을 세계적인 범위에서 이룩할 수 있는 길을 열어주므로 더욱 소중하다. 나는 이 작업을 하면서 유럽 학자들과의 토론을 설득력 있게 전개하고 있다고 알려주었다.

일본 경도에 국제일본문화연구센터라고 하는 곳이 있다. 일본문화 연

---

1 이 논문은 《한국문학과 세계문학》(지식산업사, 1991)에 수록되어 있고, Daniel Bouchez tr., "Un problème de terminolgie en histoire des littératures", *Bulletin de L'École Francaise d'Extrême-Orient* 84(Paris: L'École Francaise d'Extrême-Orient, 1997)로 불역되었다.

구의 발전을 위한 국제적인 교류를 목적으로 설립한 국립 연구기관이다. 나를 일본학자 小西甚一(코니시 진이치)와 함께 초청해, 문학사에 관한 소견을 발표하라고 했다. 이것도 1994년의 일이다. 나는 《한국문학통사》를, 小西甚一는 《日本文藝史》를 써낸 것이 상응하는 업적이라고 여겨 기획한 행사였다.

발표문을 어떻게 준비해야 할 것인지 고심했다. 영어로 발표를 하게 되어 있으므로 발표문을 영어로 쓰는 것이 당연하다고 하겠지만, 한자로 써야 알 수 있는 여러 용어를 영어로는 전달하기 어려워 고민했다. 좋은 방법을 찾아, 발표문을 한문으로 써서 배부하고 영어로 풀이하기로 했다. 한문을 국어가 아닌 영어로 풀이해 말하는 전대미문의 '한문영어현토체'를 창안했다.

좌중에 모인 사람들은 대부분 일본인 학자이고, 미국과 캐나다에서 온 일본문학 또는 비교문학 전공자들도 있었다.[2] 모두 한문은 잘 몰라도 한자는 읽을 수 있으므로, 발표문을 눈으로 보면서 영어로 풀이하는 말을 들으니 이해를 정확하게 할 수 있었다. 영어만 사용했더라면 탈을 잡을 수 있었는데, 글을 한문으로 쓴 것을 보고 감히 무어라고 할 수 없었다. 작전이 성공한 것을 알아차리고, 한문 글쓰기의 의의를 역설했다. 동아시아 여러 나라 학자들이 합작해 동아시아문학사를 한문으로 쓰고, 각국어로 번역하자는 말까지 했다.

小西甚一는 준비해온 메모를 보면서 영어로만 말했다. 한자어로 된 용어는 들지 않으며 일본어로 하는 말을 옮기려고 하지도 않고, 자기가 문학사 공부를 하면서 서양 사람들 누구의 책을 읽고 영향을 받았는가 하는 말만 길게 했다. 행세깨나 한다는 논자들은 거의 다 등장시켜 화

2 이름이 널리 알려진 미국의 비교문학자 Earl Miner가 그 가운데 한 사람이었다.

려한 행진을 펼쳐보였다. 좀 실례가 되지만 고려시대 李奎報가 한 말을 가져오면, 귀신이 수레에 가득 찬 소리나 늘어놓고, 자기주장이라고 할 것은 없었다.

토론을 시작해도 우리 둘이 서로 할 말은 없었다. 小西甚一는 내 발표에 대한 소견을 말하지 않고, 나는 小西甚一에 대해 논평할 것이 없었다. 어색한 시간이 조금 경과하자, 청중석의 일본인 학자가 말문을 열고 질문을 했다.[3] "小西甚一는 《日本文藝史》에서, 일본의 고대는 일본 고유의 시대이고, 중세는 중국화된 시대이고, 근대는 서양화된 시대라고 명쾌하게 말했다. 한국도 이렇다고 하면 안 되는가? 왜 공연히 딴 소리를 하는가?" 이런 말로 시비를 걸었다.

나는 좋은 기회가 온 것을 반가워하고 바로 응답했다. "일본의 중세가 중국화된 시대라면, 중국의 중세도 중국화된 시대인가? 일본의 근대가 서양화된 시대라면, 서양의 근대도 서양화된 시대인가? 小西甚一는 일본문학사의 특수성을 그렇게 말하려고 그런 주장을 펴지만, 나는 한국문학사의 보편성을 밝혀, 고대는 공동문어 이전의 시대, 중세는 공동문어의 시대, 근대는 민족어를 공용어로 사용하는 시대라고 한다. 한국문학사에서 출발해 일본, 중국, 서양, 그 어느 곳도 다르지 않은 세계사 전개의 공통된 과정을 밝힌다."

小西甚一는 일본문학사를 쓰는 것을 소임으로 삼으면서도, 지금은 서양화된 시대여서 서양의 갑질이 당연하다고 받아들이고, 을의 충성을 바치는 수입학에서 뒤떨어지지 않으려고 했다. 나는 수입학과 창조학이 어떻게 다른지, 한국문학사에서 동아시아문학사를 거쳐 세계문학사를 쓰

---

3 그 사람은 伊東俊太郞이다. 동경대학에서 정년퇴임하고 국제일본문학센터의 교수로 와 있었다. 《比較文明》(1985)라는 책을 쓰고, 일본비교문명학회 회장을 역임했다.

면서 보여준다고 했다. 발표문을 한문으로 쓴 것이 중국화된 시대로 복귀하자는 것은 아니고, 서양의 횡포를 바로잡을 수 있는 동아시아의 능력을 다지기 위해 필요했다.

동아시아문학사를 한문으로 쓰자고 한 것에 대해서 논란이 있었다. 누가 나서서 일본인은 감당할 수 없는 제안을 하는 것이 불만이라고 하고, 한국은 어떤지 물었다. 한문으로 쓴 발표문을 들어 보이면서, 나는 말했다. "한국에서 고전연구를 제대로 하는 학자라면 한문을 이 정도로 쓰지 못할 사람이 어디 있겠는가?" 이 말이 의문의 여지가 없는 사실이어야 한다.

3-3 일본으로 가서

1991년에 제13차 국제비교문학회(ICLA International Literature Association) 발표대회가 일본 동경에서 열렸다. 인도·캐나다·일본인 논자가 개막 기조연설을 할 때, 일본 비교문학계의 원로 사에기(Saeki, 佐伯彰一)는 일본문학의 전통은 神道에 있다 하며, 일본문학의 독자성을 칭송하는 발언을 했다. 자기 자신이 신도의 신도라 하고, 신도 신앙을 옹호하기까지 했다. 토론이 시작되자 사에기의 국수주의적인 관점에 대한 시비가 있었다. 기조 발표를 함께 한 멕시코인 발데스(Valdes)가 일본의 신도 비슷한 것과 관련된 고유문학의 전통이 세계 어느 나라에는 없겠느냐 하며, 자기 모국인 멕시코의 기층문화도 같은 방식으로 설명할 수 있겠다고 빈정댔다.

한층 적극적인 반론이 필요하다고 판단하고 청중석에 있던 내가 나섰다. 우리 한국인은 일본 신도에 대해 좋지 못하고 불행한 기억을 가지고 있다 하고, 일본 식민지 통치자들이 우리 민간신앙은 억압하고 신도를 믿으라고 강요했기 때문이라고 했다. 일본 식민지 통치의 종교 신도를 이제 다시 들고 나오는 것이 세계문학의 보편적 이해를 위해 무슨 적극적인 의의가 있는지 따졌다. 일본 신도만 대단하다고 우기지 말고 그 비슷한 토착 민간신앙이 문학과 어떤 관계를 가지는가 하는 문제를 광범위하게 다루어 새로운 형태의 원형비판을 전개할 용의가 없는가 물었다.

발표자는 한국에서 신도를 믿으라고 일부 관리들이 강요한 것은 사실이나 기독교 전도에 비할 바는 아니었다고 하면서 말을 얼버무렸다. 토론이 끝나고 나올 때 네덜란드에서 온 한 젊은이가 내가 한 발언에 열렬한 지지를 나타냈다. 그 뒤에도 국제비교문학회의 기본 취지에 어긋나게 일본의 국수주의를 내세운 사에기의 발언 비판에 동조하는 서양인 참가자들을 이따금 만날 수 있었다.

일본에서 열린 이 대회를 위해 일본은 준비 실무를 담당하고, 장소를 제공하고, 진행과 사회를 맡는 등 많은 수고를 했으며 경비도 일부 부담했다. 주목할 만한 발표나 토론을 했다고 할 것은 없다. 손님들을 배려해 주인은 뒤로 물러나 있었으니 처신이 훌륭했다고 할 것은 아니다. 발표와 토론을 통해 깨달음을 나누고 자극을 주는 것이 최상의 봉사이다. 최상의 봉사는 마다하고, 사람들이 많이 모인 기회에 일본을 알려 호감을 가지게 하는 저급 봉사를 하느라고 애쓰기만 했다. 일본은 호감이 가는 나라이지만, 학문은 대수롭지 않다. 이런 평가를 자청했다.

나는 "세계문학의 서사"(Narrative in World Literature)라는 원탁회의에 참여해 발표를 했다. 원탁회의란 공동의 주제를 놓고 몇 사람이 자기가 연구한 바를 발표하고 토론하는 것이다. 발표자 이름, 논문 제목을 들고, 논문 개요를 소개하면 다음과 같다.

돌레제로바(Dolezelova): 〈17세기 중국의 서사문학이론: 현대 서양 서사문학론의 강력한 선구자인가?〉(Seventeenth-Century Theory of Narrative: A Dynamic Forerunner of Modern Occidental Narratology?) 이 발표자는 여성이며, 폴란드 출신의 캐나다 학자이다. 중국 고전소설에 관한 연구업적이 이미 알려져 있다. 이번 발표에서는 17세기 중국소설 특히 《金甁梅》 같은 작품은 19세기 서양소설과 유사하다고 할 정도로 복합적인 구성과 성숙된 수법을 갖추었으며, 그때의 중국소설론은 오늘날 서양의 구조주의 이론에 근접된 수준을 보여주었다고 했다.

베네데크(Benedek): 〈실제로 움직이는 서사문학: 바시 서사문학에 나타난 서양의 영향〉(Narrative in the Works: Western Influence in Bashi Narratives) 이 말표자는 헝가리 출신의 미국 인류학자라고 했다. 사회를 맡아 진행을 담당하면서 자기 발표를 했다. 필리핀 북부 작은 섬들에 사는 바시족 신화의 현지조사 자료를 소개하고, 지금은 신화가 민담으로 해체되면서 스페인의 필리핀 통치기간 동안에 전파된 서양민담의 영향이 나타난다고 했다.

조동일(Cho Dong-il): 〈한국 및 기타 제3세계문학에서 본 전통적 서사문학 형태와 근대소설〉(Traditional Forms of the Narrative and the Modern Novel in Korean and Other Third World Literatures) 소설사 이해의 유럽 중심주의를 비판한 내용이다. 유럽 밖의 근대소설이 유럽에서 이식되었다고 하는 견해는 부당하다고 하고, 전통적 서사문학이 근대소설로 이어진 양상을 주목하고 평가해야 한다면서 터키와 한국의 사례를 비교해 고찰했다.

고메즈(Gomez): 〈라틴아메리카 현대문학에 나타난 허구와 기억〉(Fiction and Memory in Latin-American Contemporary Literature) 이 발표자는 브

라질의 여성학자이다. 라틴아메리카의 현대소설이 사회문제에 대해서 어떤 주장을 펴고 어떤 사회적 기능을 하는지 논했다

세계의 서사문학에 관한 네 가지 발표는 사실과 주장의 다양성을 보여주는 데 그치고 적절한 집약점이 없었다. 발표가 끝나고 토론할 때에는 나의 논문에 대해서만 질문이 거듭 나오고 다른 것들은 논의의 대상이 되지 않았다. 내가 답변을 하면서 총괄론도 시도해야 되었다.

내 논문은 〈서사시의 전통과 근대소설〉, 《한국문학과 세계문학》(1991)을 축약해서 옮긴 것이다. 나중에 《소설의 사회사 비교론》 1-3(2001)을 다시 써서 더 자세하게 다룰 내용의 기본 착상이다. 논문 전문은 나중에 내놓고, 여기서는 간략한 설명을 한다.

근대소설의 형성에 관한 유럽학계의 기존 이론을 비판하고, 세계 전체에 널리 타당한 대안을 제3세계문학의 다양한 사례를 들어 마련하고자 한다. 헤겔과 루카치가 시민문학이라고 한 소설은 민중·귀족·시민의 합작품으로 이루어졌다. 루카치는 서사시가 가고 소설이 시작되었다고 하고, 바흐친은 격식을 갖춘 서사시가 타락해 무형식의 소설이 되었다고 한 것은 일방적인 판단이다. 하층의 구비서사시가 상승해 소설로 전환된 과정이 널리 발견되어 새로운 일반이론을 수립하게 한다. 근대소설이 이루어진 다음에도 구비서사시의 전통을 의도적으로 활용해 주인공의 성격을 규정한 작품들도 있다.

한국의 채만식은 《탁류》의 여주인공이 판소리에서 말한 심청의 전례에 따라 자기희생의 길을 가는 것을 보여주었다. 터키의 야사르 케말(Yasar Kemal)은 《메메드》(Memed)에서 도망꾼의 신세가 된 소작인이 그곳의 구비서사시 '데스탄'(destan)으로 전승된 영웅이야기를 재현해 투쟁의 주역으로 등장했다. 제3세계 다른 여러 곳의 소설에도 전통적 서사문학을 이은 것들이 많이 있다. 근대소설과 밀접한 관련을 가진 전통적

서사문학의 갈래들에 관한 광범위한 비교연구가 필요하다. 그런 작업을 영어로 글을 써서 진행하려면 영문학 특유의 의미를 가진 용어를 일반화해서 사용해야 한다.

이 논문에 대해서 여러 사람의 다양한 질문이 있었다. 서울대학교 심명호 교수는 우호적인 질문을 했다. 소설이 민중·귀족·시민의 합작품으로 시작되었다는 견해는 전에 있던 것인가 물어, 그것은 내가 처음으로 내놓은 견해이며, 세계소설사 이해를 위한 새로운 시각이라고 보충설명을 할 수 있는 기회를 마련해 주었다.

캐나다인 질의자가 영어 용어를 사용하면서 'romance'와 'novel'의 구분을 무시하고, 'novel'의 의미를 부당하게 확대했다고 지적했다. 이에 대해서, 'romance'라는 것은 영문학에서만 따로 구분하고 불문학이나 독문학에도 없으므로 유럽문학의 보편성마저 획득하지 못했으니 받아들일 수 없다고 했다. 발표에서 말했듯이, 영어가 국제적인 언어로 사용되려면 영어로 나타내는 용어가 보편적인 의미를 가져야 하므로 'novel'의 의미도 세계문학의 보편성에 합당하게 재규정해야 한다고 했다. 세계 여러 곳의 'novel'을 비교 연구해서 그 개념을 귀납하는 것이 커다란 과제라고 했다.

인도인 라마찬드란(Ramachandran)이 말을 막으면서, 'novel'의 새로운 의미를 영어 사용자들이 받아들이겠느냐고 했다. 나는 가만있지 말고 나서서 논쟁을 해야 한다고 했다. 인도소설의 성립에 관한 연구에서도 커다란 장애가 되는 영어 용어의 횡포에 대해서 나는 알고 있다고 하면서 함께 대응하는 공동전선을 이룩하자고 했다.

토론을 마칠 때 모자라는 시간을 쪼개 총괄적인 소감을 피력했다. 세계의 서사문학에 관한 오늘의 발표는 집약점이 없어 유감인데, 필자 논문이 집약의 구심 노릇을 어느 정도는 한다고 했다. 한국에는 베네데크가 필리핀 현지에서 조사한 바와 같은 서사문학의 원형이 아직 살아 있으면서, 그것이 또 한편으로 돌레제로바가 논한 17세기 중국소설과 같은 수준으로 발전하고, 고메즈가 말한 라틴아메리카 현대소설처럼 사회의식이 두드러진 작품이 적지 않다고 했다.

세계 서사문학 발전의 보편적 단계랄 것이 한국문학에 두루 구비되어 있어 연구할 의의가 크다 하고, 그런 사례가 한국 외에 터키 여러 민족과 아프리카 스와힐리의 서사시에 더 있어 비교연구에 힘쓸 만하다고 했다. 그런 규모의 거시적인 안목을 가지고 여러 문명권에 걸친 비교문학연구를 하는 것이 커다란 과제로 제기된다고 했다. 국제비교문학회 다음 모임에서 그런 문제를 집중적으로 다루어 보도록 힘쓰자고 했다.

그 발표는 큰 반응을 얻었다. 사회자 겸 발표자 베네데크가 아주 훌륭한 발표를 했다고 찬탄하고, 그 밖의 다른 참석자들도 공감과 지지를 나타냈다. 나중에도 좋은 발표를 했다면서 찾아와 치하하는 사람이 여럿 있었다. 대회가 끝나고 4년이 지나 간행된 보고서를[4] 보니, 원탁토론에서 함께 발표한 네 사람의 논문 가운데 내 것만 수록되어 있었다.

3-4 양쪽을 오가며

일본에 가서 학술발표를 한 회수를 헤아려보니 모두 11회이다. 중국 9회, 불국 6회, 미국 4회, 네덜란드 4회, 인도 2회, 러시아 2회, 영국 2회,

---

4 Earl Miner and Haga Toru ed., ICLA '91 Tokyo, *Proceedings of the XIIIth Congress of the International Comparative Association*(Tokyo: University of Tokyo Press, 1995)

독일 2회보다 월등하게 많다. 일본 학자가 한국에 와서 함께 발표하고 토론한 회수도 11회 가까이 될 것이다. 일본과 한국 양쪽을 오가며 한 발표 가운데 다음 몇 가지를 들어, 한자리에서 논의하고자 한다.

한국과 일본 사이에서 가장 불행한 사건 임진왜란이 일어나고 4백 년이 된 1992년에 '92한국문화통신사'라는 행사가 일본에서 열렸다. 전쟁의 상처를 극복하고 두 나라가 우호적인 관계를 회복한 전례를 되살려 오늘날 더욱 가까워지는 길을 찾고자 했다. 그 행사의 하나로 '한일문화포럼'이라는 학술회의가 1992년 7월 2일 東京에서 열렸다. '한국문화와 일본문화: 그 동질성과 이질성'을 공동 주제로 삼고, 두 나라 학자 5인씩 모두 10인의 발표가 있었다. 발표마다 두 나라 학자 2·3인이 토론했다. 나는 〈한·일문학 특질론 비교〉라는 발표를 했다.[5]

그 논문에서 두 학자의 견해를 들어 논했다. 加藤周一(가토 슈이치)는 《日本文學序說》(1975)에서, 일본문학은 네 가지 특질이 있다고 했다. 철학이 발달하지 않아 문학이 철학을 대신하고, 새 것이 낡은 것에 첨가되고, 시 형식이 단형이고, 자기 신분층의 생활만 다룬다고 했다. 小西甚一(고니시 진이치)도 《日本文藝史》(1985-2009)에서 특질론을 중요시하고 자기 지론을 폈다. "일본문예의 특질을 체계적으로 파악하는 것이 문학사 서술의 종착점"이라고 하면서, 짧은 형식을 좋아하고, 대립이 첨예하지 않으며, 主情的이고 內向的이어서 비극이 없는 것을 들었다.

이 둘에 대해 논의했다. 加藤周一가 일본의 시 형식이 단형인 것은 존비법이 발달된 언어를 사용했기 때문이라고 한 것은 수긍할 수 없다. 한국어 또한 존비법이 발달했지만 시형이 일본처럼 단형인 것은 아니기 때문이다. 이러한 사실에서 한 나라의 사정만 들어 언어와 문학의 관계

---

5 논문 전문이 《우리학문의 길》(지식산업사, 제2판 1996), 82-94면에 있다.

를 해명할 수 없으며, 비교연구가 반드시 필요하다는 것을 확인할 수 있다고 했다.

小西甚一는 일본문학의 특질을 한국문학과 비교하면서 살폈다. 일본문학은 단형이고 서양문학은 장형이며, 한국문학은 중간형이라고 했다. 한국어문학은 일본문학처럼 주정적이고 내향적이며, 한국한문학은 중국문학의 영향을 받아 주의적이고 주지적이라고 했다. 이것은 한국문학은 일본문학과 다른 먼 곳의 문학 사이의 중간형일 것이라고 여기는 사고의 틀에서 나온 견해라고 할 수 있고 사실과 부합되지 않는다. 한국문학은 몇천 행이나 되는 시, 백 책 이상의 소설이 있어 아주 장형인 편이다. 구비문학·국문문학·한문학이 근접된 관계를 가지고 서로 얽힌 것이 또 하나의 특징이며, 그 때문에 어느 것이든지 주정적이면서 주의적이고, 내향적이면서 주지적이다.

두 논자가 말한 일본문학의 특질은 한국문학의 경우와 상당한 거리가 있다. 한국문학에서는 철학과 문학이 밀접한 관련을 가져 문학이 철학이고 철학이 문학이라고 할 수 있다. 길고 복잡한 구조를 가진 작품에서 여러 신분층의 상이한 주장을 겉 다르고 속 다른 방식으로 나타내는 것을 흔히 볼 수 있다. 두 나라 문학의 특질을 파악하기 위해 상호조명이 필요하며, 특질이 생긴 이유를 알아내려면 문화나 역사 전반에 관한 비교가 요망된다.

일본 학자들은 한국을 모르고 알려고도 하지 않으면서 함부로 말한다. 한국 학자들이 일본을 알려고 노력하는 것과 많이 다르다. 일본 학자들이 한국을 모르는 것은 한국이 열등하기 때문이고, 한국 학자들이 일본을 알려고 하는 것은 일본이 우월하기 때문인가? 전연 그렇지 않다. 나라는 대등하고 우열이 없다. 아는 쪽과 모르는 쪽은 우열이 있다. 몰라서 열등한 것을 일본은 모른다.

2000년 4월 8일 한국외국어대학 일본학연구소가 '한·일문학 속의 가족'이라는 주제로 학술회의를 열었다. 일본에서 동경대학 비교문학교수 大澤吉博(오자와 요시히로) 외 몇 사람이 와서 발표했다. 한국 측 발표자 가운데 나도 있었다. 양쪽 논문의 한국어본과 일본어본을 배부하고 발표는 자기 말로 하고, 토론을 통역하는 방식으로 행사가 진행되었다.

나는 〈한국고전소설에 나타난 父子 갈등〉이라는 논문에서, 한국의《報恩奇遇錄》, 일본의《好色一代男》, 독일의《빌헬름 마이스터의 수업시대》 *(Wilhelm Meisters Lehrjahre)*를 비교해 고찰했다.6 셋 다 부자갈등을 다루어 중세에서 근대로의 이행기 공통된 사회변화를 상이하게 나타낸 소설이다. 돈벌이를 생업으로 삼는 아버지가 아들을 훈련시키기 위해 수금해오라고 시켰더니 아들은 말을 듣지 않고 도망쳐 자기 하고 싶은 것을 했다. 아버지가 개척하는 새로운 삶을 아들이 거역하고 보수노선으로 되돌아가고자 했다. 아들이 택한 것이 한국에서는 漢詩 짓기, 일본에서는 色 도락, 독일에서는 연극 공연이어서 세 나라 문화의 차이를 보여준다.

大澤吉博는 대상에서나 시각에서나 나와 아주 다른 발표를 했다. 오늘날 일본소설에 나타난 가족을 들어 논하면서, 가족의 구성원이 줄어들다가 마침내 가족이 해체되는 위기에 이른다고 했다. 그래서 잘못되었다는 것은 아니었다. 해결책이 무엇인가에 관심을 보이지도 않았다. 가족해체 현상을 보여주는 소설 장면을 들고 그것을 영화화한 자료를 보여주면서 실상을 알리는 데 힘썼다. 문학은 오직 작품이라고 여겼다. 작품의 의미를 다양한 관점에서 살피는 것이 연구에서 할 일이라고 했다.

---

6 논문이《세계·지방화시대의 한국학 2 경계넘어서기》(계명대학교출판부, 2005), 317-342면에 있다.

청중석에 있던 노인 두 분이 그래서 되겠는가 하고 분개하고 나무라는 발언을 하고, 발표자 중에 누가 대답하라고 했다. 가족이 해체되지는 않을 것이라고 말로 대답하는 분이 있었으나 미흡했다. 그래서 내가 나서서 다음과 같이 말했다.

유럽문명권에서는 가족이 해체된다고 하는데, 제3세계나 동아시아는 그렇지 않다. 다만 가족의 중심이 아버지에서 어머니로 바뀌고 있다. 《어머니 노릇의 즐거움》(*The Joyce of Motherhood*)이라고 하는 아프리카 나이지리아 여류작가 에메체타(Emecheta)의 소설이 좋은 자료가 된다. 아버지는 가족을 돌보지 않고 개판을 쳐도 어머니가 아이들을 기르고 가르치기 위해 온갖 노력을 한다. 미국에 이민해 살고 있는 한국인도 그런 특징을 잘 보여주고 있다. 가부장의 권위가 추락한 것이 가족 해체의 위기라고 여기지 말고 어머니의 주도권을 인정하면 위기가 아니다.[7]

大澤吉博은 자기 관점을 옹호하고 우리 쪽에 대한 불만을 나타냈다. 내 발표에서 볼 수 있듯이 문학을 논하면서 사회적이고 정치적인 문제에 많은 관심을 가진 한국의 학풍은 마르크스주의라고 했다. 일본에서

---

[7] 이 작품은 역경을 억척스럽게 이겨내는 여성의 자세를 그린 좋은 본보기이다. 주인공 여성은 존경스러운 추장의 딸로 태어나고, 자식을 많이 둘 팔자라고 했다. 그 둘 다 행복을 약속하는 조건인데, 그대로 되지 않았다. 남편이 영국인에게서 고용살이를 하면서 세탁 일이나 하고 비굴한 자세로 비참하게 살았다. 잡혀가서 옥살이를 하기도 했다. 형편없는 위인이라고, 이혼을 하거나 내쫓을 수 있는 것은 아니었다. 여자의 권리 주장은 너무나도 사치스러운 일이었다. 아이들에게 아버지가 있다는 것만으로도 남편은 자기 구실을 한다고 인정했다. 나머지는 모두 아내가 맡았다. 생계를 유지하고 아이들을 돌보는 일을 도맡아, 힘들인 만큼 보람이 있다고 여겼다. 이 작품은 남성이 지배하는 가족이 해체되자, 여성이 나서서 가족을 새롭게 재건하는 세계사의 대변동을 말해준다. 가족 해체는 유럽에서 먼저 일어나고, 가족 재건은 유럽의 식민지 지배로 가장 비참한 지경에 이른 아프리카에서 먼저 이루어지는 것을 알아야 한다고 한다. 이에 관해 《소설의 사회사 비교론》 3, 101-107면에서 자세하게 고찰했다.

문학은 특수한 체험으로 보고 작품에 대한 심리적 분석을 하는 것이 바람직한 접근이라고 했다. 이에 대해서 나는 다음과 같이 응답했다.

문학에 대한 사회적 관심은 마르크스주의라고 하는 것은 마르크스주의를 부당하게 확대시킨 잘못이 있다. 두 나라의 학풍을 비교하면, 한국은 거시적이고 일본은 미시적이며, 한국의 구조적이고 일본은 분석적이며, 한국은 역사적이고 일본은 심리적인 차이가 있다. 그 두 학풍을 두고 우열을 가리지 말자. 둘 다 필요하다. 둘 다 갖추어야 동아시아의 학문이 유럽문명권의 학문과 대등한 수준에 이르거나 그것보다 앞설 수 있다. 그렇기 위해서 서로 이해하고 수용해야 한다.

일본문학을 전공하는 한국의 학자는 아주 많고 한국문학을 전공하는 일본의 학자는 아주 적어 이해와 수용에 불균형이 심한 것은 시정해야 한다. 또한 관심의 폭도 문제이다. 나는 한국문학을 일본문학을 포함한 동아시아문학, 제3세계문학, 유럽문명권의 문학과 널리 비교해 세계문학에 대한 새로운 이해를 하고자 하는데, 일본의 학자는 그렇게 하지 않는다. 일본의 비교문학자는 한국문학에 대해서 관심은 있어도 다루지는 못한다. 다음 세대에는 열린 시야를 가진 비교문학자가 교수로 등장해야 할 것이라고 했다.

2004년 6월 5일 일본 동경대학 비교문학과 주최 학술회의에서 〈한국문학에서 제기된 正典 문제〉라는 발표를 했다. 영문본을 준비해 갔는데, 한국어로 발표해도 된다고 하고 일본어로 통역했다.[8] 영문본은 지면에 발표한 적이 없으며, 이 책 뒷부분에 처음 수록한다.

발표 요지는 정전 선정이 한국에서 세 단계로 이루어졌다는 것이다.

---

8 국문본이 《세계·지방화시대의 한국학 3 국내외 학문의 만남》(계명대학교출판부, 2006), 44–151면에 있다.

(1) 문명권 전체의 공동문어로 이루어진 한문학 정전이 보편적인 이상주의가 이념을 주도하는 오랜 기간 동안 크게 행세했다. (2) 근대 민족주의의 시대에는 그 대신 민족어 정전을 소중하게 여기고, 국문문학의 명작을 높이 평가했다. (3) 지금은 정전의 개념을 검토의 대상으로 삼고 불신하면서 새로운 형태의 평등사회를 만들고자 해서, 여성문학이나 구비문학이 중요시된다. 이런 발표를 하고, 일본인 비교문학자들의 질문을 받았다.

문: 정전 결정에서 영국의 옥스퍼드대학출판사, 불국의 플레야드(La Pléiade) 총서, 일본의 岩波 등의 출판사가 사실상 결정적인 구실을 한다. 한국의 경우 어떤가?

답: 한국에는 그런 출판사가 없어 정전을 정착시키고 보급하지 않은 것이 불행이면서 다행이다. 정전을 문학사가 맡고 있어, 재론하고 비판하기 쉽다.

문: 정전에 관한 논의에서 누가 정전을 만들었는가, 정전을 만들어 어떤 특권의식을 누렸는가 하는 것이 중요하다. 한국의 경우는 어떤지 말해 달라.

답: 정전을 만들어 상층, 남성, 중앙지방 사람의 특권을 강화하고, 하층, 여성, 지방민을 무시한 것은 세계 어디서나 같다. 그 점에 관해 근래 영미학계에서 많은 논의를 펴면서 정전 비판을 하는 것을 알고 있다. 이런 논의를 수입해 되풀이하는 것이 능사가 아니다. 한국의 영문학자들은 정전 비판 수입을 일본에서만큼 열심히 하지는 않는 듯하다. 그래서 뒤떨어진 것은 아니다.

한국문학 전공자들은 영미의 동향에는 관심을 가지지 않은 채 하층, 여성, 지방민의 문학을 소중하게 평가하는 작업을 열심히 해오면서 그릇된 관점을 시정하는 성과를 크게 이룩하고 있다. 1970년대 이래로 구비문학을 문학의 기본영역으로 받아들이고, 문학사 전개의 근간으로 이해하기까지 한 것이 결정적인 전환이다. 정전 비판에 대한 대안을 제시하는 작업에서 영미학계보다 앞서고 있다.

한국에서 이룩하는 새로운 관점은 제3세계문학에 대한 적극적인 평가를 가능하게 하고, 세계문학사를 제3세계의 시각에서 이해할 수 있게 한다. 그런 연구를 구체적으로 한 성과도 많이 나와 있다. 일본의 경우에 영미학계에서 정전 비판론을 수입하는 것보다 아이누문학이나 유구문학을 이해하고 정당하게 평가하는 것이 선결 과제라고 생각한다. 이렇게 응답하느라고 말이 길어졌다.

마지막 순서로 일본비교문학회 회장 私市保彦(키사이치 야수히코) 교수가 폐회인사를 하면서, 오늘의 발표에서 특히 주목한 사실에 대해서 말했다. 근대 이전에 한국한문학이 평가되고 정전의 위치를 차지하게 된 것은 일본에는 없던 일이라고 했다. 일본한문학은 근대에 이르러서 정전이 될 수 있었다고 했다.

그것은 우리는 알지 못하던 사실이다. 거기다 소감을 보탠다. 일본한문학은 과거에는 중국 것이 아니라는 이유에서, 근대 이후에는 일본어를 사용하지 않았다는 이유에서 대단치 않게 여겨진다. 일본어문학의 고전만 받들고 한문학은 무시한다. 일본한문학은 학문 편제상에서나 도서 분류에서나 중국문학으로 취급된다. 납득할 수 없는 처사이다. 일본문학사의 정상적인 이해를 해친다.

2008년 9월 24일부터 26일까지 일본 東京에서 한국학술원과 일본학사원의 공동 학술회의가 열렸다. 거기서 나는 〈일본 能의 幽玄과 한국 탈춤의 신명풀이, 비교연구를 어떻게 할 것인가〉를 발표했다.[9] 田仲一成

---

9 논문 전문과 부기 사항이 《한국학의 진로》(지식산업사, 2015) 194-241면에 있다.

(다나카 잇세이)의 〈日本と韓國の神事藝能の比較－－中國を媒介にした一考察〉이 내 논문이 짝을 이루어 나란히 발표되었다.

한·일문화 비교론이 행사 전체의 공동주제였는데, 사회학, 미학 및 미술사, 역사학에서 한 다른 발표에서는 비교를 적극적으로 전개하지 않았으며 토론이 없었다. 田仲一成 교수와 나는 시비를 가리지 않을 수 없는 발표를 하고 토론을 격렬하게 했다. 바라는 대로 되었다.[10]

田仲一成 교수는 중국연극사 전공자이다. 중국연극사에 관한 방대한 저서가 여럿 있다. 이번 발표에서는 能과 탈춤의 형성에 대한 자기 나름대로의 견해를 제시했다. 佛教의 冥界圖에 보이는 放浪藝人의 모습을 자료로 삼아, 중국 전래의 예능이 일본에서 원형과 유사하게 전승된 것이 能이고, 한국에서는 상이하게 변모해 탈춤을 이루었다고 했다.

논문을 미리 읽고 나는 〈田仲一成, 日本と韓國の神事藝能の比較－－中國を媒介にした一考察에 對한 所見〉이라는 토론문을 다음과 같이 작성해 가지고 갔다. 통역이 미비해도 이해 가능하게 하려고 한자어를 최대한 사용하고 한자로 적었다. 발표 전날 토론문을 전했더니, 발표 당일 일본 쪽에서 작성한 일역본이 배부되었다. 한자어 사용을 줄여도 지장이 없을 뻔했으나, 지금에 와서 고쳐 적는 수고를 할 필요는 없다고 여겨 원문 그대로 옮긴다.

中國의 放浪藝人이 韓國과 日本으로 渡來하고, 放浪藝人의 散樂에서 假面劇을 爲始한 後代의 諸般 藝能이 由來했다는 것을 論議의 前提로

부기 사항 일부만 옮긴다.

10 이하의 논의에 한자와 일본어가 많이 등장하는 것은 어쩔 수 없다. 국문으로 바꾸거나 번역을 하면 실상에서 멀어진다. 나도 일반 대중이 읽기를 바라는 책은 한글 전용으로 쓰지만, 한글 전용을 철칙으로 삼으면 학문 연구에 막대한 지장이 있다.

삼았다. 그러나 各國의 放浪藝人은 獨自的으로 形成되고 相互交流했을 可能性이 더 크다. 特定地域에서 每年 一定한 時期에 公演하는 假面劇 等의 民俗劇은 放浪藝能과 相異해 起源을 別途로 探索해야 할 것이다.

中國·韓國·日本 佛敎의 冥界圖에서 放浪藝人을 發見해 資料 擴大에 寄與했다. 放浪藝人이 中國이나 日本에서는 地獄 亡靈의 恐怖를 傳하는 데, 韓國에서는 現世에서와 같이 豁達快活한 演戱를 하고 있는 興味로운 事實 發見을 評價한다. 亡靈이 登場하는 演劇이 中國이나 日本에는 存在하고 韓國에는 不在하는 것이 이와 關聯된다는 指摘도 首肯할 만하다. 그러나 差異가 생긴 理由는 解明하지 않았으므로 論議의 發展이 要望된다.

論文 表題에서 神事藝能을 比較하겠다고 했다. 佛敎의 冥界圖는 神事藝能에 關한 傍系的이고 間接的인 資料가 아닌가 한다. 神事藝能의 直接的인 樣相을 行爲傳承에서 찾는 것이 進一步한 方法이라고 생각한다. 韓國에서는 이에 關한 硏究가 相當한 程度로 進陟되었음을 報告하고 日本의 境遇는 如何한지 質疑한다.

神事를 爲한 굿(*gut*, rite) 또는 祭儀에서 藝能인 演劇이 發生했다고 하는 것이 全體的 槪要이다. 굿은 巫堂만 하지 않고, 農樂隊가 하는 마을굿(*ma-eul gut*, village rite)도 있다. 兩種 굿에서 兩種 演劇, 則 巫劇과 假面劇이 생겨났다.

巫堂은 賽神 節次의 一部로 巫劇을 한다. 神遊의 過程에서 神이 演劇 登場人物 役을 한다. 좋은 例가 濟州道에도 있고, 東海岸에도 있다. 神堂에 奉安했던 假面을 神으로 崇仰하는 祭祀를 每年 一定한 時期에 擧行한 後, 村人들이 그 假面을 着用하고 踏舞한다는 記錄이 示唆하는 바가 크다. 祭儀에서는 神의 假面이 演劇에서는 人間의 假面이다. 河回에서는 이런 行事를 今日까지 傳承하면서 假面劇을 公演한다.

他處의 假面劇도 大部分 마을굿과의 關聯을 維持하고 있다. 演劇이 群衆遊戲의 한 節次인 것이 常例이다. 마을굿에서 分離되었다고 看做되는 假面劇에도 由來를 推定할 資料가 있다. 鳳山탈춤의 영감이 미얄에게 "너는 윗목에 서고 내가 아랫목에 서면 이 동네에 雜鬼가 犯치 못하는 줄 모르더냐"라고 했다. 演劇의 登場人物인 老翁과 老驅가 元來 洞里 上部와 下部에서 立哨를 하던 神格이었음을 暗示한다.

굿에서 崇仰하는 神은 守護神이면서 多産神이다. 그런데 神遊에서는 守護神의 威嚴은 後退시키고 多産神의 能力을 模擬的 性行爲를 通해 誇張되게 演戲하면서 觀衆에게 笑謔을 提供한다. 崇高는 拒否하고 滑稽스럽기만 한 擧動의 連續에서 日常生活을 模寫하고, 現實的인 葛藤을 問題 삼는다. 觀念을 打破하고 權威를 顚覆하며 社會를 諷刺한다.

이렇게 된 理由는 祭儀를 傳承하면서 演劇을 創造하는 作業을 下層民의 共同體가 遂行한 데 있다. 共同體의 祭儀는 上層의 抑壓에서 벗어나 下層民이 신명풀이를 마음껏 할 수 있는 好機였으므로 獨自的인 藝術 創造에 積極 活用했다. 地域共同體의 下層演劇은 放浪演藝人의 公演처럼 收益을 얻어야 할 必要가 없어 上層을 果敢하게 批判했다.

祭儀에서 演劇이 發生한 過程은 古代希臘의 境遇와 韓國이 基本的으로 同一하다. 中國이나 日本 또한 相異하지 않았으리라고 생각한다. 韓國이 特別한 점은 喜劇 選擇에 있다. 이에 關한 比較研究는 中國을 媒介로 韓·日의 事例를 考察하는 範圍를 上廻해 世界 全體로 擴大해야 한다. 悲劇과 喜劇 兩分法은 제3의 形態를 論外로 하는 缺陷이 있어, '카타르시스'·'라사',·'신명풀이'를 들어 논하는 演劇美學 理論을 本人이 開拓했다.

田仲一成 교수는 이에 응답하면서 반론을 제기하는 〈조교수의 신명

풀이론에 대한 비평〉을 써서 일본어 원문과 한국어 번역본을 배부하고 발표했다. 모두 다섯 조항으로 이루어졌다. 요지를 간추려보자.

(1) 일본에서는 신명풀이연극에 해당하는 田樂(덴가쿠)에서 能(노우)가 나왔으므로, 신명풀이와 幽玄은 병립하지 않고 선후관계에 있다. 한국의 가면극은 신명풀이 단계에 머무르고 더 발전하지 못했다. (2) 신명풀이는 연극 이전의 것이다. 18세기 이후 한국 가면극의 미학적 특징은 신명풀이라기보다 깨어 있는 눈으로 타자를 보는 해학과 풍자로 규정해야 한다. (3) 能에도 신명풀이와 상통하는 상하약동의 연기가 있다. (4) 고려 이전의 처용무는 能에 가까운 것이 아니었던가 싶으나, 조선 후기의 가면극은 너무 비속하다. (5) 한국에도 儺禮와 같은 상층연극이, 일본에도 "옛날의 전악이나 염불춤, 그 계통을 잇는 지방의 가면무도 任生狂言(지쿄우켄)" 등의 하층연극이 있다.

(1)·(3)·(5)는 기대하던 정보이다. 상하약동의 연기를 하던 하층연극 田樂에서 能가 나왔다고 하는 것은 田仲一成 교수가 논의의 전제로 삼은 중국 전래설과 합치되지 않는다. (2)는 동의할 수 없는 견해이다. 18세기 이후 한국 가면극의 특징이라고 지적한 것이 신명풀이의 원리를 구성하는 일부의 요소이다. 신명풀이는 연극 이전의 것이 아니고 연극의 원리이다. (4)와 (5)에서 한·일 양국에 상하층의 연극이 다 있다고 하고 말 것은 아니다. 한국에서는 하층연극이, 일본에서는 상층연극이 우세해 다른 쪽을 압도한 이유를 밝히는 것이 긴요한 과제이다. 이에 관한 나의 작업에 불만이 있으면 자기 견해를 제시해야 한다.

이 가운데 (3)이 가장 긴요해 전문을 옮긴다.

幽玄을 이념으로 삼는 能 가운데도 신명풀이와 상통하는 상하약동의 연기가 있다. 예를 들면 "翁の三番叟"(오키나노산반소우)가 그것이다. 田

(밭)의 神인 翁(오키나)가 흰 가면을 쓰고 등장해 수평으로 이동하는 억제된 동작을 계속하지만, 三番叟(세 번째 늙은이)는 검은 가면을 쓰고 격하게 상하로 날듯이 뛰어오른다. 이것은 能樂師(노가쿠시)가 아닌 狂言師(쿄우겐시)가 담당하며, 三番猿樂이라고 이르듯이 옛 시절 猿樂·田樂의 계통을 잇는다. 아마 한국의 탈춤과 같이 중국으로부터 전해진 散樂의 계보에 이어질 것이라고 생각된다. 뛰어오르는 것은 신들림의 표현일 것이다. 지방에서 연극을 할 때에는 반드시 三番叟를 연기한다. 翁은 생략하고 三番叟만 하는 경우가 많다. 이것은 신의 등장을 표현하며, 신명풀이와 통한다.

사리가 명백해졌다. 한국과 일본에서 연극이 생겨난 과정은 동일하다. 生産神 또는 多産神의 神遊에서 연극이 생겨났다. 일본에서는 연극이 상층문화로 승격되면서 원래의 모습은 흔적만 남았다. "한국의 탈춤과 같이 중국으로부터 전해진 散樂의 계보에 이어질 것이라고 생각된다." 고 한 말은 부당하다. 神遊를 하는 農樂이나 田樂은 중국과 무관하게 독자적으로 형성되었다.

지금까지 소개한 반론에 추가해 田仲一成 교수는 〈趙東一敎授のシミョンプリ論について〉(조동일 교수의 신명풀이론에 관하여)를 일본어로 배부하고 발표했다. 카타르시스·라사·신명풀이가 연극 미학의 세 가지 원리일 수 없다고 하는 것이 요지이다. 세계 여러 곳에 있는 신명풀이 연극은 모두 연극 이전의 것이어서, 카타르시스·라사·幽玄의 숭고미를 갖추는 데 도달하지 못했다고 했다.

신명풀이 연극은 한국이나 일본뿐만 아니라 세계 도처에 있다는 것을 인정했다. 그러면서도 연극의 기본 형태의 하나로 받아들이지 않아야 한다고 한 이유는 연극 이전의 것이라는 데 있었다. 카타르시스·라사·幽玄의 숭고미를 갖추지 않은 연극은 연극이 아니라고 했다. 숭고미가 아닌 골계미는 미가 아니라는 것과 같은 주장이다.

카타르시스·라사·幽玄을 동일시하고 차이점은 문제 삼으려고 하지 않았다. 카타르시스와 라사 사이의 치열한 논란에 대해서 관심을 가지지 않고, 幽玄은 어느 쪽과 어떤 관련을 가지는지 연구하지 않았음을 말해준다. 幽玄의 자리 매김을 위한 비교연구를 배제하고, 세계적인 범위의 일반이론 정립에는 관심이 없는 것이 일본 학풍임을 확인할 수 있었다.

일본의 能와 한국의 탈춤은 자국의 선행예능에서 유래했는가 아니면 중국에서 전래되었는가 하는 문제는 비교의 기준과 거점이 달라도 어느 한쪽으로 판가름이 난다. 상이한 결론을 도출할 수밖에 없다고 할 것은 아니다. 나는 能와 탈춤이 자국의 선행예능에서 유래한 과정이 다른 여러 나라의 경우와 함께 대체로 일치하다가 방향이 달라졌다고 했다. 신명풀이는 한국 연극만의 독자적인 원리가 아니고 세계연극 미학의 세 가지 기본원리 가운데 하나여서 일본도 공유하다가 幽玄이 이루어지자 뒤로 물러났다고 했다. 幽玄은 또 하나의 기본원리인 라사를 일본에서 명명하고 규정한 유산이라고 했다.

나는 能와 탈춤의 유래를 사실에 입각해 실증으로 해명해, 다른 연구자도 누구나 검증할 수 있는 결과에 이르렀다. 幽玄과 신명풀이의 비교고찰은 보편성 발견을 목표로 삼고 진행해, 연극미학의 기본원리에 대한 이해를 세계적인 범위의 연구를 바로잡는 데 기여한다. 이방인 혐오증의 논거를 찾아 자기 확인의 강화에 이르자는 것은 아니며, 역사-문화적 회고의 딜레마라고 한 것과 무관하다.

오늘날 온 인류를 위협하는 재앙이 밖에서 닥쳐온다고 여긴다면 부적절한 진단이다. 공동의 문화유산을 두고 우열을 부당하게 가려, 열등하다는 쪽은 망각하거나 폐기하고, 우월하다는 쪽이라도 왜곡하고 오용해 정신이 황폐해지는 자멸을 더욱 염려해야 한다. "생물학적 상상력"이라고 말한 것을 대안으로 삼기보다 문화사적 가치에 대한 각성이 더욱 긴요하다. 이를 위해 한·일학자가 협력해 마땅한 과제를 하나 제시한 것이 발표의 의의이다.

모임을 끝내고 며칠 동안 일본에 머물면서 자료를 더 구하기 위해 나섰다. 여러 서점을 뒤져 필요한 책을 20여 권 샀다. 그 가운데 田仲一成, 《中國演劇史》가 포함되었다.[11] 서론에서 농촌의 祭祀儀禮演劇 또는 巫系演劇에서 중국연극이 시작되었다고 하는 관점을 택한다고 말하고, 제1장에서 이에 관해를 고찰했다. 세계연극사 전개의 일반적인 과정이 중국에서 인정되는 것이 당연하므로 새삼스러운 의의가 있다고 하기 어렵다. 혼란된 용어를 사용하면서 사례를 열거하는 데 그쳤다고 하지 않을 수 없고, 이미 이루어진 연구 수준에 이르렀다고 인정하기 어렵다.

굿 또한 제의에서 연극이 발생한 과정을 나는 한국의 경우를 들어 소상하게 고찰하고, 고대그리스의 경우와 같고 다른 점을 밝혀 논했다. 田仲一成 교수의 연구는 중국 또한 그리스나 한국과 유사한 과정을 거쳤음을 알려주기만 하고, 어떤 특성을 지녔는지 말하지 않았다. 미비한 성과이지만, 이용 가치는 적지 않다. 이번에 발표한 논문의 입각점을 시정하게 한다. 중국에서는 굿에서 연극이 발생하고, 한국이나 일본은 연극 발생의 독자적인 과정이 없어 중국연극의 수용으로 한국연극이나 일본연극이 이루어졌다고 할 수 없게 한다. 일본의 경우를 고찰하고 세 나라의 경우를 비교하는 과제가 제기되었다.

일본에서 구입해온 온 책에 能의 발생에 관한 논의가 이따금 있어

---

11 東京: 東京大學出版會, 1998.

도움이 된다. 田仲一成 교수가 발표에서 말한 것보다는 논의가 진전되어 있었다. 松岡心平, 《能ーー中世からの響き》를 좋은 본보기로 들 수 있다.[12]

이 책에서는 연구사에 관한 논의를 갖추고 자기 견해를 제시한 것이 특기할 사실이다. '延年風流'를 能의 모태로 보는 견해가 제기되었다가 비판을 받고 퇴조한 다음 "能의 성립의 연구는 다시 오리무중이라고 할 상황이다."라고 했다(37면). 그 다음 대목에서 자기 견해를 아래와 같이 폈다.

"내가 여기 제시하는 가설은 이런 상황을 타개하기 위한 한 시도이다."라고 하고, 구체적으로는 翁(呪師)猿樂로부터의 전개를 중요시하는 한편, 唱導(說敎)劇 또는 그것을 육성하는 勸進猿樂(田樂)라는 시점에서, 能의 형성과정을 고찰하겠다."고 했다(38면). 猿樂와 田樂를 함께 거론하는 관례를 되풀이하면서 둘 다 특정한 형태를 들었다. 논의를 전개하는 과정에서 용어를 가다듬어 "勸進田樂와 鬼能", "呪師猿樂와 鬼能"의 관계를 고찰했다.

堀口康生, 《猿樂能の硏究》에서는[13] 猿樂의 유래에 대해 독자적인 견해를 제시했다. "중세 농촌의 神事를 기반으로 전개된 鎌倉시대의 猿樂는, 呪師의 藝系를 끌어들여 翁猿樂를 本藝로 하고, 寺院 法會의 餘興禮였던 延年 등과 서로 영향을 끼치면서, 鎌倉시대 중기 무렵에는 극 형태의 能를 연출했으리라."라고 추정했다(238-239면). 猿樂가 대륙 전래의 散樂 가운데 하나라고 하지 않고, 일본에서 독자적으로 형성되었다고 했다.

---

12 東京: 新書館, 初版 1998, 再版 2006
13 東京: 櫻楓社, 1988

猿樂는 田樂와 경쟁관계를 가지고 발전했다고 했다. "농촌의 神事를 기반으로의 能를 흡수하고" 오락성을 강화해 농촌에서 도시로 진출하던 단계를 지나, 田樂에 대한 猿樂의 승리가 이루어졌다고 그 뒤의 경과를 말했다. "猿樂能가 대단한 변모를 겪고, 마침내 田樂를 압도해 밀어내고 중세를 대표하는 예능으로 성장하도록 한 것은 觀阿彌·世阿彌 부자의 공적이다."고 말했다(239-241면). 幕府 將軍의 애호와 후원에 힘입어 그럴 수 있었다고 했다. 田樂와 猿樂라는 두 가지 연극, 농민의 취향을 나타낸 하층연극과 종교적 성향이 두드러진 상층연극의 경쟁에서 뒤의 것이 집권층의 작용으로 승리했다고 이해할 수 있다.

山路興造, 〈藝能史における猿樂能〉에서는[14] 대륙에서 전래된 散樂 가운데 하나가 猿樂이고, 猿樂가 能로 발전해 猿樂能라고 일컬어지던 것을 후대에 能라고만 했다고 했다. 널리 인정되고 있는 통설이어서 새삼스러운 의의가 없다고 할 수 있다. 그런데 猿樂能의 지방 전파에 관해 고찰한 대목에 주목할 만한 내용이 있다.

중앙에서 이루어진 猿樂能가 지방에 전파되어 전승되는 양상을 여러 지방의 경우를 들어 말하면서 다른 한편으로는 "지역의 민속과 함께 독자의 '能'를 지금까지 전승하고 있다."고 했다(23면). 여러 사례를 모아 연결시키면 "鄕村의 祭祀에서" "先祖神이나 地主神"을 받들면서 "병이나 악령"을 물리치는 "山伏이나 巫女"라는 사제자가 방울을 흔들고 신의 춤을 추는 神樂를 "猿樂能"의 방식으로 공연하고 "웃음을 일으키는 狂言을 적당하게 삽입한다."고 했다(21-23면).

猿樂能나 狂言이라는 말을 써서 중앙의 공연물이 지방에 전파되어

---

14 《能と狂言》 3(東京: 能樂學會, 2005)

이런 것들이 생겨났다고 생각되도록 하는 것은 납득하기 어렵다. 그런 것들은 지방 토착의 제의에서 생겨난 연극이라고 보아 마땅하다. 그 과정과 양상이 고대그리스, 한국, 중국 등의 경우와 기본적으로 일치한다. 고대그리스나 한국에 관해 연구한 성과와 같은 것을 일본에서도 이룩하는 것이 당면 과제임을 재확인할 수 있다.

이상과 같은 논의에서 몇 가지 특징을 추출할 수 있다. 선행 작업을 널리 거론하면서 시비를 가리지 않고 자기가 알아낸 것을 말하는 데 치중했다. 각기 어느 국면에 관한 고찰을 하기만 하고 총괄론을 전개하지는 않았다. 자료에 나타난 사실을 고찰하는 데 그치고 이론적인 일반화를 시도하지 않았다.

실증적인 고찰을 상당한 정도로 해서 문제가 해결된 것 같지만 그렇지 않다. 能의 선행형태라고 하는 것들의 유래와 상관관계는 고찰하지 않아 논의가 철저하지 못하다. 제의에서 연극으로의 전환이 일본에서는 어떻게 이루어졌는지 밝히지 않았다.

일본 연극 발생에 관한 총괄론을 갖추어 이론화하는 작업은 이제부터 해야 할 일로 남아 있다. 외국인은 전문지식이 모자라게 마련이어서 이 작업을 모두 감당하기는 어렵다. 그러나 방향 제시와 작업 개요 작성은 밖에서 더 잘할 수 있다. 비교연구의 안목을 가지고 멀리서 보니 산맥에 해당하는 윤곽이 더 잘 나타나기 때문이다.

(가) 원초적 神事연극이 생겨나, 農民연극과 司祭연극으로 분화되었다. 앞의 것이 田樂이고, 뒤의 것은 猿樂이다. (나) 뒤의 것을 猿樂라고 한 이유는 대륙 전래의 散樂 공연자들이 참여해 외래의 요소를 첨가하고 散樂 가운데 하나인 猿樂와 유사하기 때문이다. 猿樂는 상층이 선호하는 문화요소들과 개방적인 관계를 가지고 고급연극일 수 있는 가능성을 지녔다. (다) 田樂는 둘로 분화되었다. 농촌에 머물러 종래의 방식

대로 공연되는 田樂1도 있고, 猿樂에서 갖춘 연극 공연 방식을 받아들여 猿樂와 경쟁하는 도시 공연예술로 된 田樂2도 있다. (라) 猿樂가 집권층의 애호와 후원에 힘입어 상층연극으로 발전한 能가 되어 대단한 위세를 지니게 되어, 田樂와의 경쟁이 끝났다. (마) 田樂1은 전승되기는 해도 연극의 발전이 없다. 田樂2는 狂言으로 수용되고 能에도 흔적을 남겼다.

이런 개요는 한국과의 비교연구를 위한 과제를 제시한다. (가)는 탈춤과 무당굿놀이가 분화한 것과 같고 다른 면이 있다. (나)는 處容가무가 생겨난 것과 비교되지만, 처용가무는 연극으로 발전하지 못했다. 司祭연극인 무당굿놀이가 농민연극인 탈춤보다 더욱 폐쇄적인 점도 일본과 다르다. (다) 田樂1은 농촌탈춤, 田樂2는 떠돌이탈춤과 상통한다. 둘이 합쳐서 도시탈춤이 되었다. (라) 한국에서는 상층연극이 생겨나지 않아, 幽玄의 대응물을 한시 이론에서 찾아야 한다. (마) 田樂1과 田樂2는 둘 다 기세가 꺾여 한국 탈춤에서 보는 것 같은 신명풀이를 살리지 못했다.

한·일 전통극 비교연구에서 두 나라에 공통된 연극사 이론을 이룩하고 확대와 발전을 꾀하기 위해 힘쓰는 것이 마땅하다. 중국을 비롯한 동아시아 다른 나라의 경우도 함께 살펴 이론의 외연을 넓히고 내포를 가다듬는 것이 다음의 과제이다. 그 성과를 이용해 여러 문명권에 널리 타당한 세계연극사론을 마련하는 데 유럽도 포함시켜 그쪽 학문의 일방적인 주도를 종식시키는 것이 바람직하다.

2017년 9월 20일 서울대학교에서 한국학술원과 日本學士院 공동학술발표회가 열렸다. 모임을 기획할 때 《岩波講座 日本文學史》의 主編者인 久保田淳(구보다 준)이 와서 일본문학사에 대한 발표를 해서 내가 하는 발표와 짝을 맞추고 공동의 관심사를 논의하자고 제안했는데, 그 사람은 해외여행을 할 수 없는 사정이라고 했다.

나는 〈문학사의 내력과 진로〉라는 발표를 했다.[15] 일본 쪽에서는 불문학자 塩川徹也(시오카와 데쓰야)가 와서 〈고전과 클래식— 용어와 개념〉이라는 제목의 발표를 했다. 내 발표에 대해 일본학사원의 玉泉八州男(다마이즈미 야스오, 영문학)가 다음과 같은 논평을 했다.

전 인류 '공통의 관심사 해결의 지혜'를 제시하고 인류에 봉사하는 문학사를 만들고자 하는 대단히 뜻이 높은 보고에 대해 감사드린다. 다만 번역의 문제 탓인지 몇 군데 의미가 불분명한 부분이 있어서 실례를 무릅쓰고 몇 가지 질문을 드리고자 한다.

1. 문학은 민족, 국민, 개인의 다양한 삶을 생생하게 그려내는 것을 목적으로 하는 것, 그러한 특성과 차이 일체를 '폐쇄성'으로 간주하여 捨象한 '과학'으로서의 '세계문학사'에 과연 어떠한 의미가 있는가?

2. 피압박 민족 각성을 위한 슬로건은 세계문학사 작성이라는 고매한 목표에서 보면 편협한 것이 아닌가?

3. 세계 전역에 타당한 보편적 이론이 가능한 것일까? 가능하다고 해도 '하향평준화'가 되는 것은 아닐까?

4. 문학적 고증을 바탕으로 하지 않는 문학사는 있을 수 없을까요? 영문학사도 나름대로 그것을 바탕으로 하고 있다고 생각되는데 어떻게 생각하는가?

5. 한국의 시대 구분에서 '공동 문어의 시대(중세)', '구어 공용의 시대(근대)'에 대하여 좀 더 설명 부탁한다.

---

15 논문과 토론, 소감 전문이 《통일의 시대가 오는가》(지식산업사, 2019), 367–396면에 있다.

6. "문학 작품의 표면에 나타나 있는 의미부터 이해하고 문사철의 복잡한 얽힘을 풀어나가는 生克論의 철학"이라는 문장의 뜻을 이해할 수 없다.

7. 향가, 시조, 가사 교술시 등의 장르에 대하여 좀 더 자세하게 가르쳐 주시기 바란다.

8. "개인의 저서를 전공과 능력을 달리하는 복수의 전문가가 돕는"다는 것은 대공방과 같은 것을 염두에 두고 있는지요? 또한 공방 개념은 '감수'나 '편'과 어떻게 다른가?

9. 국가에 의한 강제는 차치하고 출판사 등이 부과하는 제약은 르네상스 시기의 예술가 공방의 후원자(patron)의 의향과 같이 집필자의 의욕을 불러 일으켜 본인이 뜻하지 않은 성과를 낳을 가능성도 있지 않을까?

이에 대해 다음과 같이 응답했다.

1. 개성과 다양성을 무시한 '과학으로서의 세계문학사'는 이루어질 수 없는 환상이고, 문학사에 대한 올바른 이해를 방해할 따름이다.

2. '세계문학사 작성의 고매한 목표'를 말하는 것은 '과학으로서의 문학사'와 그리 다르지 않은 발상이다. 패권을 장악하고 있는 문명이나 나라의 문학사라야 고매한 이상을 실현하는 방향으로 나아가는 세계문학사라고 하는 시대착오의 주장을 이제는 청산해야 한다. 세계문학사는 인종, 민족, 지역, 계급 등의 차별을 넘어서서, 인류가 이룩한 모든 문학을 포용하고 평가하는 것을 내용으로, 사명으로 삼고 해야 한다. 아이누인을 무시하지 말고, '유카르'(yukar) 전승이 소중하다는 것을 밝혀 논해야 일본문학사 서술이 정상화되고, 세계문학사 이해의 새로운 전망

이 열린다.

3. 선진국이라야 상위의 문학을 창작한다고 여기는 것도 지난 시기의 낡은 사고방식이고, 문학사의 실상과 어긋난다. 문학은 정치나 경제의 우위를 뒤집어, 선진이 후진이고 후진이 선진임을 말해주는 의의를 지닌다. 일본의 아이누인, 한국의 제주도민, 중국 雲南 지방의 여러 소수민족은 낙후한 상태에서 막강한 강자의 정치적 압력에 맞서야 했으므로, 상대방은 잃어버린 구비서사시를 소중하게 이어오고 거듭 창조해 세계문학사를 다채롭게 하고 인류의 지혜를 빛냈다. 이에 관한 고찰을 《동아시아 구비서사시의 양상과 변천》에서 했다. 유럽에서는 해체의 위기에 이른 소설을 제3세계 특히 아프리카 작가들이 생생하게 살려내 인류가 희망을 가지게 한다. 이에 관한 고찰은 《소설의 사회사 비교론》에서 했다.

4. 모든 문학사는 자료를 수집하고, 자료의 진위, 작자나 창작 연대, 이본의 변이 등에 대한 고증을 하는 작업을 기초로 해서 이루어진다. 나도 그런 작업을 토대로 방대한 분량의 《한국문학통사》를 썼다. 그러나 문학은 자료 이상의 것이며, 문학사 서술의 방법은 고증을 넘어서야 한다. 이에 대해 탐구하고 논란하는 것이 세계적인 과제로 등장한 지 오래되었다. 출발 단계의 초보적인 이야기를 되풀이하지 말고 탐구가 진전된 성과를 보여주어야 한다. 내가 이룩한 성과를 오늘의 발표에다 내놓고 토론을 청했다.

5. 한문, 산스크리트, 아랍어, 라틴어 등의 공동문어를 일제히 사용하면서 중세전기가 시작되었다는 사실을 한국문학에서 동아시아문학사로, 동아시아문학사에서 세계문학사로 나아가면서 입증하는 것이 내 연구의 중심을 이루는 작업이다. 그러다가 민족구어를 공용어로 사용하고 문학어로 삼고 근대가 되었다. 그 사이의 중세후기, 중세에서 근대로의 이

행기에 공동문어문학과 민족어문학의 비중이 단계적으로 변천한 것도 널리 확인되는 공통적인 현상이다. 《공동문어문학과 민족어문학》을 써서 이에 관한 비교론을 세계적인 범위에서 전개했다.

7번 질문이 이와 관련되므로 먼저 대답하겠다. 중세전기의 귀족 문인들은 '心'만 소중하다고 여겨 '세계의 자아화'인 抒情詩(lyric poetry)만 선호했다. 한국의 鄕歌가 그런 것이다. 중세후기에 등장한 새로운 지배층은 지방에 생활 기반이 있고 생산하는 사람들과 가까운 관계를 가져 '心'과 '物'을 함께 중요시한 까닭에, '세계의 자아화'인 서정시 時調와 '자아의 세계화'인 教述詩(didactic poetry) 歌辭가 대등한 비중을 가지게 하고, 양쪽 다 즐겨 창작했다.

이것은 문명권의 중심부 중국 같은 곳이나, 문명권의 주변부 일본 같은 데서는 확인되지 않고, 문명권의 중간부인 한국이 다른 여러 문명권의 중간부와 공유한 사실이다. 또 하나의 한문문명권 중간부인 월남, 산스크리트문명권의 중간부인 타밀(Tamil), 아랍어문명권의 중간부인 페르시아, 라틴어문명권의 중간부인 불국은 중세후기가 일제히 시작된 13세기 무렵부터 한국의 가사와 흡사한 민족어 교술시를 활발하게 창작해 많은 유산을 남긴 것을 자랑했다. 《문명권의 동질성과 이질성》에서 이에 대해 고찰했다.

6. 生克論은 동아시아의 오랜 전통을 이어받아 이룩한 이론이고 철학이다. 相克을 말하는 것은 변증법과 상통하지만, 相克이 相生이고 相生이 相克임을 명시해 변증법의 편향성을 넘어서서 진실을 온전하게 인식하면서, 다양성과 융통성을 가진다. 상생과 상극뿐만 아니라 표면과 이면, 선진과 후진도 서로 맞물려 돌아가는 것을 밝혀 문학 이해를 심화하고, 문학사의 이론 정립에 유용하게 사용한다. 문학이 역사이고 철학인 것도 밝혀 논해 인문학문의 이론을 마련하고, 인문학문이 사회학문·

자연학문과 하나일 수 있게 하면서 학문 일반론으로 나아간다. 생극론을 수많은 개별적인 연구에 다채롭게 활용하면서, 학문원론을 위한 철학일 수 있게 가다듬는다. 연구 논저가 어느 것이든 생극론과 관련을 가지지만, 《소설의 사회사 비교론》이 특히 중요하다. 책 서두에서 생극론이 무엇인지 정리해 설명하고, 변증법 소설이론과의 토론을 거쳐, 실제 연구에서 생극론이 지니는 장점과 효력을 수많은 작품을 고찰하면서 입증했다.

8과 9의 질문은 모아서 대답하겠다. 개인저작과 공동저작을 엄격하게 구별하고, 편자나 감수자가 개인저작을 어느 정도 연결시켜 내놓는 공저로 공동저작을 대신하는 관습이 서양 근대 자본주의 사회에서 확립되었다. 사회주의권에서는 집체집필에 의한 공동저작을 이상으로 삼고 다른 길로 가려고 했다. 개인저작을 하는 데 그치면 개인의 능력을 넘어서지 못하고, 공동저작은 창의력이 모자라게 마련이다. 양쪽의 단점을 함께 극복하기 위해 개인저작에 공동의 참여가 있도록 하는 방식을 제안한다.

이것은 기상천외의 새로운 방식이 아니다. 동아시아 중세에 널리 사용되던 것이다. 한국의 고전으로 높이 평가되는 金富軾의 《三國史記》, 鄭麟趾의 《高麗史》, 徐居正의 《東國通鑑》이 좋은 예이다. 당대 석학 金富軾·鄭麟趾·徐居正이 전력을 기울여 저술하는 책에 주위에 있는 다른 학자들이 능력을 보태 천고의 명저를 이룩했다. 국가가 후원자가 되어 그럴 수 있게 했다. 근대 동안 자본주의와 사회주의가 각기 극단으로 나아가 생긴 상극이 상생이게 하면서 다음 시대로 나아가려면, 근대의 중세 부정을 다시 부정할 필요가 있다. 국가의 후원도 민주적인 방식으로 다시 해야 한다.

玉泉八州男가 원고에 없는 질의를 보충해서 했다. "영문학사를 오래

된 것부터 최근 것까지 차이를 무시하고 함부로 거론해도 되는가?" 영문학사는 어느 시기의 것이든 자국문학 자랑이나 하고 문학사를 어떻게 쓸 것인지 고심하지는 않는 공통점이 있어 함께 고찰해도 된다.

"출판사의 기여를 과소평가해도 되는가?" 이에 대해서도 대답했다. 출판사가 주도해서 내는 문학사는 상업주의 성향에서 벗어나기 어려워 연구 성과를 잘 보여주지 못한다. 지금은 세계 어디서나 종이 책이 잘 팔리지 않아 출판사가 힘을 잃고 있다. 공공의 연구비로 문학사를 이룩하는 작업을 지원해야 하는 필요성이 커진다.

일본에서 온 참가자가 좌중에서 일어나 물었다. "나는 법제사 전공자이다. 바람직한 법제사가 있는지 의문이다. 문학사에는 바람직한 문학사가 있는가?" 법과 문학은 다르다. 문학은 사람됨을 그대로 보여주는 일차적인 창조물이고, 법은 사람됨을 일정한 의도를 가지고 규제하는 이차적인 창조물이다. 이미 드러나 있는 법의 실상 이상으로 법제사를 잘 쓸 수는 없다. 문학사는 자의적인 선택이나 왜곡을 하지 않고, 문학의 실상을 있는 그대로 밝혀내야 하는 아주 어려운 임무를 지니고 있다. 이 임무 수행에 등급이 있어 바람직한 문학사를 써야 한다고 한다.

추가 질문에 대답한 다음 논의를 이었다. 유럽문학사를 바람직하게 쓰기 위해서 유럽 특히 불국에서 애쓰는 것을 깊은 관심을 가지고 살필 만하다. 이에 관해 《문학사는 어디로》에서 길게 다루었다. 일본에서 한 작업도 있으면 알려주기 바란다. 불국인이 편자가 되어 작업을 총괄하면서 유럽 거의 모든 언어의 집필자를 참여시킨 방식이 특히 주목할 만하지만, 전체 설계가 흐릿하고 자료를 잡다하게 열거하기나 한 결함이 있다.

유럽문학사의 전례를 검토하고 동아시아문학사를 더욱 바람직하게 쓰는 방법을 찾아야 한다. 대한민국학술원과 일본학사원에서 각기 한 사람씩 저자를 내세워 동아시아문학사를 자기 구상대로 쓰도록 하고, 여러 나라의 동참자들의 조력을 얻을 수 있게 지원하기로 하자. 중국과 월남에서도 이렇게 하자고 제안하자. 네 나라에서 이런 작업을 각기 진행하면서 과정과 결과를 비교하면, 동아시아에서 세계 학문의 새로운 발전을 선도할 수 있다.

함께 발표한 鹽川徹也의 〈고전과 클래식– 용어와 개념〉에 대한 소견을 종합토론 시간에 말했다. 고전이라는 용어나 그 개념에 대한 논의를 하고 만 것이 유감이다. 무엇을 고전이라고 해왔는가, 일본문학사를 쓰면서 고전이라고 인정하고 취급의 대상으로 삼은 내역이 어떻게 변천해왔는가? 이에 대한 고찰은 내 발표와 바로 연결된다. 이렇게 말하고 응답을 청했으나, 일본문학사 서술에서 문제된 고전의 범위에 대해서는 아는 바 없다고 하고서, 불문학사에서 불어 이외의 언어를 사용한 문학은 제외한, 내가 이미 말한 사실을 들어 대답을 대신했다.

용어와 개념에 관한 고찰이나 하면서 필요 이상 깐죽거리기나 하니 인문학은 인기가 없다. 용어와 개념에 대한 고찰에 머무르면 각자의 특수성을 확인하기나 하고 문학에 대한 공통된 논의를 할 수 없어, 자국문학사가 문명권문학사로, 세계문학사로 나아가지 못하게 막는다. 오늘 같은 자리에서 이어서 한 농학에 대한 발표를 보자. 기후, 생물, 농업 등에 관한 용어나 개념은 문제로 삼지 않고, 한국어, 일본어, 영어 가운데 어느 것을 쓰든 공통된 논의를 해서 학문이 발전한다. 인문학도 용어나 시비하는 자폐증에서 벗어나 넓은 세계로 함께 나아가야 한다.

현장에서 하고 싶었으나 시간이 부족하고 기회가 없어서 하지 못한 말이 있다. 고전의 개념에 관한 발표를 두고 토론을 더 하려면 해야 하는 말이다. 고전은 평가해야 할 것만이 아니고 폐해도 적지 않다는 것이 요지이다.

영국의 야만인이 인도의 문명인을 다스리려니 열등의식이 생겨, 특단의 대책이 필요했다. 셰익스피어만으로 영국 문명을 자랑할 수는 없어, 고대 그리스를 내세웠다. 고대 그리스의 고전은 인류 최고의 유산이어서 산스크리트 고전보다 우월하며, 영국이 그 정통 후계자라는 두 가지 허언을 조작했다. 인도에 파견되는 영국의 군인이나 관리들이 허언을 신앙처럼 받들어 고대 그리스의 고전을 열심히 공부하고 외기까지 하고, 현지에 가서 인도인을 누르도록 했다.

영국에서 앞장서서, 고대 그리스 문학을 규범으로 삼아 문학을 이해해야 한다고 했다. 〈일리아드〉처럼 사건의 중간에서 이야기를 시작해야 '진짜 서사시'(true epic)라고 했다. 연극의 원리는 오직 공포와 연민의 감정을 불러일으키는 '카타르시스'여야 한다고 했다. 영미의 위세를 업어 자신만만한 세계 도처의 수많은 영문학자들이 부지런히 약을 팔아 이 허언도 천하를 휩쓸게 되었다.

불국은 고전을 좋아하다가 망조가 들었다고 할 수 있다. 고대 그리스의 고전을 충실하게 재현했다고 하는 17세기 고전주의 작품을 크게 자랑하느라고, 자유롭고 발랄한 창조를 과소평가해 위축시키는 자해행위를 했다. 라시느를 왕좌에 모시고, 라블래 따위는 행방을 알 수 없게 멀리 내쫓았다. 낭만주의 시대 이후에도 그 폐해가 회복되지 않았다. 불문학이 으뜸이라고 여기는 온 세계 추종자들은 문학을 이해하는 안목이 협소하지 않을 수 없게 만들었다.

독일은 고전 숭앙에서도 뒤떨어졌다. 고대 그리스의 고전을 영국이 크게 우려먹고, 불국에서 가장 훌륭하게 이어받았다고 자부하는 것을 보고 분발해 한 수 더 뜨려고 과욕을 부렸다. 괴테는 열정을 잠재우고 점잔을 빼며 필요 이상 유식한 척했다. 횔덜린은 독일의 자랑인 낭만주의시를 사변적인 잠꼬대로 변질시키고, 고대 그리스를 우상으로 섬기자고 했다. 독일문학은 객쩍은 논설을 늘어놓는 전통이 그래서 생겼다.

일본은 脫亞入歐를 표방하면서 유럽문학 예찬에 앞장섰다. 고대 그리스 이래의 유럽문학이 문학의 규범이라는 유럽문명권 중심주의, 영국이 고전교양의 모범을 보인다고 하는 영국 예찬론의 전도사가 되었다. 동아시아 이웃들의 문학은 규범에서 벗어나 수준 이하라고 폄하하고, 일본문학의 유산은 남다르게 진기한 특수성을 들어 옹호하는 기형적인 의식을 지니게 되었다.

나는 이 모든 잘못 시정을 사명으로 한다. 유럽 고전을 일방적으로 예찬하면서 행세하는 패권주의 발상을 뒤집고, 차등의 세계관을 대등의 세계관으로 바꾸고자 한다. 천대받는 사람들이 이어오고 계속 창조해가는 구비문학이 문학의 지속적인 원천이다. 그 생동하는 모습을 확인하면서, 구비문학과 기록문학의 관계를 밝히는 것이 문학사 서술의 사명이다. 이런 관점에서 한국문학사를 쓰고, 동아시아문학사로, 세계문학사로 나아가, 문학사 혁명을 일으키고 확대한다.

서사시의 본류는 세계 도처에서 아직도 살아 있는 구비서사시이다. 고대 그리스의 서사시는 예외적인 변형물이다. 구비서사시가 살아 있는 곳에서 서사시 연구를 다시 시작해야 한다. 연극 미학은 '카타르시스'·'라사'·'신명풀이'가 삼각구도를 이룬다. 셋의 맞물림을 깊이 고찰해 근시안적인 편견을 시정하고 보편타당한 일반론을 다시 이룩해, 세계의 공연예술을 정상화해야 한다. 이렇게 하는 것을 중요한 과제로 삼고 나는 분투한다.

3-5 정리해 말하면

일본과 한국 양쪽을 오가며 전개한 논의를 총괄해보자. 加藤周一가 일본문학은 자기 신분층의 생활만 다룬다고 한 특징이 일본의 학문에도 그대로 나타난다. 세분된 분야의 전문가들이 자기 분야의 이야기만 한다. 전문가들을 아무리 많이 만나도, 일본문학이나 일본학문의 전모는 알 수 없다. 전문 학자와는 별도로 평론가들이 있어 무슨 말이든지 하지만, 근거가 의심스럽고 믿기 어렵다.

加藤周一도 평론가이다. 의사가 평론가로 나서서 일본문학을 자기 나름대로 총괄하는 책을 써서, 일본문학은 자기 신분층의 생활만 다루는 특징이 있다고 했다. 대단한 논의를 한 것 같지만 특수성을 말하는 데 그쳤다. 보편성은 누구의 소관도 아니다. 특수성을 차등론의 관점에서 고찰하기나 하고, 보편성을 알려주는 대등론의 논의는 보이지 않았다. 보이지 않는 것을 찾아내려고, 나는 줄곧 논란을 벌였다.

일본문학에 대해 하는 말을 듣고 이해하기 어려운 것이 셋 있다. (가) 일본문학의 正典에 한문학이 빠져 있다가 근대 이후에 추가되었다. (나) 일본의 탈춤 能(노오)는 중국 연극에서 유래했다. (다) 오늘날의 일본문학에서 가족이 해체되고 있다. 이 셋을 (가)·(나)·(다)라고 지칭하면서 검토한다.

(가)는 공인된 사실이고, (나)·(다)는 개인적인 견해이다. (가)·(나)·(다)는 아무 상관도 없이 각기 다른 말을 하는데, 나는 한자리에 놓고 서로 관련시켜 논의한다. 셋 다 타당성이 의심스러운 공통점이 있다고 지적해 말한다. 각론에만 힘쓰는 것과 총론을 소중하게 여기는 학풍의 차이를 절감한다.

(가) 한문학을 대단하게 여기지 않은 것은 일본 고유의 문학만 소중

하게 여기고, 특수성을 존중했기 때문이다. 이것이 일본의 통념이다. (나)에서는 일본 고유의 연극 能(노오)가 중국에서 유래했다고 하면서, 통념과는 다른 말을 했다.

(나)의 논자는 중국문학 전공자이므로 중국과의 관련을 말하면 할 일을 한다고 여기고, 일본의 민간전승에서 고급연극이 유래한 사실을 무시했다. 한국의 경우도 다르지 않으리라고 안이하게 추정하는 말을 덧붙이기까지 해서, 그대로 둘 수 없었다. 굿에서 연극이 생겨나 성장한 과정을 내가 이미 많이 연구했다고 밝히고, 일본과 한국의 경우를 포괄해 재론해 연극사 일반론을 더욱 분명하게 하자고 했다. 이런 제안이 공연한 간섭이라고 여기고, 반발했다. 연구를 확대해 발전시켜야 할 필요성을 인정하지 않았다.

(다)의 논자는 영문학자여서, 일본 현대문학이 가족 해체의 양상을 보여 영미문학에 근접하는 것을 발견하고 미시적 고찰을 치밀하게 한다고 자랑했다. 연구의 태도와 내용이 둘 다 못마땅해 시비를 걸었다. 가족 해체의 문제는 전후의 사정을 고려하는 거시적인 논의가 필요하다고 했다. 일본문학과 한국문학에서 함께 거론하고, 세계적인 범위에서 재론하자고 하면서 아프리카의 사례까지 들었다. 이런 제안을 받아들이지 않고, 한국의 학풍은 뒤떨어진 것을 반성하라고 했다.

일본 학자들은 각기 자기 전공분야를 고수하고 한정된 범위의 작업만 한다. 또한 주임교수를 정점으로 한 소규모의 집단이 종적인 관계를 가지고 그 나름대로의 탐색을 이어나가기나 한다. 전공 세분화를 각기 진행하는 개개의 집단이 독립을 확고하게 하고, 서로 간섭하지 않는다. 넓게 열려 있는 토론 광장은 없다. 학계, 연구 집단, 학자가 대등한 비중을 가지는 것이 정상이라고 할 수 있는데, 일본에서는 연구 집단만 실체이고, 그 상위의 학계나 그 하위의 학자는 허상이다.

실체의 위세를 자랑하는 연구 집단이 아주 많아 색깔이 아주 다채로운 것 같지만, 멀리서 크게 보면 획일적인 특징이 두드러지게 나타난다. 한 가닥으로 이어지는 국수주의와 갖가지 대외의존이 평화롭게 공존하고, 충돌을 일으키지 않는다. 모두 포괄해서 말하는 보편적인 이론은 멀리 유럽문명권에나 있다고 여긴다. 그것을 조금씩 토막 내서 수입하니, 일본에 도달하면 보편성이 특수한 파편으로 변한다.

나는 일본문학을 총괄해서 이해하고자 한다. 이 작업을 한국문학과의 비교를 통해 하면서 동아시아문학론을 이룩하고, 세계문학을 재론해 유럽중심주의의 과오를 시정하기 위해 나서자고 한다. 그릇된 보편주의를 뒤집어엎고 바로잡자고 한다. 격렬한 토론을 작업 진행의 필수적 방법으로 삼는다.

4. 논란 (2) 멀리서

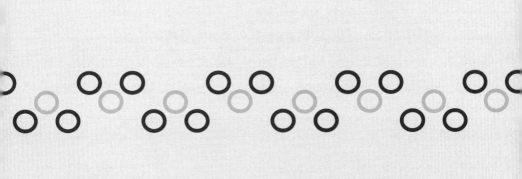

4-1 중국에서

1998년 東亞比較文化國際學術會議가 중국 북경대학에서 열렸을 때 〈東亞文化史上 '華·夷'與 '詩·歌' 之相關〉이라는 논문으로 기조발표를 했다. 논문의 내용은 '華'라고 지칭한 문명의 규범, '夷'라고 해온 민족문화의 특성, 공동문어를 사용한 '詩', 민족어로 지은 '歌', 이 넷의 상관관계가 어떻게 변천했는지 고찰한 것이다. 동아시아문학사를 총괄해 이해하는 근간을 갖추고자 한 전례 없는 시도이다.

동아비교문화국제학술회의는 이름 그대로 동아시아 비교문화를 위한 모임이다. 적극적으로 참여하는 순서를 들면, 일본·중국·한국학자들이 만나는 자리이다. 다루는 대상은 동아시아 전통문화이다. 근대 이후는 배제하고 동아시아가 한 문명권을 이루고 있던 시기의 전통문화를 어느 한쪽에 치우치지 않고 대등한 관점에서 비교해 상호이해를 깊게 한다. 세 나라 참가자 수가 비등한 것도 특기할 사항이다.

동아시아 비교연구를 하는 모임이 자주 열려도 각자 단편적이거나 피상적인 논의나 하고 구심점이 없는 것을 불만스럽게 여기고, 동아비교문화국제학술회의는 어떤지 관심을 가지고 있었다. 나는 회원이 아니었는데, 북경에서 열리는 모임에서 기조발표를 해달라는 교섭을 일본학자를 통해서 받았다. 여비와 체재비를 부담한다는 조건이었다. 어떤 모임인지 알아본 다음 흔쾌히 승낙하고 열심히 준비했다.

좋은 기회를 얻어 평소에 하던 작업을 잘 정리해 동아시아 전통문화 비교연구의 모범을 보이고자 했다. 한자리에 모여 함께 발표하면서 동아시아의 연관에 대한 전반적인 논의는 펴지 못하고, 자국 중심의 작은 논제에 대한 각자의 관심을 말하는 데 그치는 폐단을 시정하겠다는 의욕을 가졌다. 발표에 참기해 확인해보니 예상이 빗나가지 않았다. 다른 발표는 모두 세부 사항을 자료 소개 위주로 다룬 것들이어서 함께 논의할 것이 되지 못했다. 수고하기를 잘했다고 생각했다.

사용 언어가 문제였다. 논문을 한국어로 써도 되지만 중국어본을 함께 제출하라고 했다. 중국어본을 만들려면 다른 사람의 수고를 빌려야 했다. 번역에는 항상 문제가 따르고, 차질이 있다. 그래서 고민하다가 획기적인 대책을 마련했다. 한문을 사용하기로 했다. 한국어본도 중국어본도 만들지 않고, 논문을 한문으로만 쓰기로 했다.

동아시아 각국 학자들이 모여 학술회의를 할 때 어떤 말을 사용할 것인가? 두 가지 대책이 있다. 영어로 논문을 쓰고 발표를 한다. 각국어로 쓴 논문을 번역과 통역을 통해 전달한다. 전통문화 비교연구는 다루는 내용이나 발표자의 취향이 영어를 사용하는 방식과 맞지 않아 각국어를 사용하는 것이 예사이다. 번역이나 통역을 하기 번거롭고 소통이 제대로 되지 않는다.

나는 글을 한문으로 쓴 이유를 논문 서두에서 밝혔다. 지난날의 공동 문어를 되살려 학문어로 쓰는 것이 마땅하다고 했다. 한문은 문어이고 구어는 아니므로 발표할 때에는 한국어로 직역을 하는 방식을 사용했다. 다른 나라 학자는 한문을 눈으로 보며 이해하면 되었다. 한문을 모르고 동아시아 전통문화 비교연구를 하는 것은 무리이다. 통역은 하지 말자고 했다. 중국어 통역은 없고, 일본어 통역만 있었다. 일본학자들의 능력 부족 때문이 아니었던가 한다.

한문을 동아시아 공용의 학문어로 삼자고 하는 제안에 대해서 중국인 사회자가 공감한다고 하면서 토론해보자고 했다. 다른 사람들도 긍정적인 반응을 보이기만 하고 적극적인 찬성은 하지 않았다. 실행하기 어렵다고 여기는 것 같았다. 식사 시간에 주빈석에 함께 앉은 중국학자들이 내 논문의 문장이 뛰어나 文字香이 느껴지기까지 한다면서 중국어는 하지 못하면서 글은 잘 쓰는 이유가 무엇인가 하고 물었다.

나는 조상 대대로 해온 일을 우리 대에 와서는 하지 못해서 되겠는가 하고 응답했다. 중국이나 일본에서도 동아시아 전통문화를 연구하는 학자들이 한문을 함께 쓰면 동아시아 학문이 하나가 될 수 있다고 했다. 중국학자들이 자기네는 백화문에 익어 고문으로 글을 쓰기 힘들다고 했다. 한문 글쓰기를 되살리는 것이 긴요한 과제임을 절감하고 그 자리에서 역설하고, 그 뒤에 기회 있을 때마다 강조해왔다.

논문 전문을 뒤에 제시하니 읽기를 바라면서, 기본 내용과 의의를 간략하게 말하고자 한다. 동아시아에서 천여 년 동안 사용해온 두 개의 상대어 '華'와 '夷', '詩'와 '歌'는 문학사의 전개를 꿰뚫어 이해할 수 있게 한다. '華'는 동아시아문명이 함께 지닌 보편적 규범이다. '夷'는 민족문화의 특성이다. '詩'는 공동문어를 함께 사용하는 공동의 율문이다. '歌'는 각기 민족어를 사용하는 상이한 율문이다. 세부적인 논란은 많이 엇갈렸지만, '華'·'夷'·'詩'·'歌'의 기본개념을 이렇게 구분하는 데서는 견해차가 없었다.

'華'·'夷'가 '詩'·'歌'에서 어떻게 나타났는지 살피는 것이 동아시아문학사 이해의 핵심과제이다. 중세보편주의와 민족문화의 관계를 통해 문학의 지향점이 어떻게 달라졌는지 알 수 있다. 공동문어시와 민족어시의 관계에서 확인되는 시의 변천은 산문보다 훨씬 선명하다. 중세문학사의 전개를 먼저 이해하고, 중세문학과의 비교를 통해 그 앞의 고대문학이나 그 뒤의 근대문학의 특성을 밝히는 것이 바람직한 방법이다.

'詩'는 '華'의 소산이고, '歌'는 '夷'의 발현인 것은 당연하다고 하겠으나, 반드시 그렇지는 않다. '華夷'와 '詩歌'의 상호관계는 경우에 따라 달라질 수 있었다. '歌'로 '華'를 구현하는 것도 있고, '詩'를 지어 '夷'를 선양하는 것도 있었다. 그래서 '華詩'·'夷歌'·'華歌'·'夷詩'가 모두 존재했다. 이 넷의 상관관계가 '華詩'와 '夷歌', '華詩'와 '華歌', '華詩'와 '夷詩', '夷歌'와 '華歌', '夷歌'와 '夷詩', '華歌'와 '夷詩'로 나타났다.

동아시아문학사는 문명권문학사여서 민족문학사보다 크고, 세계문학사보다는 작은 단위이다. 서술 방법에서도 그 둘의 중간적인 특징을 가질 것 같으나 그렇지 않다. 민족문학사는 한 번만 일어난 일을 다루기 때문에 일정한 원리를 갖추고자 하는 노력이 설득력 있는 결과를 확보하기 어렵다. 문명권문학사에서는 그런 난점이 많이 해소된다.

문명권문학사를 서술할 때에는 유사한 현상과 변화가 여러 민족문학사에서 한꺼번에 나타난 사실을 발견하고 그 이유에 대해서 일관성 있는 해명을 할 수 있다. 여러 문명권문학사를 함께 다루는 세계문학사에서도 그런 일을 할 수 있으나, 문명권문학끼리는 한 문명권 안의 민족문학보다 차이점이 더 많아 일관된 체계화로 고찰하는 것이 한층 힘들다.

민족문학사·문명권문학사·세계문학사 가운데 문명권문학사를 가장 체계적으로 서술할 수 있다. '華'·'夷'와 '詩'·'歌'를 기본개념으로 삼아 동아시아문학사의 전개를 총괄해서 파악하고자 한 시도가 그래서 가능하다. 민족문학사에서는 그런 원리를 발견하기 어렵다. 세계문학사에서는 그런 원리를 그대로 적용하지 않고 다양하게 변형해야 한다.

가서 보니, 그 모임은 일본학자 中西進(나카니시 스스무)가 주도해 창설하고 계속 돌보고 있었다. 제1·2회 모임을 일본에서 열고, 일본에서 자금을 지원해 제3회 북경 모임이 성사되게 했다. 내가 받은 경비 및 사례비가 일본 지폐였다. 좋은 일을 한다고 할 수 있으나, 일본 학자들의 발표가 문제였다.

지엽적인 사실을 미세하게 다루기나 해서, 동아시아 전통문화에 대한 공동의 이해나 논의에 기여하는 바가 거의 없었다. 본보기를 든다. 唐詩에 나오는 虛詞 하나를 동아시아 각국에서 어떻게 풀이했는지 소상하게 조사해 보고하고 결론은 없었다. 듣고 있다가 누가 "발표자의 견해는 무엇인가?" 하고 물었더니, 대만의 아무개 선생이 자기 은사이므로 그 분의 견해를 따른다고 했다. 연구를 도락으로 하면서 선생을 추종하니, 이중으로 잘못되었다. 일본에서 주도해 모임을 만들고 행사 경비를 대고는 일본의 학문의 결함을 널리 알린 셈이다.

中西進는 내게 다음 회장을 맡고, 다음 모임을 한국에서 열어달라고 했다. 나는 국내 학회의 회장도 하지 않기로 작정하고 연구만 하고 있어, 미안하지만 그 제안을 받아들일 수 없다고 했다. 좀 더 심각한 이유는 말하지 않았다. 그 모임을 한국에서 열려면 돈이 있어야 하는데, 중국처럼 일본 돈을 받을 수도 없다. 한국은 형편이 나쁘지 않지만, 학문 활동을 지원하는 정책은 수준 이하이다. 연구 발표를 아주 잘해 부끄러움을 씻어야 한다.

4-2 인도에서

인도 뉴델리의 네루대학(Jawaharal Nehru University)에서 열린 두 차례의 국제학술회의에 초청되어 기조발표를 했다. 네루대학은 인도가 독립한 뒤에 자존심을 걸고 1969년에 만들어 특별히 육성하는 대학이다. 영국인이 설립한 델리대학(Delhi University), 독립운동 지도자들이 전국의 성금을 모아 이룩한 바나라스힌두대학(Banaras Hindu University)과 함께 삼대 명문대학을 이루고 있다. 델리대학이 유럽학문 수입에 힘쓰고, 바나라스힌두대학은 전통학문 계승을 선도하며, 네루대학은 오늘날의 인도가 나아가는 방향을 제시한다고 할 수 있다.

네루대학은 국제관계를 다변화하기 위해 외국학에 많은 비중을 두었다. 동아시아학을 하는 학과는 '중국 및 동남아학과'와 '일본 및 동북아학과'로 이루어졌다. 한국학은 '일본 및 동북아학과'에 소속되어 있어 독립을 원했다. 이것은 인도만의 특수성이 아니고, 세계 도처에서 한국학이 제대로 자리를 잡지 못하고 어려움을 겪고 있는 사정을 말해준다. 한국에 대한 관심은 커졌어도 한국학이 내실을 갖추지 못하고 있는 것이 부인할 수 없는 사실이다.

첫째 행사는 2005년 2월에 열렸다. 주제는 "동아시아문학에 관한 국제학술회의: 일본, 중국, 남한의 경향과 발전, 인도와의 상호작용"(International Seminar on Literatures in East Asia: Trends and Developments in Japan, China and South Korea – an Interface with India)이라는 것이었다. 나는 "동아시아와의 관련에서 본 한국문학사"(Korean Literary History in the East Asian Context)라는 발표를 준비하고 갔다.

이 모임은 '일본 및 동북아학과'를 주도하는 일본학 교수가 일본의 지원을 얻어 개최하고, 동아시아와 인도의 관계를 돈독하게 하려고 한 것이다. 개막 행사를 하고 식사를 함께할 때, 한국학 교수들의 요청을 받고 그 대학 총장에게 말했다. "식민지가 되는 고통을 겪어서 잘 알고 있는 인도가 왜 한국학이 일본학의 지배를 받도록 하고 있는가? 한국학은 독립을 원한다." 이에 대해 총장은 "한국학은 역량이 모자라 아직 독립하지 못한다."고 대답했다.

문제는 명분이 아닌 역량이다. 역량은 한국학 자체의 역량이기도 하고, 인도의 그 대학에서 한국학을 가르치는 교수진의 역량이기도 하다.

총장은 뒤의 것을 말했지만, 총장이나 다른 여러 사람이 앞의 것에 대해서도 의문을 가졌을 수 있다. 한국학의 역량에 대한 의문을 해소하고 그 가치를 알리는 것이 국내외에서 한국학을 하는 학자의 임무이다.

나는 그 대학 총장이 하는 말을 듣기 전에 평소부터 그렇게 생각하고, 발표 준비를 했다. 한국문학이 동아시아문학에서 얼마나 중요한 위치에 있으며 어떤 기여를 했는지 논의하는 원고를 준비해 갔다. 문화유산뿐만 아니라 학문수준에서 한국이 동아시아를 빛내면서 세계로 나아가는 것을 동아시아 다른 나라 자국문학 전공자들, 인도의 동아시아학자들에게 말하고자 했다. 이것은 한국문학을 그 자체로 논의하는 데 그치지 않고 인접문학 또는 세계문학과의 비교고찰을 해야 말할 수 있다. 비교고찰을 하는 학문적 안목과 수준이 주장의 타당성을 입증한다. 오랜 기간 동안 이렇게 생각하면서 진행한 많은 연구를 간추려 알리려고 했다.

기조발표를 넷이 했다. 일본 와세다早稻田대학 은퇴교수 시로 하라(Shiro Hara)가 첫 순서를 맡아 일본문학과 외국문학의 관계를 말하는 것 같은데, 문장이 아닌 단어를 읽고 있어 알아듣기 무척 어려운 영어로 길게 이야기했다. 일본인 참가자 한 사람이 단상으로 올라와 그만하라고 해서 겨우 중단했다.

내 차례가 되었을 때 배정된 시간이 거의 다 없어져서 간략하게 이야기해야 했다. 행사가 끝났을 때, 단상으로 올라갔던 일본인이 내게 와서 아주 미안하게 되었다고 깊이 사과했다. 나는 괜찮다고 하면서 이렇게 말했다. 일본인의 실수가 아니고 노인의 실수이다. 한국의 노인도 그런 실수를 흔히 한다.

내 다음 순서를 맡은 중국 우한武漢대학 유 케순(Yu Kexun) 교수는 중국문학을 소개하는 말을 중국어로 하고 영어로 통역하도록 했다. 원로 교수 한 사람만 그렇게 했다. 중국에서 온 다른 학자들은 영어를 사용했다. 힌디어를 사용하는 발표자도 있어 청중의 갈채를 받았다. 힌디어 사용자가 원로 교수를 수행하고 다녔다.

네 번째로 기조강연을 한 인도 네루대학 은퇴교수 데스판데(G. P. Deshpande)는 원고 없이 나서서 인도문학과 중국문학이 출발점에서부터 많은 공통점을 가져 아시아문학이 하나이게 했다는 요지의 발표를 영어를 능숙하게 구사하면서 말했다. 인도 중국문학계의 석학임을 알 수 있게 하였다. 개별 발표를 들어보니, 같은 수준의 학자가 더 없는 것 같았다.

내가 준비해 간 논문은 상당한 장문이다. 뒤에 내놓으니 보기 바란다. 발표시간이 부족할 것을 염려해 말하고자 하는 내용의 요지를 영문으로 작성하고, 복사해 배부하도록 했다. 그 요지를 이용해 간략한 발표를 알차게 하고자 했다. 청중의 대부분을 이루는 중국문학 또한 일본문학을 전공하는 인도인 교수들이 흥미를 가지고 경청하면서, 한국에서 하는 문학사 연구를 주목하도록 하려고 했다. 요약해서 발표한 내용이 다음과 같다.

한문은 동아시아 공동문어이다. 한국은 한문을 받아들여 한문학을 하면서 중세화를 이룩했다. 한문학 때문에 민족정신이 위축되었다고 할 일은 아니다. 한문학을 자기 것으로 만들면서 국문문학도 발전했다. 이것은 월남이나 일본과 함께 이룬 과업이고, 다른 문명권에서도 일제히 나타난 전환이다.

한문학 창작의 능력을 평가해 국정을 담당하는 관원을 선발하는 과거제를 중국·한국·월남에서 함께 실시해 중세화를 정착시켰다. 동아시아의 과거제를 본뜬 유럽의 고시제도에서 시험과목으로 하는 법학보다 동아시아 과거제에서 요구한 문학은, 사람에 대한 폭넓은 이해를 위해 한층 적극적으로 기여한다.

시는 서정시라고 하는 향가 시대를 지나 서정시 시조와 교술시 가사가 공존하는 시대에 이른 것은 '心'과 함께 '物'을 대등하게 존중하는 사고형태의 출현이 문학갈래 개편에서도 나타난 결과이다. 민족어 교술시 창작에 힘써 중세후기문학을 새롭게 만들어내게 된 변화를 문명권 중심부의 다른 곳, 월남, 타밀, 페르시아, 불국, 독일 등지에서도 확인할 수 있다.

17세기부터 시작된 중세에서 근대로의 이행기는 현실 경험을 중요시하고, 국문문학의 영역을 확대하고, 소설을 발전시키는 등의 특징을 가진다. 시민이 대두해 그렇게 하는 데 적극 기여를 했다. 그것은 한국뿐만 아니라 다른 여러 나라에서도 함께 나타난 세계문학사의 공통된 전개이다.

중세에서 근대로의 이행기문학의 소설은 傳임을 빙자하고 출현해, 傳으로 나타내던 가치관을 뒤집은 '가짜 傳'이다. 그것은 유럽의 소설이 '가짜 고백록'으로 시작된 사실과 상응한다. 소설이 널리 자리 잡자 傳이 소설임을 빙자하는 중간 과정을 거쳐, 傳을 밀어내고 소설이 산문문학을 지배하게 된 시대가 근대이다.

유럽 근대문학을 식민지 통치자 일본을 통해 받아들여야 하는 불리한 조건에서 20세기 한국의 근대문학이 시작되었다. 그러나 축적된 역량을 발전시켜 독자적인 민족문학을 이룩하는 모범 사례를 보여주었다. 일본 작가들은 침략에 동조하지 않으려고 사회적인 관심을 버리고, 중국에서는 정치 노선을 시비하는 문학이 성행할 때, 한국문학은 가혹한 탄압을 견디면서 은밀한 투쟁을 벌이는 작품을 창작해 널리 공감을 얻었다.

기조발표에는 토론이 없어, 이 발표에 관한 반응을 현장에서 확인하지 못했다. 모임을 끝내고 나서, 일본인 교수의 발표를 중단시키고 내게 사과를 했다고 앞에서 말한 일본인이 "어떻게 그렇게 간명하고 알차게 말하는가" 하고 감탄했다. 힌디문학을 전공하는 교수이고 시인인 샤르마(Ramesh Sharma)는, 귀국 후에 이메일을 보내 "그대의 논문은 아주 생산적이고 빛났다."(Your paper was very fruitful and brilliant)는 소감을 전했다.

행사를 주관한 일본문학과의 조지(P. A. George) 교수는 10월에 다시 만났을 때, 내 논문에서 많은 것을 배우고 인용한다고 했다. 좋은 논문을 출판하게 되어 기쁘다고 하고, 책이 곧 나온다고 했다. P. A. George ed., *East Asian Literatures, an Interface with India*(New Delhi: Northern Book Center, 2006)라는 책에 내 논문 전문이 실려 있다. 그 논문을 뒤에 내놓는다.

둘째 행사는 같은 해인 2005년 10월에 열렸다. 주제는 "한국문학에 대한 조망"(Perspectives on Korean Culture)이라는 것이었다. 이 모임은 한국학 교수들이 한국의 지원을 얻어 한글날에 맞추어 개최하고, 한국학의 위상을 높이고자 한 것이다. 나는 "세계화 시대의 한국학"(Korean Studies in the Global Age)이라는 기조발표를 하고, 다시 "15세기 한국의 두 민족구어 서사시"(Two Korean Vernacular Epics of the 15th Century)라는 개별발표도 했다. 기조발표 논문만 뒤에 내놓는다.

기조발표 서두에서 한국학 독립의 이유와 의의를 말하는 글을 써 가지고 갔다. 어문대학장이 개회사를 하면서 '일본 및 동북아학과'를 '일본 한국 및 동북아학과'로 고쳐 '한국'을 밖에 내놓기로 했다고 알렸다. 지난번에 한 노력이 성과를 거두어 기쁘다고 하고 말 것은 아니었다. 일본학과 한국학이 같은 위치에서 경쟁하게 되어, 한국학이 일본학보다 앞서는 것을 보여주고 일본학이 분발하도록 했다.

개막식을 할 때 나 혼자 충분한 시간을 가지고 준비해 간 기조발표를 할 수 있어 다행이었다. 자리를 가득 메운 네루대학 총장, 어문대학장, 중국·일본·한국학 교수들이 주시하면서 경청하는 것을 의식하고, 인류의 대표자들이 와 있다고 여기고, 준비한 원고를 차분하면서 열띠게 읽어나갔다. 전문은 뒤에 있으니 나중에 보기를 바라고, 여기서는 우선 요지만 소개한다.

하나였던 동아시아가 유럽 열강의 침략이 닥쳐오자 와해되었다. 일본은 침략자, 중국은 반식민지, 한국은 일본의 식민지, 월남은 불국의 식민지가 되었다. 한국이 가장 불행하게 되었다. 유럽 근대 학문을 일본을 통해 간접적으로 받아들여야 했다. 일본은 식민지 통치를 정당화하는 도덕적 우월성이 없어 폭압을 일삼았다.

한국은 그 모든 시련을 이겨냈다. 동아시아문명을 수준 높게 계승하고, 민족문화의 창조력을 발현해, 사회적·경제적 발전을 이룩하고 제3세계의 선두주자가 되었다. 남북 분단 때문에 정치적으로는 암울해도 희망을 주는 학문을 하고 있다. 통일을 이룩하고 더 나아가, 동아시아가 다시 하나가 되고, 인류가 평화를 누리는 전망을 갖추고자 한다.

한국이 동아시아의 조정자가 되자는 논의가 문화적 측면에서는 커다란 의의를 가진다. 동아시아문명의 중간부는 중국이고, 주변부는 일본이며, 한국과 월남은 중간부였던 과거의 위치를 이어받는 학문을 한다. 중국은 대국주의, 일본은 제국주의에 치우쳐 역사를 왜곡하는 것을 바로잡고, 민족주의를 넘어서서 보편주의로 나아가는 길을 여는 것을 한국학의 임무로 삼는다. 한국학은 한국학이 아니어야 진정한 한국학이다.

나는 이 작업을 한국문학에서 동아시아문학으로, 동아시아문학에서 세계문학으로 나아가는 비교문학 연구에서 구체화해왔다. 유럽중심주의의 허위를 논파하고, 강대국의 영향력 증대를 위한 세계화를 거부하면서, 대등하고 평화로운 세계를 이룩하는 데 필요한 전망이나 지표를 갖추고자 한다. 이 작업을 위해 문학에서 철학으로 연구를 확대했다.

상극이 상생이고 상생이 상극인 생극론이 오랜 내력을 지닌 문학의 원리이고 철학의 사상이다. 한국은 생극론으로 원천이나 성격이 다른 문화를 융합하고 조화를 이루어왔다. 탈춤을 비롯한 여러 공연예술에서 생동하게 가꾼 생극론이 오늘날 세계를 휩쓰는 한류의 원류이다.

세계는 지금 심한 갈등에 시달리고 있다. 기술이나 경제가 발달하면서 계급모순은 어느 정도 완화되었으나, 민족모순은 더욱 격심해져 도처에서 수많은 사람이 피를 흘리고 있다. 문화나 가치관의 차이가 그 원인이므로, 인문학문이 진단하고 치유하는 과업을 맡고 생극론을 활용해야 한다.

역사는 종말에 이르렀다고 하는 포스트모더니즘의 주장은 허위이다. 제1세계에 대한 제2세계의 비판은 효력을 상실했다. 제3세계가 선두에 나서서 근대를 넘어서는 다음 시대를 이룩해야 할 때가 되어야 한다. 이를 위해 인도와 한국의 협력이 아주 긴요하다. 이런 말로 발표를 마쳤다.

네루대학 한국학과는 2015년에 일본학과에서 분리되어 독립을 이루었다. 2021년 4월 현재 교수 2인, 부교수 2인, 조교수 5인이다. 일본학과는 교수 1인, 부교수 5이다. 한국학과의 교수진이 최근에 크게 보완된 것을 알 수 있다. 한국학의 위상을 높이는 연구를 열심히 하기를 바란다.

4-3 네덜란드에서

1997년 국제비교문학회 발표대회가 네덜란드 레이덴(Leiden)의 레이덴대학에서 열렸다. 그것은 대단한 행사였다. 참가자가 52개국에서 오고, 6백여 명이나 되었다고 공식적으로 집계되었다. 6백여 명보다 52개국이 더 대단하다. 6백여 명은 다른 모임과 그리 다르지 않으나, 52개국은 전에 볼 수 없는 일이었다.

네덜란드는 자국을 내세우지 않고, 유럽이라고 자처한다. 여러 언어를 능숙하게 구사하면서 유럽의 학문을 아울러 높은 수준으로 발전시킨다. 레이덴대학은 네덜란드에서 가장 오래되고 가장 좋은 대학이다. 동양학에 일찍부터 힘써 유럽의 동양학을 선도하고 있다. 안내서에 적힌 순서대로 들면, 아프리카, 아랍·페르시아·터키, 중국, 인도, 인도네시아, 일본, 한국 등의 언어와 문화를 가르치는 학과가 있다. 나는 그 대학 한국학과에서 두 차례 강연을 한 적 있다.

이번 대회는 '문화 기억으로서의 문학'(Literature as Cultural Memory)을 전체 주제로 삼았다. 모두 여덟 개의 분과로 나누어 발표를 진행했는데, 그 가운데 하나가 번역이었다. 문화 기억을 언어권을 넘어서서 가져와 간직하는 데 번역이 결정적인 구실을 한다고 보아 중요한 연구과제로 삼았다. 번역에 대한 연구가 근래에 번역학이라는 이름의 새로운 학문으로 등장해 많은 관심을 끌고 있다.

나는 번역 분과에서 발표를 해달라고 요청을 받고 논문을 준비했다. 발표가 며칠 동안 계속되어 번역 및 번역학에 관한 논의가 풍성하게 이루어졌다. 좋은 논문이라고 평가되는 것들을 선전해 대회가 끝난 뒤에 낸 보고서에1 내 논문이 수록되었다.

대회에서 발표한 논문을 다 거론할 수는 없다. 몇 개를 임의로 택하기보다 그 책에 수록된 것을 검토의 대상으로 삼는 편이 더욱 적합하다. 차례를 옮겨 적는다. 기호를 붙여 지칭하기 편리하게 한다. 논문 제목은 번역하기 번거로워 원문 그대로 들고, 논의를 하면서 필요한 것만 소개한다. 논문 제목 뒤에 논자 이름을 적고, 소속대학과 국가를 괄호 안에서 밝힌다.

(a) "Between Translating and Rewriting: Parallels and Differences in Transmitting Literature", Marina Gueliemi(University of Cagliari, Italy)

(b) "Hoffmann en France: Loève–Veimars traducteur du Der Sandmann", André Lorant(Université de Paris XII, France)

(c) "Les hiéroglyphes de Hugo", Rainier Grutman(Université d'Ottawa, Canada)

(d) "La réception de la littérature brésillienne en France: Machado de Assis", Lea Mara Valezi Stuat(UNESP–Assis, Brésil)

(e) "Translation and Cultural Images: Portrait of Japanese Images in D'Annunzio's work", Hirashi Noriko(Mie University, Japan)

(f) "Statut et fonctionnement des traductions polonises du roman baroque italien au XIIe et au début du XVIIIe siècle", Jadwiga Miszalaska(Université de Cracovie, Poland)

(g) "Translations of Russian Literature in a Local and Intercultural Context,", Sergia Adamo(University of Trieste, Italy)

---

1 Lieven D'Hulst and John Milton ed., *Reconstructing Cultural Memory: Translation, Script, Literacy: Volume 7 of the Proceedings of the XVth Congress of the International Comparative Association "Literature as Cultural Memory", Leiden 16–22 August 1997*(Amsterdam: Atlanta, GA, 2000)

(h) "The Relation between System and Literary Translation in 19th Century Argentina", Nicoás Jorge Dornheim(Universida Nacional de Cuye, Argentina)

(i) "Translation and Popular Culture", John Milton(University of São Paulo, Brazil)

(j) "De-theorizing the Textual Order: Intertextual Semiotics and the Translation of Chinese Poetry", Da'an Pan(Muhlenberg College, USA)

(k) "Chan Ai-ling's Fictional Evolutions and English Translations", Shirley P. Paolini(University of Houston Clear Lake, USA)

(l) "Japanese Adaptations of 19th and Early 20th Century Western Children's Literature", Sato Mokoto(Chiba University, Japan)

(m) "Historical Changes in the Translation from Chinese Literature: a Comparative Study of Korean, Japanese and Vietnamese Cases", Cho Dong-il(Seoul National University, Korea)

(n) "Reading Us into the Page Ahead: Translation as a Narrative Strategy in Daphne Marlett's *Ana Historic and Nicole Brossard's Le désert mauve*", Beverley Curran(Aichi Shukutoku Junior College, Japan)

발표자가 어느 나라에서 왔는지 보자. 일본 3, 이태리 2, 브라질 2, 미국 2, 캐나다 2, 불국 1, 폴란드 1, 아르헨티나 1, 한국 1이다. 일본 3 가운데 (n)은 이름과 논문 내용을 보면 캐나다 사람이다. 국적별로 재조정하면, 캐나다 3, 이태리 2, 브라질 2, 미국 2, 일본 2, 불국 1, 폴란드 1, 아르헨티나 1, 한국 1이다. 유럽과 미주가 압도적인 비중을 차지하고, 동아시아인은 3이며, 그 밖의 다른 문명권 발표자는 없었다.

다른 주제에서도 유럽 언어 상호 간의 번역을 다룬 논문이 5편이다.

(a)는 불국 → 이태리, (b)는 독일 → 불국, (d) 브라질 → 불국, (f)는 이태리 → 폴란드, (g)는 러시아 → 이태리가 그런 것들이다. 그 확대판인 (n) 불국 → 캐나다 영어, (h) 유럽 → 아르헨티나, (j) 유럽 → 브라질을 함께 헤아리면 모두 8편이다.

(e) 일본 → 이태리, (j) 중국 → 영미, (k) 중국 → 영미, (l) 유럽 → 일본, 이 넷은 유럽과 동아시아의 관계를 다루었다. (c)인 이집트 → 불국은 유럽과 동아시아가 아닌 다른 문명권의 관계를 살폈다. 여기까지 들어도 유럽과 그 외곽지역으로 세계를 파악했다. 그 밖의 다른 여러 곳에는 관심을 두지 않았다.

내 논문 (m)은 중국 → 한국·일본·월남이어서 동아시아 나라들의 관계를 문제 삼았다. 유럽이 아닌 다른 문명권 문학의 상호관계에 관한 유일한 논문이다. 남–동남아시아문명권, 서아시아–북아프리카문명권에서도 많은 번역이 있었으나 거론하지 않았다. 남–동남아시아문명권과 동아시아문명권 사이의 번역도 관심 밖에 두었다.

발표자와 다룬 논제에 유럽문명권중심주의가 뚜렷하다. 번역은 인류 전체가 해온 일이며, 어느 문명권에서도 활발하게 진행되고 문명권을 넘어서도 광범위하게 이루어졌는데, 그 전모를 이해하려는 노력은 없다. 유럽이 아닌 다른 문명권 내부에서 진행된 번역을 다룬 논문은, 다시 말하지만 내가 발표한 것 한 편뿐이다.

왜 그런가? 유럽문명권에서만 자기네 중심의 번역 연구를 하고, 다른 문명권에서는 아직 연구를 제대로 하지 못한 탓일 수 있다. 다른 문명권에서도 상당한 연구가 이루어졌으나 국제비교문학회에 등장하지 않는 탓일 수 있다. 두 번째 추론이 더욱 타당하다. 영어와 불어로 발표를 해야 하는 조건 때문에 국제비교문학회의 참가자가 제한된다.

대회 기간 동안에 레이덴대학의 동양학 연구소에서 아시아–아프리카에서 간 참가자들을 따로 모아 리셉션을 개최했다. 유럽인 밖의 사람들 수백 명이 모였다. 술을 한 잔 들고는 이리저리 어울리면서 말을 많이 했다. 자기소개를 하고 상대방은 어디서 무얼 하는지 물었다. 나도 많은 사람과 이야기를 나누었다.

그런데 말을 걸어 물어볼 볼 때마다 상대방은 자기 나라에서 영문학 또는 불문학을 가르친다고 했다. 아시아-아프리카 영문학자 및 불문학자 총회를 연 것 같았다. 그 둘이 아닌 유럽 다른 언어의 문학을 하는 사람은 아주 드물었다. 일본인 참가자 가운데 (l)의 논문 발표자는 영문학자로 생각되고, (e)의 논문 발표자는 이태리문학을 전공하는 것 같았다.

한국에서 간 참가자에는 외국문학자 외에 한국 현대문학 전공자들도 있었다. 다른 나라의 경우에는 자국의 현대문학을 한다는 사람마저 찾을 수 없었다. 자기 나라 고전문학을 가르치면서 비교문학을 하는 사람은 한국인 참가자들까지 포함해서 나 이외에 하나도 더 없는 것 같았다. 그 때문에 유럽문명권중심주의가 청산되지 않는다.

비교문학을 하려면 여러 언어를 알아야 한다. 그 수가 둘만으로는 부족하고 셋 이상이어야 한다. 유럽문명권의 언어는 셋 이상 활용한 사람들이 있었다. 문명권을 넘어서서 여러 언어를 다룬 사람은 나 혼자만이다. 유럽이 아닌 다른 곳의 언어는 (e)·(l)에서 일본어만, (j)·(k)에서 중국어만 다루었다.

나는 논문을 영어로 쓰면서 불어 서적을 인용하고, 한국어·한문·중국어·일본어 자료를 활용했다. 월남어 자료를 직접 다루지 못한 것이 결함이라고 할 수 있으나, 함께 발표한 다른 어떤 논문보다도 이용한 언어의 범위를 더 넓혔다. 이런 논문이 많아져야 번역 또는 비교문학 연구가 정상화된다. 유럽중심주의에서 벗어날 수 있다.

활용한 언어보다 더 중요한 것은 내용이다. 내 논문은 다른 모든 논문과 뚜렷하게 다른 점이 있다. 다른 모든 논문은 개별적인 문제를 미시적으로 다루었지만, 나는 문제를 크게 제기하고 거시적인 고찰을 했다. 제한된 시간에 다루기 어려운 너무 큰 과제를 들고 나온 것이 잘못이라고 할지 모르나, 연구의 전반적인 반향을 논의하는 것이 세계인의 관심을 모으는 거대한 학술회의에서 우선적으로 할 일이다.

비교고찰을 위해, 일본인의 발표 (e), (i)를 살펴보자. (e)의 발표자는 일본의 이태리문학 전공자인 것 같다. 이태리 작품에서 일본인의 모습을 어떻게 그렸는지 살펴보았다. (i)에서는 19세기와 20세기 서양의 아동문학 작품을 일본에서 어떻게 받아들였는지 고찰했다. 접근 방법이 다른 두 작업이 서양과의 비교를 통해 일본의 자기 인식을 하려고 한 공통점을 분명하게 갖추었다. 비교문학을 나르시시즘의 만족을 얻기 위한 방법으로 삼고, 일본의 특수성 인식을 구체화하는 조그마한 성과를 얻었다고 자랑한다.

나는 그것과 반대가 되는 작업을 했다. 자의식의 함정에서 벗어나 관심을 계속 넓히는 연구를 했다. 한국문학은 보편성에 대한 새로운 인식의 출발점으로 삼고, 한국에서 동아시아로, 동아시아에서 세계로 나아가고자 했다. 동아시아에서 이루어진 번역에 관한 총괄 논의를 처음 시도하면서 번역 일반론을 정립하고자 했다. 유럽중심주의의 잘못을 시정하는 방안을 제시하는 데까지 이르고자 했다.

범위를 크게 잡아 총괄론을 시도하는 발표를 했다. 구체적인 연구가 아직 없는 탓이 아니고, 세부로 들어가면 청중이 이해하지 못하는 것을 고려했기 때문이었다. 동아시아문학에 대해 아무런 예비지식이 없는 사람들 앞에서 생소한 논의를 장황하게 전개하는 것은 무리이다. 꼭 필요한 말을 누구나 알기 쉽게 했다. 더욱 좁아지는 것과는 반대로, 논의가 더욱 넓어지는 방향으로 전개되었다.

〈중국문학 번역의 역사적 변천: 한국·일본·월남의 경우 비교론〉 (Historical Changes in the Translation from Chinese Literature: a Comparative View of Korean, Japanese and Vietnamese Cases)이라고 한 내 논문은 신작이 아니다. 〈번역으로 맺어진 관계〉, 《하나이면서 여럿인 동아시아문학》(1999)에서 이미 다른 내용을 간추려 영어로 다시 쓴 것이다. 전체의 윤곽은 더욱 뚜렷하게 하고, 세부적인 고찰을 생략했다.

내용을 간추려 보자. 번역이 무엇이고 번역 연구가 어떤 의의가 있는지 말하는 기존의 일반론이 미흡해 다시 정립해야 한다고 하고, 동아시아 번역 연구의 현황을 타개하는 새로운 시도를 하겠다고 했다. 중국문학을 번역한 동아시아 세 나라 한국·일본·월남에서 양상이 크게 셋으로 나눌 수 있는 단계에 따라 달라졌다고 했다.

첫 단계는 고전을 읽었다. 둘째 단계는 고전을 자국어로 옮겼다. 셋째 단계에서는 고전이 아닌 흥미로운 작품을 받아들여 개작했다. 이것이 번역의 유형, 번역의 역사를 재정립하는 출발점이 된다고 했다. 기본적으로 같은 단계를 거치면서 한국·일본·월남에서 한 번역의 구체적인 차이가 또한 소중한 연구 대상이 된다고 했다. 이런 사실이 번역문학의 양상과 변천에 관한 일반이론을 세계적인 범위에서 새롭게 정립하는 근거가 된다고 했다.

나는 마지막 순서 종합토론의 발제를 해달라고 요청받았다. 번역이 무엇이며 어떻게 연구해야 하는가에 관해 광범위한 의견을 나누는 것이 종합토론에서 할 일이었다. 나는 제기된 문제에 대한 논의를 바람직하게 하려면 유럽중심주의를 넘어서서 넓은 시야를 가져야 한다고 하고, 발표한 논문의 의의를 말했다.

종합토론의 사회자는 영국에서 교수 노릇을 하는 네덜란드인이고, 토론자는 벨기에인, 호주인, 그리고 나 세 사람이었다. 청중이 교실에 가득 찼는데, 둘러보니 유럽인이 아닌 사람들은 몇뿐이었다. 한국인은 한 사람만 있었던 것으로 기억한다.

세 발제자가 발언을 하고 청중의 질문을 받으면서 얼마 동안 토론을 했다. 호주인 학자에게 불어로 질문하는 사람이 있어 내가 맡아 대답해 주었다. 토론을 끝내면서 사회자는 내게 폐회사에 해당하는 말을 해달라고 해서, 다음과 같은 요지의 발언을 했다.

오늘날 탈식민시대를 맞이해서 새로운 사고를 해야 한다든가, 오리엔탈리즘을 극복해야 한다거나, 유럽문명권중심주의에서 벗어나야 한다는 말은 유행이 되고 있다. 이번 모임에서도 그런 말을 많이 하고, 지금의 토론에서도 표제로 내걸었다. 유럽문명권 안에 들어앉아서 다른 문명권에 대해서는 알지 못하면서 그런 말을 되풀이하기만 해서는 아무런 진전이 없다.

한국에서 온 동아시아학자인 나는 동아시아문학의 동질성과 이질성에 관해 광범위한 고찰을 하는 논문을 영어로 발표하고, 동아시아에서 하는 연구 작업과 다른 문명권에서도 해서 얻은 성과를 비교고찰하자고 제안했다. 여러 문명권을 세계적인 범위에서 비교하는 데까지는 이르지 못했으나, 나는 동아시아에 관한 논의를 유럽의 언어로 전개한다. 지금 영어로 말하고 있을 뿐만 아니라 불어도 할 수 있는 것을 보여주었으며, 독일어도 조금 안다. 문명권을 넘나드는 비교연구를 해서 비교문학을 비교문학답게 하려고 노력하고 있다.

학문은 유식의 소관이지 무식의 소관이 아니다. 한 문명권만 아는 것은 무식이고 여러 문명권을 아는 것이 유식이다. 당신네들 유럽문명권 학자들은 다른 문명권을 이해하기 위한 진지한 노력이 없다. 외국어를 여럿 알아도 유럽의 언어뿐이다. 우리 동아시아들은 유럽문명권을 이해하기 위해 오랫동안 애쓴 결과 두 문명권은 어느 정도 안다. 세 문명권이나 네 문명권을 아는 것보다는 무식하지만, 한 문명권만 아는 것보다는 유식하다.

지금까지의 근대학문은 유럽문명권에서 주도했다. 그러나 이제 전환의 시기가 닥쳤다. 둘 이상의 문명권을 알아 광범위한 비교연구를 할 수 있는 유럽 밖의 학자들이 근대를 넘어서서 다음 시대로 나아가는 학문 연구를 주도해야 할 때가 되었다.

이렇게 말하는 데 대해서 그 자리에서 사회를 보고, 함께 발표를 하고, 또한 참석해서 질의하고 토론한 유럽 각국 학자들이 한 마디 반론도 불만도 말하지 않았다. 해야 할 일이 무엇인가 알면서도 경험과 지식이 편벽되어 어쩔 도리가 없다고 시인하는 것 같았다. 그런 형편을 타개하는 데 유럽이 앞장설 수는 없으므로, 다른 문명권에서 분발해야 하는 것이 분명해졌다.

유럽에서 잘못하고 있다고 나무라는 것이 능사가 아니다. 유럽에서 잘못하고 있으면 그 대안이 되는 새로운 연구를 다른 문명권에서 내놓아야 한다. 그 점에서 동아시아는 커다란 의무를 지니고 있다. 모든 불만과 비난이 우리 자신에게로 되돌아온다.

막중한 임무를 혼자 수행하자는 것은 아니다. 이제 동아시아가 다른 문명권은 젖혀두고 세계사의 주역이 되어야 하고, 한국이 그 중심이 되어 마땅하다는 착각은 하지 말아야 한다. 다원화된 세계에서 누구나 해야 할 일을 동아시아에서도, 한국에서도 해야 한다. 자기 장기를 살리면서 이런 연구에 적극 참여해 널리 도움이 되는 결과를 얻을 수 있어야 한다.

4-4 스웨덴에서

스칸디나비아 일본 및 한국학회(NAJAKS, Nordic Association of Japanese and Korean Studies)가 스웨덴 예테보리(Göteborg)대학에서 2004년에 열렸을 때 초청되어 가서 기조발표를 했다.[2] 3년마다 개최해 이번이 제6회라고 했다. 스칸디나비아 각국의 일본학과 한국학 발전을 위해 기여하는 것이 학회 및 대회의 목적이라고 했다.

그 대학 일본학 교수이고 이번 모임의 조직자인 노리코 툰만(Noriko Thunman) 교수가 행사 개최를 알리고 기조강연을 해달라는 편지를 보냈다. 그분은 일본여성인데 스웨덴 사람과 결혼해 스웨덴에 정착했다. 동경대학 불문과를 졸업하고, 스웨덴 스토크홀름대학에서 일본학 박사를 했다고 했다. 서울에 와서 만날 기회가 있었고, 행사가 있는 기간 동안 자주 어울리면서 친교를 나누었다.

예테보리는 스웨덴에서 두 번째로 큰 도시이며 인구는 60만 정도이다. 넓게 자리 잡고 수목이 우거진 사이사이로, 시가가 펼쳐지고 집이 들어섰다. 예테보리대학 인문대학이 행사 장소였는데, 주위가 광활한 공원이었다. 깊은 산속에 들어간 느낌이었다. 외곽으로 이전해서 그런 것이 아니다. 도심지에 자리 잡은 곳이 그랬다. 우리는 너무 각박하게 사는구나 하는 한탄이 절로 나왔다.

노리코 툰만 교수는 예테보리대학 동양 및 아프리카학과의 일본학 책임자이다. 일본학을 가르치는 사람은 부교수가 한 사람 더 있고, 강사가 여럿인데, 모두 일본 여성이다. 중국학을 한 명이 담당하고, 한국

---

2 《세계·지방화시대의 한국학 3 국내외 학문의 만남》 280–306면에서 자세하게 전개한 논의를 간추리고 재론한다.

학은 개설되지 않았다. 스칸디나비아 전역의 사정이 비슷해서 일본학은 크게 자리를 잡고 있지만, 한국학은 그렇지 못하다.

기조강연을 세 사람이 했다. 첫날 미국 텍사스대학 교수인 여성학자 수산 나이퍼(Susan Napier)가 〈일본 환상: 서양인 마음속의 일본 대중문화〉(Fantasy Japan: Japanese Popular Culture in the Mind of the West)에 관해 말했다. 서양인은 일본문화에 대해서 자기네 나름대로의 환상을 가지고, 서양과는 다른 무엇, 서양에는 결핍되어 있는 무엇을 일본에서 찾는다고 했다. 일본여성 예찬도 그 가운데 하나라고 했다. 산만한 내용을 불분명한 발음으로 급하게 몰아치면서 말해 알아듣고 이해하기 힘들었다.

미국에서 온 동포 학자 한 분도 방금 들은 영어에 대해서 불만을 나타냈다. 자기가 미국에 가서 공부하기 시작할 때, 그처럼 마구 지껄이는 영어를 알아들으려고 몇 시간 긴장을 하면 너무 피곤했다고 했다. 영어를 세계에서 널리 사용하려면 발음을 정확하게 해야 한다. 이상하게 변한 미국영어를 누구나 따라 하라는 것은 무리이다.

스웨덴 사람들은 영어 사용에서 모범을 보였다. 표준영어를 정확하게 말해 어렵지 않게 이해할 수 있었다. 영어와는 거리가 먼 언어를 국어로 쓰는 나라에서 온 참가자들의 영어는 알아듣기 더 쉽다. 특히 일본인과 영어로 잡담을 주고받을 때 마음이 편하고 소통이 잘된다. 공식석상에 나서면 그렇지 못하다. 내가 영어를 너무 딱딱하고 힘들게 말해 듣기 민망할 정도가 아닌지 염려했다.

둘째 날에는 내가 먼저 나서고, 그 다음에 일본에서 초청된 가와모토(Koji Kawamoto, 川本皓嗣) 교수가 강연을 했다. 가와모토 교수는 동경대학 비교문학 교수였다가 정년퇴임한 뒤에 다른 대학에 가 있는 분이다. 국제비교문학회(ICLA) 회장을 하면서 홍콩 발표대회를 주관하고, 임기를 마쳤다. 여러 나라에서 만나 함께 발표를 한 사이이다.

한국에서 열린 학술회의에서 있었던 일을 말한다. 가와모토 교수의 영어 발표를 듣고 누가 불어로 질문해도 되느냐고 물은 적 있었다. 그래도 좋다고 하니, 장광설을 늘어놓는 말이 발표 내용을 잘못 이해해서 하는 수작이었다. 사회자가 내게 신호를 보내는 것을 보고 일어서서, 질문자의 잘못을 영어로 일러주었다. 질문자가 내 말을 알아듣고 의문이 풀렸다고 했다.

끝난 뒤에 사회자에게 왜 신호를 보냈는가 하고 물으니, 불어 질문을 영어로 통역하라는 뜻이었다고 했다. 질문이 길어지자 가와모토 교수가 알아듣지 못했기 때문이었다. 나는 그런 줄 모르고 질문을 나무랐다. 가와모토 교수는 내가 도와주어 고맙다고 했다. 이번에 만났을 때에도 여러 사람이 있는 자리에서 그 일을 다시 말하고 거듭 고맙다고 했다.

가와모토 교수는 남아프리카 프레토리아에서 국제비교문학회 회장이 되었을 때, 한국은 빼놓고 일본에서 직책을 맡아 미안하다고 내게 말했다. 나는 일본만이 아닌 동아시아를 대표한다고 생각해서 고맙게 여긴다고 했다. 성격이 소탈하고, 권위주의 같은 것은 없는 사람이다. 이번에 만났을 때 "당신은 국제적인 마음을 가진 학자여서, 예사 일본인과는 다릅니다."라고 하니, "그렇기를 희망합니다."라고 대답했다.

가와모토 교수의 발표 제목은 〈문학연구의 변화와 지속: '사랑'을 위한 탄원〉(Changes and Continuities in Literary Studies: A Plea for 'Love')이라고 했다. 문학연구는 문학에 대한 사랑을 근거로 삼는데, 그런 풍조가 사라지는 추세가 서양에서 생겨 일본에도 닥쳐 유감스럽다고 하는 것이 대체적인 내용이었다. 많은 사항을 나열하면서 산만한 논의를 전개해 핵심이 무엇인지 불분명했다. 영문학자가 흔히 할 수 있는 이야기라고 하겠으며, 일본학계에서 특별히 연구한 바를 말한 것은 아니다. 국제적인 마음을 가지고 예사 일본인과는 다르고자 하는 자세가 발표에 서는 그렇게 나타났다.

나이퍼와 가와모토 두 사람의 기조강연은 둘 다 서양과의 관계에서, 서양을 기준으로 삼고 일본을 말했다. 서양학문의 통상적인 방식으로 논의를 전개하고, 새로운 견해를 제시할 의도는 없었다. 서양의 관점에 서 일본을 보고, 서양의 풍조를 일본에서 받아들인다고 했다. 어느 쪽 에서든지 일본은 서양의 변방이다. 일본이 서양 다음으로 중요한 곳일 수는 있어도 서양과 맞서고, 서양과는 다른 방향으로 나아가 대안을 제 시하는 곳은 아니다.

내 발표는 〈한국·동아시아·세계문학사의 중세〉라고 했다. 요지는 한 국문학사 이해에서 얻은 성과를 동아시아문학사에, 다시 세계문학사에 적용해 학문의 역사를 바꾸어놓겠다는 것이다. 한국에서 시작해 동아시 아를 거쳐 세계로 나아가는 긴 여행을 하겠다고 하면서 발표를 시작했 다. 세계에 스칸디나비아도 포함된다고 했다. 중세는 지방분권의 봉건제 도를 채택한 시대라는 견해가 유럽중심주의 소산이고, 문학사에는 적용 되지 않는 사회사의 편향된 주장임을 지적하고, 이제 넘어서야 한다고 했다. 세계사를 서유럽 위주로 논의할 때 스칸디나비아가 동아시아와 함께 제외되어온 잘못을 시정하는 이론적인 방안을 함께 제시했다.

중세는 공동문어와 민족어를 함께 사용하면서 두 가지 문학을 이룩 한 시대이다. 이런 중세가 동서로 일본에서 모로코까지, 남북으로 마다 카스카르에서 아이슬랜드까지 광범위한 지역에 들어섰다. 공동문어문학 에 힘쓴 중심부, 민족어문학을 일찍부터 가꾼 주변부, 그 둘의 성격을 겸비한 중간부가 서로 다른 것이 어느 문명권에서든지 동일하다. 중국· 한국·일본에서 중심부·중간부·주변부의 전형적인 모습을 볼 수 있다.

일본과 스칸디나비아는 주변부여서 倭寇와 바이킹, 軍記物語와 사가 (saga)가 동질성을 가진다. 중심부를 향한 주변부의 반란이 민족구어문학의 발전과 연결되었다. 바이킹에 관한 연구는 가해자와 피해자의 자료를 차등을 두지 않고 활용해 납득할 만하게 이루어졌는데, 왜구 연구는 아직도 민족의 경계를 넘어서지 못하고 있는 것을 반성해야 한다.

스칸디나비아 여러 나라 가운데 덴마크는 중간에 가까워, 기독교의 성직자 삭소 그라마티쿠스(Saxo Grammaticus)가 자국의 역사서 《덴마크의 위업》(Gesta Danorum)을 라틴어로 써서, 거의 같은 시기에 이루어진 一然의 《三國遺事》와 비교할 만한 업적을 남겼다. 동아시아와 스칸디나비아는 서로 멀리 떨어져 있고 직접적인 교섭이 없었지만, 구체적인 비교가 가능하고 필요하다고 했다.

그 두 역사서는 세계종교를 받아들이기 전에 신화적 전승에 의해 입증되는 민족사의 오랜 연원이 있었음을 말하고, 보편주의와 민족주의의 공존을 문제 삼았다. 문명권 중심부의 보편주의 존중과 주변부에서 내세우는 민족주의를 함께 보여준 것이 중간부의 특징이다. 이렇게 말하면서 구체적인 비교연구가 필요하다고 했다.

발표가 끝나자 노리코 툰만 교수가 말했다. 스웨덴에서 세계문학사를 쓰려고 하는데 내 견해가 많은 도움이 된다고 했다. 내가 대답했다. 내 발표는 한국어로 쓴 여러 책에서 말한 것의 간략한 요약에 지나지 않는다. 그 전부를 알리지 못하는 것이 유감이다. 《세계문학사의 허실》에서 8개 언어로 쓴 38종의 세계문학사를 검토한 것부터 참고로 해야 할 것이라고 했다.

여러 사람이 좋은 발표를 해주어 고맙다고 했다. 가와모토 교수도 대단한 발표라고 치하하고, 많이 배웠다고 했다. 스칸디나비아와 일본이 문명권의 주변부여서 많은 공통점을 가진다는 사실을 그 양쪽 사람들이 모르고 있다가 알았다고 했다. 귀국한 다음, 노리코 툰만 교수는 세계문학사 이해의 새로운 관점을 동아시아에서 제시한 것을 보고 충격과 감명을 받았다는 편지를 보내왔다.

관련되는 소식을 책을 구해 읽고 알았다. 1980년대 이래로 자취를 감춘 제1세계의 세계문학사를 스웨덴에서 다시 일으키기 위해 노력했다. 필요한 총론을 갖추고,[3] 세계문학사를 실제로 서술하는 작업을 했다.[4] 사용한 언어는 영어이고, 출판지는 독일인 것이 널리 알리기 위한 선택이라고 생각된다.

총론은 여러 사람이 각기 쓴 글을 모은 것이다. 문화가 상이한 여러 곳의 문학을 널리 포괄하는 '다문화문학사'를 이룩하는 방향으로 나아가야 한다. 세계문학사는 명작 목록이 아닌, 교류하고 독서한 과정으로 이해해야 한다고 했다. '구미'(Euro-Us)가 지배하려고 하는 것 같은 지금까지의 비교문학을 청산하고 진정한 세계문학사를 이룩해야 한다. 이런 정도의 논의를 산만하게 펼치는 수준에 머무르고, 유럽중심주의를 넘어서서 세계문학사를 새롭게 쓰는 설계도는 없다.

제1권 《시대와 문화를 통괄하는 문학의 개념》(*Notions of Literature across Times and Cultures*)을 보자. 중국에서 문학이라는 것이 행복한 사생아로 태어났다(Martin Svensson Ekström, "One Lucky Bastard: On the Hybrid Origins of Chinese 'Literature"). 일본문학사 서술의 시작을 살핀다(Gunilla Lindberg-Wada, "Japanese Literary History Writing: The Beginnings"). 산스크리트 시학과 '카비야'에서는 시의 즐거움을 찾는다.

---

3 Gunilla Lindberg-Wada ed., *Studying Transcultural Literary History*(Berlin: Walter de Gruyter, 2006)

4 Anders Pettersson, Gunilla Lindberg-Wada, Magreta Pettersson, Stefan Helgesson eds., *Literary History: towards a Global Perspective*(Berlin: Walter de Gruyter, 2010), 4 vol.

(Gunilla Green-Eklund, "The Pleasure of Poetry - Sanskrit Poetics and *kāvya*") 아랍에서는 문학을 '아다브'라고 한다(Bo Homberg, "*Adab* and Arabic Literature"). 동아프리카 구비문학에서 하는 문학성 논의를 본다 (Leif Lorentzon, "Let the House Be Dead Silent: A Discussion of Literariness in East African Oral Literature"). 이런 글이 여럿 일정한 순서 없이 실어 놓아 문학사가 아닌 문학논집을 만들었다.

중국에서 마련한 문학의 개념을 말하고, 산스크리트문명권의 '카비야' 나 아랍어문명권의 '아다브'를 든 것은 어느 정도 적절한 선택이다. 여러 문명권에서 각기 마련한 문학의 개념이 다르면서 같다는 것을 말해 세계문학사 이해의 공동 기반을 구축할 수 있다. 그런데 중국에서 마련한 문학의 개념을 동아시아 각국에서 어떻게 받아들였는지 말하지 않아, 산스크리트문명권이나 아랍어문명권과 대응되는 논의를 갖추지 않아 파탄이 일어났다.

그 이유는 일본의 반칙 때문이다. 일본이 동아시아문명에 참여한 내력은 고찰하지 않고, 근대에 이르러 서양의 전례를 받아들여 문학사 서술을 일찍 시작했다는 사실을 두 번째 순서로 말해 논의의 체계가 파괴되고 대혼란이 일어났다. 일본문학 전공자가, 근대문학밖에 모르면서 대단한 것을 안다고 자부하는 부적격자가 세력을 구축하고 크게 활약해 책을 이상하게 만들었다. 일본의 위세를 엎고 스웨덴을 망쳤다.

세계문학사라면서 써낸 책이 처음부터 명이 들어 사실의 산만한 열거에 지나지 않는다. 상호작용이라는 이름으로 문학 교류사를 밝히는 데 힘쓰고, 교류나 영향을 넘어선 문학사의 공통된 전개는 파악하려고 하지 않았다. 다른 여러 곳의 문학이 각기 위세를 떨치다가 근대에는 유럽 주도로 문학의 세계화가 이루어졌다는 사실을 새삼스럽게 확인하고, 표방한 바와는 상반되게 유럽중심주의를 재확인하는 데 이르렀다.

내가 제안한 것 같은 공통된 시대구분이 없어 문학사라고 하기 어렵다. 나의 《세계문학사의 전개》에 다가오지 못했다.

4-5 이집트에서

"아랍세계의 비교문학"(Comparative Literature in the Arab World)이라는 학술회의가 1995년 12월 20일부터 22일까지 이집트 카이로의 카이로대학에서 열렸다. 당시 한국비교문학회 회장이던 김용직 교수가 그 모임에 참석하고자 하니 함께 가자고 했다. 그 덕분에 먼 나라에서 논문을 발표했다.

첫날 발표 서두에서 이집트문명에 대한 재인식을 역설한 기조강연이 있어 오래 기억에 남는다. 이집트문명이 전해져 그리스가 일어난 사실을 외면하고, 그리스인이 지닌 독창적 능력의 산물이어서 유럽문명은 특별하다고 하는 것은 잘못이라고 했다. 고고학과 언어학 연구에서 증거를 찾았을 따름이고 문학과는 거리가 멀었다. 유럽문명권중심주의를 극복하고 세계문학의 다양한 모습과 가치를 재인식하는 데 아랍세계가 적극 기여하는 길을 찾고자 하는 것이 대회를 개최한 취지였다. 회의에서 사용한 공용어는 영어·불어·아랍어이고, 아랍어 논문이 월등하게 많았다. 아랍어 논문은 이해할 수 없어 평가가 가능하지 않았다.

모임에서 발표한 논문을 모아 낸 책(The Egyptian Society of Comparative Literature, *Comparative Literature in the Arab World*, Cairo, 1995)을 자료로 삼아 사후 점검을 하는 수밖에 없다. 영어·불어로 쓴 논문은 1 "비교문학의 이론 및 최근 경향"(The Theory of Comparative Literature and its Contemporary Trends), 2 "응용 연구"(Applied Studies), "언어학과 번역"(Linguistics and Translation)으로 구분되었다. 1은 원론이고, 2는 각론이다. 2에 수록된 많은 논문은 개별적인 주제를 각기 다루기만 하고 대회를 개최한 취지와 밀착된 논의는 펴지 않았다. 비교문학에 대한 이해도 각기 달랐다. 김용직 교수는 한국 현대시에서 받은 유럽의 영향을 고찰했다.

1의 원론 발표자들은 주최하는 쪽에서 바라는 바를 짐작하고 논문을 준비했다. 그런데 단 세 편뿐이다. 세 편의 필자와 제목을 들면 다음과 같다. 성은 모두 대문자로 쓴 것을 그대로 옮긴다. 거론하기 편리하게 부호를 붙인다.

(a) Armando GNISCI, "La littérature comparée comme discipline de décolonisation"

(b) Dong-il CHO, "A New Theory of the Periodization of the History of World Literature"

(c) Magdi YOUSSEF, "Le Mythe de la littérature européenne"

(a)의 발표자 아르만도 그니시는 이태리 로마대학 비교문학 교수이다. 논문 제목을 번역하면 〈탈식민지 학문으로서의 비교문학〉이다. 비교문학이 식민지 학문의 편견을 버리고 세계문학에 대한 진정한 이해를 위해 힘써야 한다고 역설했다.

(c)의 발표자 마그디 유세프는 이름을 보니 아랍인이다. 나중에 확인해보니 카이로대학 비교문학 교수이다. 논문 제목은 〈유럽문학의 신화〉이다. 유럽문학은 단일체라고 하는 거짓된 이해에서 벗어나 다양성을 주목하면서, 장차 다른 여러 곳들 문학과의 광범위한 비교를 거쳐 진정

한 세계문학을 이해해야 한다고 주장했다.

(b)는 나의 논문이다. 제목을 번역하면 〈세계문학사 시대구분의 새로운 이론〉이다. (a)·(c)에서 제시한 당위론을 구체적인 논거를 가지고 가시적인 형태로 발전시켰다고 할 수 있는 내용이다. 그 둘에서는 유럽 안의 사정만 시비했으나, 나는 다른 문명권의 문학을 광범위하게 들어 논했다.

지금까지의 세계문학 이해가 잘못된 증거를 유럽문명권의 네 곳 미국·불국·독일·러시아에서 나온 대표적인 세계문학사에서 찾았다. 세계문학사 이해의 유럽문명권중심주의를 극복하는 대안을 여러 문명권의 문학에 관한 대등한 고찰에서 제시했다. 《세계문학사의 허실》(1996)에서 기존의 세계문학사를 총괄해서 비판한 성과를 간추리고, 세계문학사의 새로운 이해를 위한 구상을 보탠 내용이다.

《세계문학사의 허실》에서 다룬 8개 언어로 이루어진 38종의 세계문학사 가운데 특히 중요한 위치를 차지하는 미국, 불국, 독일, 러시아 것들을 본보기로 들어 잘못을 나무라고 내가 생각하는 대안을 제시했다. 《세계문학사의 전개》(2002)에 이르러서 구체화되는 구상의 개요를 미리 알렸다. 논문 전문이 뒤에 있다.

논문 발표가 끝나자 그 자리에 있던 사람들이 일제히 박수를 치고, 좋은 논문이라고 찬탄하는 말을 했다. 위에서 든 논문 (a)의 발표자 그니시 교수는 자기 논문에서 하고자 한 이야기를 분명한 근거를 갖추어 발전시킨 점을 높이 평가한다고 했다. 논문을 이태리어로 번역해 소개해도 좋은가 물었다. 그럴 수 있으면 영광이라고 했다.

발표한 논문을 모아 출판한 책에 〈반응〉(Responses)이라는 대목이 있다. 글 두 편이 실려 있는데, 첫 번째가 〈보고〉(Reports)라고 한 것이고, 집필자는 "Mohamed-Salah Omri, Washington University, St. Louis"라고 했다. 미국에서 활동하고 있는 아랍인이라고 생각된다. 학술회의에서 거둔 성과를 네 면에 걸쳐 쓰면서 내 논문을 높이 평가한다고 했다.[5]

귀국한 다음에 내 논문의 이태리어 번역본이 실려 있는 이태리 비교문학 잡지가 우송되어 왔다.[6] 번역자는 그니시가 아니고 프란카 시노폴리(Franca Sinopoli)였다. 그니시 교수의 제자인 여성학자이고 로마대학 비교문학 교수이다. 로마대학 비교문학 연구의 주역을 그니시 교수에게서 넘겨받아 맡고 있다.

1997년 네덜란드에서 열린 국제비교문학 발표대회에서 그니시 교수를 다시 만났다. 영문저서 *Korean Literature in Cultural Context and Comparative Perspective*를 주었더니, 시노폴리 교수가 서평을 했다. 같은 글을 두 말로 써서, 국제비교문학회의 잡지에는[7] 영어본을, 이태리 비교문학회 잡지에는[8] 이태리어본을 냈다.

그 책에 관한 서평이 둘 더 있다. 오스트레일리아 사람 에번(Gregorg Nicholas Evon)의 서평이 국내의 영문학술지에 있다.[9] 일본의 大澤吉博(오사와 요시히로)도 서평을 써서 자기 나라 학술지에 실었다.[10] 에번은

---

5 Korean Cho Dong-il, whose paper "A New Theory of the Periodization of the History of World Literature" raised some interest, expressed weariness with claims to the universality of the Western canon in Western histories and anthologies of world literature. There was considerable interest in the search for satisfactory definitions and a rationale for Comparative Literature(a concern shared by American and European comparists, although from different perspective.)

6 Cho Dong-il, "Verso una nuvoa idea di periodizzazione della storia letteraria mondiale", *Rivista italiana di letteratura comparata*, 12 1998(Roma: Lilith Edizioni, 1998)

7 *Literary Research* 29(London, Canada: University of Western Ontario 1998)

8 *Rivista Italiana di Letteratura Comparata*, n.12. (1998)

9 *The Review of Korean Studies* vol. 3. no. 1.(The Academy of Korean Studies, 2000)

한국학 강의를 위해 어떤 기여를 하는 책인지, 大澤吉博은 일본문학에 대한 언급이 적절한지 검토했으나, 시노폴리는 세계문학의 새로운 이해에 기여하는 바를 논의했다. 세계의 중심이라고 자부하는 곳에 있어 시야가 넓다고 할 수 있다.

시노폴리가 그 책 서평에서 "Toward a New Theory of the Periodization of World Literary History"에 대해 고찰한 대목을 보자.[11] 요약을 잘해 무엇을 말했는지 충실하게 소개했다. 유럽문명권중심주의의 편견을 시정하고, 세계문학사를 새롭게 이해하고 서술하는 이론을 제시했다고 했다.

시노폴리는 그 뒤에 유럽문학에 관한 책을 두 권 내는 계획을 알려왔다. 유럽문학이란 무엇이며 어떻게 평가해야 하는지, 첫 권에서는 유럽사람들이 고찰하도록 하고, 둘째 권에서는 유럽 밖의 사람들의 견해

---

10 《比較文學研究》76(日本比較文學會, 2000)

11 The last chapter of the book intimates a new theory of the periodization of world literary history, summarizing the thesis presented in one of his previously untranslated works, whose title in English sounds like "The True and False in Writing Histories of World Literature"(1996). Attacking the Eurocentric prejudice which is at the base of Western histories of world literature, the author argues that in such works very little space is devoted to non-European literatures. He contends that the literature of East Asian peoples is degraded as an adjunct to European literatures, or it is utterly excluded and omitted. Cho thus proceeds to formulate his major conclusion: a "Third World's alternative theory of periodization" as a consequence of the outcomes achieved in his previous works on the history of Korean literature,(1982-86) and on the comparative history of East Asian literature(1993). This theory takes as its starting-point the existence of a common literary language within a particular civilization(literary Chinese in East Asia, Sanskrit in South and South East Asia, classical Arabic in West Asia and Africa, Latin in Europe), with the aim of inviting each civilization to offer its contribution in the elaboration of a truly global and thus more rigorously comparative understanding of world literatures, and their respective, interrelated literary histories.

를 수록한다고 한다고 했다. 18세기 이래의 주요 논의를 수록한 첫 권을 보내고, 둘째 권에 실을 글을 한 편 달라고 했다. 한국어로 보내도 되는지 물으니 번역하기 어려우니 영어로 써달라고 했다.

《소설의 사회사 비교론》 1(2000) 서두에 나오는 한 대목을 옮겨 "Against European Theories of Novel"이라는 글 한 편을 만들었다. 문학 이론을 시비의 대상으로 삼아 유럽문학론이 세계문학론이라는 잘못을 시정하고자 한 내용이다. 변증법에 입각해 전개한 헤겔, 루카치, 바흐친 등의 소설 이론을 비판하고, 생극론에 입각한 나의 소설 이론을 대안으로 제시했다.

생극론에 대한 영어 번역을 다시 이태리어로 옮기는 과정에서 문제가 생겼다. 생극론을 영어로 옮겨 "Becoming—Overcoming Theory"라고 했는데, 무엇을 말하는지 도저히 이해할 수 없어 번역이 불가능하니 납득할 수 있게 설명해달라는 전자우편을 보내왔다. 내가 대답한 말을 이태리어로 번역하지 않고 영어를 그대로 두었다.[12] 이해를 돕기 위해 우

---

12 The Becoming—Overcoming Theory is contradictory. The truth is in the contradiction. If we disbelieve and exclude the contradictory truth, all extremisms fighting each other with one sided instances must be allowed. Such a confusion is undesirable. In the Western philosophy, the metaphysics and the dialectics, the static structuralism and the genetic structuralism are two separate sects denying each other. But in the Oriental philosophy, they are two as well as one. Fighting is cooperating in itself. I recreated such tradition of thinking with more convincing arguments to make a general theory of literary history. The contradictory proposition that the harmonious way of Becoming is the conflicting process of Overcoming solves many difficult problems of literary history. The rise and changing of the novel in the global perspective can be understood by the Becoming—Overcoming theory. We have to realize well the fact Oriental and Western traditions of thinking are quite different even nowadays. So it is not easy, I think, to understand my point of view to criticize Western literary theories. But one thing is very clear. There is no crisis of

리말로 대강 바꾸면 다음과 같다.

생극론은 모순되어 있다. 진실은 모순에 있다. 모순된 진실을 불신하고 배제한다면, 일방적인 주장을 가지고 서로 싸우는 모든 극단론이 허용되어야 한다. 그런 혼란은 바람직하지 않다. 서양철학에서는 형이상학과 변증법, 정태구조주의와 생성구조주의가 별개의 것들이고 서로를 부정한다. 그러나 동양철학에서는 그것들이 둘이면서 하나이다. 싸우는 것 자체가 협력이다. 나는 그런 사고의 전통이 더욱 설득력 있는 논의를 갖추도록 재창조 문학사의 이론을 만들었다. 상생의 조화로운 과정이 상극의 투쟁 과정이라는 모순된 명제가 문학사의 많은 난문제를 해결한다. 세계 전체의 범위에서 소설이 형성되고 성장한 과정은 생극론에 입각해 이해할 수 있다. 동서양의 사고방식은 오늘도 아주 다르다는 사실을 인정해야 한다. 그러므로 서양의 문학이론에 대한 나의 비판을 이해하기 어려울 것으로 나는 생각한다. 그러나 한 가지 사실은 분명하다. 소설의 해체 같은 문학의 위기가 동아시아 여러 나라에는 없다. 기본이유가 철학의 전통에서 발견된다. 그러므로 서양에서 수입된 문학이론을 재검토해서 보편적인 시야를 마련하는 것이 나에게 주어진 불가피한 과제이다.

기다리고 있으니 책이 도착했다. 제목을 *La letteratura europea vista dagli altri*(Roma: Meltemi, 2003)라고 했다. 번역하면 《다른 쪽에서 본

---

literature, such as the demolition of the novel, in East Asian countries. The fundamental reason can be found in the philosophical tradition. So it is an indispensable duty for me to revise the literary theories imported from the West, to open a really general horizon.

유럽문학》이라는 말이다. 내 글을 제목을 "Contro le teorie europee del romanzo"라고 했다.[13]

그 책에 글을 실은 필자를 순서대로 소개하면 다음과 같다. 국적과 소속을 괄호 안에 적고, 설명을 조금 붙인다.

Franca Sinopoli(이태리 로마대학): 편자 서문을 쓰고, 유럽문학의 독점적인 지위를 검토하고 시정해야 할 때가 되었다고 했다.

Peter Carravetta(미국 뉴욕시립대학): 유럽문학의 형성과 정체성에 관한 문제를 다루었다.

Magdi Youssef(이집트 카이로대학): 카이로 모임에서 발표한 논문 〈유럽문학의 신화〉를 불어에서 이태리어로 번역해 수록했다.

Armando Gnisci(이태리 로마대학): 위에서 여러 번 말한 사람이다. 유럽 안의 사람인데 글을 실었다. 제목이 "Letteratura globale e letteratura dei mondi"여서 〈지구문학과 세계문학〉 정도로 번역할 수 있다. 이태리어를 읽지 못해 알기 어려우나, 유럽문학이 지구 전체에서 행세하는 문학이기는 해도 세계문학은 아니라고 한 것 같다.

Amiya Dev(인도 캘커타의 Jadvavpur대학): 문화 상대주의와 문학의 가치를 논했다. 인도의 경우를 유럽과 비교했다.

Yue Daiyun(樂黛雲, 중국 북경대학): 미국 유학을 한 영문학자이면서 비교문학도 한다. 문화의 차이 문제에 관해 유럽에서 하는 말에다 중국 근대문학의 사례를 다소 보탰다.

Abdelfatah Kilito(모로코 Rabat대학): 아랍세계를 대표한, 또 한 사람의 논자이다.

---

13 이 책에 대한 서평이 박상진, 〈타자의 시선으로 본 유럽문학〉, 《세계의 문학》 112 (민음사, 2004)이다.

Roberto Fernándes Retamar(쿠바 아바나대학): 은퇴한 교수라고만 하고 전공은 말하지 않았다. 라틴아메리카문학이 20세기문학에 기여한 바를 논했다. 라틴아메리카를 대표한 셈이다.

Cho Dong-il(한국 서울대학): 그 책에서 전공을 한국문학과 비교문학이라고 소개했다.

세계 곳곳을 대표하는 논자들이 각기 한 마디씩 했다. 유럽문학이 세계문학을 지배하는 것은 마땅하지 않다는 것을 이구동성으로 말했다. 그러나 대안 제시는 미흡하다. 유럽 주도의 문학론을 따르면서 불만을 가지기나 하고, 대안을 제시할 만한 연구를 축적하지 못했기 때문이다. 유럽문학과는 다른 여러 문명권 문학의 독자적인 가치를 주장하면서 세계문학에 대한 다원론적 이해를 새롭게 마련해야 한다고 역설한 사람은 나 혼자이다.

세계문학사 이해를 바로잡는 지론을 펴려고 이집트 카이로에 갔다가, 발표한 논문이 카이로에서 이태리 로마로 전해지게 되었다. 모든 길이 로마로 통한다는 옛말을 지금도 살리려고 로마대학 비교문학자들이 사통팔달의 통로를 만들어놓은 덕분에, 내 말이 널리 전해졌다. 지구는 둥글어, 할 일이 꼬리를 물고 이어진다.

도전 정신을 가지고 진출해 우리 이익을 확보해야 하겠다는 것은 아니다. 국위 선양 운운하는 치졸한 생각은 버리자. 경쟁해 이기려고 하지 말고 협동을 소중하게 여겨야 한다. 인류 전체를 위해 봉사하기 위해 널리 교류하면서 새로운 탐구를 힘써 해야 한다.

유럽문명권중심주의를 넘어서서, 세계문학에 대해 진정한 이해를 해야 한다고 하는 동지가 어디나 있다는 것을 알고 힘을 합쳐야 한다. 그렇게 하는 데 내가, 우리가 적극 기여하기를 바라면서 열심히 공부해야 한다. 널리 도움을 주려면 능력이 있어야 한다.

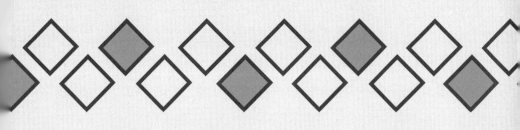

5. 학문총론으로

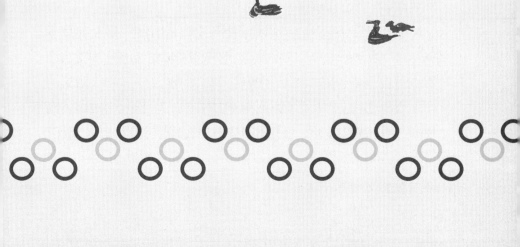

5-1 서두의 비교

일본의 대학은 학사과정만 소중하게 여기고, 대학원은 푸대접한다. 대학원생은 대학에서 가르치는 자리가 생기면 중퇴하고 나가는 것이 관례이다. 수재로 인정되면 학사라도 조교수가 될 수 있다. 대학원에서 정해진 햇수만큼 머무르고 박사학위를 받는 것은 둔재임을 시인하는 불명예이다. 연구저서 말미의 저자 소개에 어느 대학원 중퇴했다는 말을 꼭 써넣는다. 대학원은 중퇴자를 위해 필요하니, 있기는 있어야 한다.

'동경대학 박사학위 취득자 진출 상황'이라는 자료를 보니, 박사가 되고 교수 자리를 얻는 사람은 거의 다 한국인이다. 일본에서 박사가 되어 돌아와 한국의 대학에 취직했다. 일본에서 가장 좋다고 하는 대학에서 배출한 일본인 박사는 찾아보기 어렵다.

세계 모든 나라 대학이 박사과정까지 포함한 9년제로 바뀌는데, 일본만은 사실상 학사과정만인 4년제이다. 이 때문에 위기의식을 느낀 일본 정부가 동경대학에, 대학원대학으로 개편하라고 요구했다. 대학원대학이 되면 예산을 대폭 증액하겠다고 했다. 동경대학 교수회에서 이 제안 수용을 의결한 것은 증액되는 예산이 탐났기 때문이다.

학사·석사·박사과정이 다 있는 대학을 대학원대학이라 했다. 모든 교수를 대학원 교수로 다시 임용하고, 학사과정 교수는 없애는 행정 절차를 거치고, 학과 이름도 모두 대학원 무슨 학과라고 고쳤다. 그래도 달라진 것이 없다. 전과 다름없이, 교수도 학생도 학사과정 공부에 열중하고, 대학원생은 뒷전의 방청객 신세이다. 일본은 변하지 않는 나라이다. 겉이 변한 것처럼 보일 수는 있어도, 속은 변하지 않는다.

대학이 학사과정만이면, 강의나 해야 하고 연구는 하기 어렵다. 아는 것이 많은 교수가 돋보이고, 모르는 것이 많은 학자는 이상하다. 모르는 것이 많은 학자가 대학원 강의를 맡고 모르는 것을 어떻게 하면 알 수 있는지 학생들과 공동으로 탐색하고 토론할 수 있어야 연구가 되고, 창조학이 이루어진다. 이렇게 하지 못하면 수입학이나 해야 한다. 수입학이나 하는 나라는 후진국이고, 창조학을 해야 선진국이다.

나는 연구에서 저술까지의 작업을 세 단계로 해왔다. 미지의 세계 탐색을 박사과정에서 하고, 얻은 것을 대강 정리해 석사과정에서 다루고, 원고를 작성해 책자를 만든 것을 가지고 학사과정 강의를 했다. 좋은 방법이지만, 정해놓은 교과목을 임의로 변경해 이용하는 어려움이 있었다. 연구와 공개강의만 하는 연구교수가 되고 싶은 소망을 정년 뒤에야 일부 이루었다.

일본의 대학에는 연구소마다 연구교수가 있어 부럽지만, 공개강의를 하지는 않는다. 자기 나름대로 소중한 연구에 몰두하고, 논란을 벌이지는 않는다.[1] 학회에서 연구발표를 할 때에도, 찾아낸 자료를 조금 나누어주고 정밀하게 고찰하는 것이 예사이다. 상반된 주장을 내놓고 시비하는 것은 찾아보기 어렵다.

일본의 대학은 학과 구성에서도 적지 않은 문제가 있다. 이에 관해서는 전반적인 고찰을 할 수 없고, 할 필요도 없다. 내가 하고 있는 연구

---

1 경도대학 인문과학연구소는 대학의 연구소 가운데 으뜸이라고 할 수 있는데, 연구교수들이 각기 자기 소굴에 들어앉아 있어 梁山泊이라고 한다고 한다. 梁山泊은 중국 소설 〈水滸傳〉에서 말한 도적 소굴이다. 물을 건너야 하는 섬에 있어 들어가기 어렵고, 들어가면 나오지 않는 곳이다. 연구소 교수가 되는 것은 梁山泊에 들어가기만큼 어렵고, 연구교수가 되면 외부와 접촉을 끊고 하고 싶은 대로 하는 것이 梁山泊에 숨어 지내는 도적과 다름없다고 비꼬는 말이 오간다.

와 관련이 있는 학과가, 일본에서는 어떻게 이루어지고 무엇을 하는지, 동경대학에서 겪고 알아본 것을 들어 말한다.

일본문학과에서는 소수의 교수가 일본 고전문학의 몇 작품에 대한 미세한 고찰을 일삼는다. 우리 시조보다도 글자 수가 적은 和歌(와카)를 한 학기 내내 강의하면서 세 수만 다루어 숨이 막힌다고 유학하고 있는 학생이 말했다. 논문 계획을 아주 좁혀 제출해도 너무 넓으니 줄이라고 교수가 계속 요구해, 적응하기 무척 힘들다고 했다.

일본문학과가 있는 문학부와 거리가 상당히 먼 교양학부의 비교문학과는 전연 딴 세상이다. 주류에서 벗어난 이단의 영역이다. 교양학부에서 영·독·불어를 가르치는 교수들이 비교문학과를 대학원 과정으로 만들고, 유럽문학과 일본 현대문학의 관련 양상을 강의한다. 일본문학과에서 하는 일본고전문학 강의와는 전연 관련이 없다. 양쪽 교수가 서로 왕래하지 않고, 대면하는 일도 없다.2

한국 유학생이 그런 비교문학과에 많이 있다. 일본문학과에 가면 학위를 받기 무척 어렵기 때문이다. 일본 학생들도 대학원 중퇴로 만족해야 하는데, 한국 학생이 학위를 취득하려고 하는 것은 무리이다. 학위를 해서 무얼 하느냐고 교수가 핀잔을 주기까지 한다고 한다. 젊은 사람이 박사가 되겠다는 것은 건방지다고 여기기까지 한다.

일본에는 대학원에 입학하지 않고 논문만 써내도 박사가 되는 길이 열려 있다. 정년퇴임할 때 가까이 되어 학문이 원숙한 경지에 이르면

---

2 문학부에 있다가 비교문학과에 들리니, 그곳 교수가 문학부 쪽과 자기네가 어떻게 다른지 내게 물었다. 내게 묻는 이유가 무엇인가 되물으니, 자기네는 문학부에 가본 적이 없다고 했다. 나는 깊은 말은 하지 않고, "문학부 교수들은 모두 정장을 하고, 비교문학과가 있는 교양학부 교수들은 옷을 자유롭게 입는 것이 다르다"고만 했다. 문학부 교수들은 일본의 自尊을 지키려 하고, 교양학부 교수들은 일본의 自卑를 서양을 따르면서 메우려고 하는 것이 그렇게 나타난다고 은근히 지적하려고 했다.

박사논문을 제출하는 것이 어울린다고 여긴다. 한국에서는 박사학위가 운전면허와 같다. 운전을 하려면 면허가 있어야 한다. 일본에서는 운전을 오랫동안 잘하면 면허를 주어 명예를 높인다. 서로 이해할 수 없어 마찰이 생긴다. 피장파장이라고 말할 것은 아니다. 세계를 널리 살피면, 한국이 정상이고 일본은 예외이다.

학위를 얻지 못하고 귀국해 실업자가 되지 않으려고, 일본문학을 공부하려는 유학생들이 학위를 주기로 작정하고 있는 비교문학과를 찾는다. 그 학과 학생 대다수가 한국 학생이다. 한국 학생 덕분에 학과가 유지된다고 해도 지나친 말이 아니다. 학사라야 동경대학 졸업생으로 인정하므로, 일본인은 대학원에 입학하는 것은 부질없는 일이라고 여긴다. 입시 경쟁이 심하지 않아 합격이 명예롭다고 할 것도 아니다.

한국에서 일본문학을 공부한 학생들이 일본에 가서 비교문학을 하려고 하니, 비교 대상이 막연하다. 일본 현대문학을 더 알면 비교연구 거리가 나타나는 것은 아니다. 한국문학은 유학 간 학생도, 거기 있는 교수도 모른다. 비교문학과 교수들이 아는 영·독·불문학을 배우면 시야를 확대할 수 있는데, 언어 습득이 어렵다. 학생과 교수가 동상이몽이면서, 비교문학 연구를 실제로 해서 성과를 거두지는 못하는 것은 서로 다르지 않다.

내가 동경대학 문학부 객원교수로 있으면서 '한국문학과 동아시아문학'이라는 공개강의를 하니, 비교문학과 한국인 학생들이 찾아와 열심히 들었다. 논문 주제로 삼을 것들이 많이 있어 직접 도움이 되었다. 비교문학과 일본인 학생들에게도 꼭 필요한 강의인데, 한국어로 하기 때문에 듣지 못했다.

조윤제가 경성제국대학에서 겪은 수모를, 손제자 조동일이 동경제국대학의 후신인 동경대학 강단에 서서 씻은 것이 속 시원하다고 하고 말 것은 아니다. 위세 등등한 동경대학의 비정상이 너무나도 안타까워, 어떻게 해서 바로잡는 데 도움이 되고자 했다. 동경대학에 가 있으면서 하지 못한 일을 이제라도 하려고 이 글을 쓴다.

동경대학 교수들이 한국어를 알아 이 글을 읽는 것은 당분간 기대할 수 없으므로, 번역을 통해서라도 알 것은 알아야 한다는 말을 전하고 싶다. 동아시아문학에 관한 내 책 셋이 일본어로 번역되었으므로 먼저 읽어야 할 것이다.[3] 교수들이 먼저 읽고 논의해야 학생들도 읽는다.

나는 광복 후에 초등학교 입학한 첫 학년이다. 일본어를 배우지 않은 최고령자이다. 서양을 공부하기 위해 일본의 도움을 받은 적이 없다. 일본을 알려고, 일본문학과 한국문학을 비교해 고찰하려고 일본어를 힘들여 공부했는데 아직 많이 모자란다. 이런 말을 일본에서 자주 했다.

일본학자들은, 극소수의 전공자가 아닌 나머지 전부 다 한국어를 공부하지 않는다. 일본이 우월하고 한국은 열등하기 때문이라고 하면 착각이다. 오히려 그 반대이다. 아는 쪽이 우월하고 모르는 쪽은 열등하다. 한국어를 공부하지 않고 한국문학을 모르는 채 비교문학을 한다는 것은 무지이고 억지이다.

그러나 동경대학 비교문학 교수들이 한국문학을 모른다고 나무랄 것은 아니다. 중국문학도 모른다. 중국문학을 모른다고 나무랄 것도 아니다. 일본 고전문학도 모른다. 일본인이면 누구나 아는 정도의 일본 고전문학마저 모르는 것은 아니지만, 일반 대중과는 무관한 일본한문학은 전연 모른다. 한문학을 포함한 일본고전문학을 깊이 연구하고, 한국어까지 잘 알아 동아시아비교문학을 하는 교수가 있어야 한다. 이런 교수가

---

3 趙東一 著, 豊福健二 譯, 《東アジア文學史比較論》(東京: 白帝社, 2010); 趙東一 著, 豊福健二 譯, 《東アジア文明論》(京都: 朋友書籍, 2011); 趙東一 著, 豊福健二 譯, 《東アジア文學論》(京都: 朋友書籍, 2015)

학과를 이끌어나가야 한다.

영·독·불문학 전공자들이 비교문학 교수 노릇을 하는 것은 무리이다. 유럽문학들끼리의 비교연구를 하는 것은 아니다. 영·독·불문학 가운데 어느 하나가, 일본의 현대문학에 끼친 영향이나 고찰하니 시야가 너무 좁다. 자기가 공부한 나라 비교문학의 동향을 소개하면서, 초보적인 수입학이나 한다. 연구 업적이라고 자랑할 것이 없고, 학문다운 학문을 하지 못한다. 국제비교문학회에 열심히 참여하고 임원을 맡기도 하지만, 연구를 잘한다는 평가는 기대하지 않는 듯하다.

철학과에는 더 큰 문제가 있다. 철학과에서는 서양철학만 취급한다. '철학'이라는 말이 '필로소피'의 번역어이므로, 서양철학이 아닌 것들은 제외해야 한다고 하는 명백한 이유가 있다고 한다. 중국철학은 중국학과, 인도철학은 인도학과의 소관으로 한다. 일본철학은 있다고 여기지 않는다. 일본철학이 아닌 일본사상을, 철학과와는 별개인 윤리학과에서 관장한다. 분류가 잘되었다고 할 것인가?

철학과에서 서양철학을 일본인 특유의 방식으로 다루는 것을 일거리로 삼는다. 철학을 지식으로 만들어, 정확하게 이해하고 치밀하게 고찰한다. 철학이 보편적인 사고이고 원리일 수 있는 가능성을 박탈하고 철저하게 특수화한다. 철학의 입지를 계속 좁힌다.[4]

서양철학을 일본인 특유의 방식으로 다루어 다른 어느 곳에서도 볼 수 없는 별난 성과를 낸다. 작은 부분을 미세하게 고찰하는 장기를 유감없이 발휘하면서, 철학문헌학을 지극히 정밀하게 한다. 헤겔 문헌학을 너무나도 잘해, 헤겔 본인이 근처에도 가지 못할 정도이다.

---

4 2021년 3월 15일 현재 파악한 日本學士院 회원 가운데 철학 전공자는 오직 한 사람이고, 서양철학에 머문다.

철학을 최대한 정확하게 알려고 하다가 망치고 있다. 거시적인 논의를 사명으로 하는 철학을 미시적인 고증에다 가두어, 앞이 보이지 않게 한다. 철학이 단편적인 지식이게 해서, 다른 모든 학문도 극도로 근시안이게 유도한다. 현미경을 가지고 하는 학문은 그런대로 성과를 내지만, 망원경이 필요하다면 막막하다.

그러면 어떻게 해야 하는가? 철학이 다른 무엇이 아니다. 학문을 하면서 그 원리를 캐고 따지면 철학이 된다. 이렇게 생각해야 해결책이 생긴다. 철학알기에 매달려 남들이 한 말을 찾아다니지 말고, 스스로 철학하기를 실행해야 한다. 실행의 의의는 사전에 논의할 필요가 없고, 그 자체에서 입증된다.

나는 내 고향의 구비문학 조사연구에서 학문을 시작했다. 구비문학에다 국문문학과 한문학을 보태 한국 고전문학을 총체적으로 이해하고, 현대문학까지 아울러 한국문학사를 서술했다. 동아시아문학을 거쳐 세계문학으로 나아갔다. 문·사·철학을 통괄하는 인문학문을 딛고 학문총론을 이룩한다. 국문학과 교수가 연구와 강의의 영역을 이렇게 넓혀왔다.

연구가 진행되는 동안에, 모든 작업의 원리인 生克論을 찾아내 가다듬었다. 이에 대한 철학사적 논의는 설명을 더 잘하려고 나중에 추가했다. 요즈음은 생극론을 대등론으로, 다시 창조주권론으로 펼쳐내면서 논의를 확대하고 심화한다.

5-2 일본의 상황

무슨 일이든지 잘하려면 하고 있는 일을 점검하고 반성해야 한다. 학문은 점검과 반성의 모범을 보여야 한다. 문학사에 관한 논의로 돌아가자. 문학사를 잘 쓰려면 점검과 반성이 필수이다. 나는 《동아시아문학사비교론》(1993)에서 동아시아 각국의 문학사에 대한 연구사적 검토를 하고, 동아시아문학사를 함께 이룩하자는 과제를 제시했다. 《문학사는 어디로》(2015)에서는 문학사에 대한 비판적 점검을 세계적인 범위로 확대했다.

이런 일을 일본에서는 하지 않는다. 일본문학사를 서술해온 경과를 되돌아보고 무엇이 문제인가 찾아내 시정하려고 노력하지 않는다. 《동아시아문학사비교론》에서 한 일본문학사에 관한 논의를 일본에서 먼저 하지 않았는지, 일본에 가서 샅샅이 뒤져도 역시 없었다. 연구사를 점검하고 연구 방향을 제시하는 데 필요한 역사의식이나 비판정신이 결여되어 있다고 하지 않을 수 없다.

일본문학사에 관해 일본에서 하지 않는 작업을 최초로 하고, 얻은 결과는 조금 실망스럽다. 일본문학사 서술을 중국·한국·월남의 경우와 비교하면, 두 가지 특징이 나타난다는 것을 발견했다. 책의 편집이나 인쇄에서 기여한 바가 특히 두드러진다. 문학사 서술의 이론 정립을 위한 노력은 부족하다. 이런 반성적인 논의가 있어야 다음에는 문학사를 더 잘 쓸 수 있다. 잘못을 알지 못하니 개선이 이루어지지 않는다.

문학사론은 학문론의 한 분야이다. 학문론이 잘되어 있으면 도움을 받을 수 있으므로, 문학사론은 미비해도 큰 지장이 없다. 일본에서는 福澤諭吉(후쿠자와 유키치)가 1872년에 내놓은 《학문을 권함》(學問のすすめ)을 학문론의 고전으로 받들고 지금도 애독한다. 脫亞入歐를 내세워,

동아시아의 전통학문을 버리고 유럽 전래의 신학문을 하자는 주장으로 일관된 내용이다.

학문을 한다는 것이 자발적인 탐색이나 노력과는 거리가 먼 대외의존이다. 유럽의 선진 지식을 습득하고 모방해 문명개화를 이룩하자고 역설했다. 세상이 달라진 줄 모르고 미개한 상태에 남아 있는 조선이나 중국은 멸시해 마땅하다고 했다. 침략해 지배하는 것이 당연하다고 생각하게 했다.

학문을 한다는 것이 독자적인 창조를 하는 연구와는 거리가 먼 기존 지식 수입이다. 학자는 아니고 교육자라고 자처하는 사람이 학문을 논해, 학문이 무엇인지 알지 못하게 했다. 대학이 학문을 연구하는 곳이 아니고 수입한 지식을 전수하기만 하면 된다고 생각하게 했다. 그 폐해가 일본뿐만 아니라 한국에서도 깊은 뿌리를 내리고 있다. 이에 대해 철저하게 검토하지 않을 수 없다.

학문을 하려면 원리가 있어야 한다. 학문의 독자적인 발전을 모색하면서 창조학으로 나아가려면 그 원리가 되는 철학을 갖추어야 한다. 일본에서는 철학은 수입품이라고 여겨 그 길을 스스로 막는다. 대학 철학과에서 가르치는 철학은 오직 서양철학이다. '哲學'(데쓰가쿠)라는 말을 '필로소피'의 번역어로만 사용해 유럽에서 받아들이기 전에는 일본에 같은 것이 없었다고 여긴다.

〈일본철학사가 있는가?〉라는 글을 쓴 적이 있다.5 이 물음에 대한 대답은 "일본철학사는 없다"는 것이다. 일본철학사라는 책도, 강의도, 학문 영역도 없는 것을 면밀하게 조사하고 분명하게 확인했다. 일본철학사는 없고 일본사상만 있어, 잡다한 논의를 전개한다. 서양철학을 수입

---

5 《우리 학문의 길》(지식산업사, 1993)에 수록되어 있다.

해 철학을 시작했다고 하면서, 개별적인 철학알기만 하고, 총체적인 철학하기는 아무도 하지 않는다.

西田幾多郞(니시다 기타로)의 《善의 연구》(善の硏究, 1911) 같은 철학하기의 업적도 있다고 자랑하지만, 수입 가공품에 지나지 않는다. 서양철학에서 하는 말을, 동아시아 또는 일본의 전통사상에서 오래 사용한 용어와는 무관하게 새로 만들어낸 한자어로 옮겨놓았다. 분위기에 감동되는 수준을 넘어서서 무엇을 말하는지 따져서 알려면, 한자어를 서양말로 환원해 이해해야 한다. 철학하기라고 위장하고 있는 철학알기이다.

최근에 일본의 철학계를 주도한 廣松涉(히로마쯔 와다루)는 일본의 철학은 "수입가공품"이라고 했다.6 수입가공품도 잘 다듬으면 창작품과 거의 같다는 것을 보여주려고 《세계의 공동체적 존재구조》(世界の共同主觀的 存在構造, 1972)라는 책을 썼다. 자기 견해를 제시하는 것 같은 거동을 보이다가, 〈듀르켐 윤리학설의 비판적 계승〉(デュルケーム倫理學說の批判的繼承)을 도달점으로 삼았다. 독창에 대한 헛된 기대를 부인해 혼란을 막았다. 맨 마지막에 한 말을 들어보자. 독자의 편의를 위해 번역해서 인용하지만, 일본어를 조금이라도 이해하면 원문을 보기 바란다.

(1) 인간의 의식과 행동의 본원적인 공동주관성의 구조를 확정하고, (2) 그 공동주관적인 의식의 이데올로기 성향과 그 존재의 피구속성의 메카니즘, (3) 더욱이 공동주관적인 의식성에 의거해서 존재하는 특종적 종합의 역동학을 규명하고, 개성적인 계기를 포함하는 의식의 objection-objectivation을 정초한다고 하는 과제가 바로 이것이다.7

---

6 廣松涉 外, 《哲學は日本ではいま》, 《理想》 648號 特輯(東京: 理想社, 1992) 서두의 논의에서 한 말이다.

7 원문을 든다. (1) 人間の意識と行爲の本源的な共同主觀性の構造を確定し, (2) この共

남의 견해의 비판적 계승을 결론으로 삼았다고 하는 것이 이렇다. 어떤 비판을 했는지 알기 어렵고, 결론이 무엇인지 모호하다. 모든 용어가 번역어여서 원어를 알아야 이해 가능하다. 번역할 수 없다고 여긴 말을 원어의 독음을 적거나 원어를 그냥 적었다. 일본어는 원어의 의미를 제대로 전달하지 못하는 허수아비이다. 허수아비는 독자적인 사고를 하지 못하니 일본에는 철학이 없다. 철학하기가 없을 뿐만 아니라, 철학알기도 제대로 하지 못한다. 어느 모로 보든지 미흡하고 불충분하다. 이런 형편이어서 학문총론을 갖추고 창조학을 할 수는 없다.

中村 元(나카무라 하지메)는 일본에서 대단한 석학이라고 한다. 품위를 지키고 있으면 더욱 존경받을 것인데, 일본 학문이 잘못되고 있다고 분노하고 질타했다. 〈노예의 학문을 넘어서서〉(奴隷の學問をのり超えて), 〈왜 노예의 학문인가〉(なぜ奴隷の學問か)라는 글을 거푸 써서, 일본의 학문을 크게 나무랐다.[8]

대단한 용기를 내서 일본인으로서는 하기 어려운 말을 한 것은 높이 평가할 수 있으나, 현상 고찰에 머물렀다. 일본 학자들은 철학이니 사상이니 하는 것을 부지런히 연구하지만, 세분화된 영역의 지식이나 열거하고, 문헌을 고증하는 데 그친다고 했다. 철학을 스스로 창조하지는 못하니 노예의 학문을 한다고 나무랐다. 어떻게 하면 잘못을 시정하는지 말하지 못하고, 한국 학자들은 과감한 시도를 한다는 말을 불쑥 던지기나 했다.

同主觀的な意識のイデオロギ--性とその存在被拘束性のメカニズム，（3） さらには共同主觀的な意識性を依って存らしめる特種的綜合の力動學を究明し,個性的な契機をも含む意識のobjection-objectivationを定礎するという課題が卽ち是である.(東京： 勁草書房, 1972, 278-279면)

8 《比較思想研究》 15(東京： 比較思想學會, 1989), 17(1991)

《世界思想史》라고 하는 방대한 저술을 이룩했다고 자랑해 성가가 아주 높은데, 철학하기를 스스로 한 창조학의 업적은 아니다. 철학알기를 확대하고 다면화하는 작업을 아주 큰 규모로 했다. 세계 도처의 비중이 큰 전통사상을 화려하게 집성한 것이 놀라울 따름이다. 교수로 재직하고 있는 동안에는 경직된 교수 조직의 최상위에서 철학알기를 뛰어나게 잘해 하위자들을 압도했다. 정년퇴임을 하고 물러나자 위세를 높이는 작전을 바꾸어 철학알기를 심하게 나무랐다. 철학알기를 철학하기라고 위장하는 새로운 방법을 사용해 더욱 존경하도록 했다.

일본에서도 독창적인 학문을 해야 한다는 주장이 없는 것은 아니다. 과학기술 쪽에서 앞장서서 독창적인 연구에 일본의 사활이 달려 있다고 한다. 독창을 억제하는 이유가 무엇이고, 그 해결책은 무엇인가 따지는 책이 계속 나온다.[9] 철학을 중요시하지 않는 것이 잘못이라고 거듭 말한다. 유럽문명권에서는 철학을 모든 학문의 근본으로 삼는데, 일본에서는 그렇지 않으니 철저하게 반성하고 시정해야 한다고 열을 올려서 말한다.[10]

유럽철학을 더욱 열심히 배우고 따르는 것이 해결책이라고 한다. 스스로 철학하기를 해야 한다는 주장은 하지 않는다. 학생들에게 외래의 철학을 많이 가르쳐야 한다고 역설할 따름이고, 철학을 가르치는 사람이 스스로 창조력을 발현해 철학하기를 하는 데 힘써야 한다고 하지는 않는다. 철학은 걱정하지 않고, 철학교육만 문제로 삼는다. 철학이라는

---

9 學術月報編輯委員會 編, 《研究と獨創性》(東京: 日本學術振興會, 1991)이 그 대표적인 예이다.

10 永田親義, 《創造を阻むもの》(東京: 地人書館, 1994)에서는, 유럽이 아닌 다른 곳에는 철학이 없어 근대과학이 생겨나지 못했다고 했다. 유럽의 철학을 받아들이고는 문과 과목으로 삼아, 일본의 자연과학이 창의력을 갖추지 못한다고 개탄했다.

말을 계속 낭비하고 있다.

수입학만 하고 창조학은 없는 것이 잘못인 줄 알기는 안다. 이런 잘못을 바로잡으려고 전에 없던 정책을 수립하기도 했다. 개인의 독창적 연구를 정부에서 적극 지원하기로 작정하고 거액의 예산을 책정했다는 보도를, 내가 일본에 있던 1995년에 보았다. 인터넷에 "독창적 개인연구 육성사업 연구자 1996년도 모집에 관하여"("獨創的個人研究育成事業 研究者の平成7年度募集について")가 올라 있어, 그 일이 어떻게 되었는지 알 수 있다. 요긴한 대목만 번역해 인용하고 검토한다.

그 사업은 "시대를 앞서나가는 과학기술의 싹을 만들기 위해, 연구자 개인의 독창성을 키우는 기초적 연구를 추진하는 것을 목적으로 한다."고 했다. 신기술사업단이라는 곳이 담당 기관이라고 하고, 영역별 총책임자 3인의 명단을 밝혔다. 이름은 생소하므로 들지 않고, 경력을 조회해보니 모두 특수 분야의 첨단기술 개발에서 명성을 얻은 사람들이다. 모집 인원은 30인이라고 하고, 응모 서류 제출 마감일을 명시했다.

연구는 과학기술에 관한 것으로 한정했다. 세 영역 "유전과 변화", "知와 구성", "場과 반응"에서, 내밀한 연구를 독창적으로 수행해 첨단 기술을 개발하라고 요구하고, 인문·사회학문과의 관련에는 관심을 두지 않았다. '知'나 '場'의 이해를 혁신하고, 독창의 방법을 개발하고 점검하며, 연구 총괄하는 작업에서 철학하기가 긴요한 구실을 해야 하는 줄 모르는 것 같았다.

새로운 시도를 한 것은 평가할 수 있으나, 방법이 적절한지 의문이다. 인원수와 응모 마감 일자를 명시한 것은 전형적인 관료주의 작태여서 개인의 독창을 방해한다고 할 수 있다. 총책임자 1인, 영역별 책임자 3인이 상급자이고 선발된 30인은 하급자여서 갑을의 관계를 가지게 되어 있다. 개인이 하는 연구를 집단주의 방식으로 추진하고, 각자의 독창력을 일제히 발현하라고 하는 것이 근본적으로 잘못되었다.

일본에서 학문론을 관심 밖에 버려둔 것은 아니다. 학문론에 관한 책이 계속 나온다.11 표제나 내용이 아주 다양한 것 같지만, 공통점이 뚜렷하다. 기본 성격이 논란을 일으키는 이론서가 아니고, 잘 팔리도록 만들어낸 실용서이다. 저자는 모두 자연학문의 어느 특정 분야에서 평가할 만한 업적을 낸 사람이다. 자기가 대단한 연구를 하게 된 비결이 무엇인지 알려주려 한다. 기발한 착상을 갖추어 특이한 연구를 잘할 수 있게 한다. 학문의 전반적 발전에는 기여하지 못하고, 그럴 생각도 없다.

자기가 하는 학문에서 시작해 학문 전반으로 나아가면서, 학문의 역사를 고찰하고 원리를 반성하는 작업을 하려고는 하지 않는다. 유럽학문이 불변의 전범이라고 여기고, 반성이나 비판은 하지 않는다. 역사의식도 문제의식도 없다. 학문하는 원리에 대한 탐색이나 논란과는 무관하다. 일본에는 철학이 없다는 사실을 재확인하게 한다.

나타난 현황이 전부는 아니다. 일본에서 학문총론의 원리가 되는 철학을 하지 않은 것은 아니다. 安藤昌益(안도 쇼에키)가 18세기에 대단한 수준의 철학하기에 이른 것을 돌보지 않는다. 神道가 거짓된 주장을 한다고 나무라고, 아이누인이 일본인보다 더욱 진실하다고 하는 비판정신을 오늘날의 일본에서 못마땅하게 여기기 때문이다.

대학에서는 내친 安藤昌益를 일군의 아마추어들이 우상처럼 받들고, 독특해서 훌륭하다고 찬양해 보편적인 의의를 퇴색시킨다. 오늘날의 철학알기를 빗나가게 해서 지난날 철학하기의 진가를 마멸시킨다. 온당한

---

11 島岡要, 《研究者のた思考法 10カイト》(羊土社, 2014); 長谷川修司, 《研究者として やっていくには》(講談社, 2015); 宮野公樹, 《研究を深める5つの問い》(講談社, 2015); 宮野公樹, 《學問からの手紙》(小學館, 2019) 등이다.

평가를 하려면 시야를 넓혀 동아시아 전역을 바라보고 비교고찰을 할 수 있어야 하며, 스스로 철학하기를 해야 하는 것이 더 소중하다.

安藤昌益가 중국의 王夫之에서 한국의 崔漢綺까지 이르는 동아시아 氣철학이 생극론을 산출한 과정에서 소중한 기여를 한 것을 알아야, 온당한 이해와 평가를 할 수 있는 필요조건을 갖춘다. 安藤昌益를 상대역으로 삼고 토론을 벌이면서 철학하기를 해야 충분조건까지 갖춘다. 나는 이 두 가지 작업을 한꺼번에 한 논문을 썼다.

먼저 그 논문을 가지고 동경대학에서 구두발표를 했다. 일본어 번역이 그 대학의 간행물에 수록되어 있다. 국문본 원문을 서울대학교 철학논집에 발표하고, 《한국의 문학사와 철학사》(1996)에 넣었다. 중국에서도 관심을 가지고 이 논문을 중국어로 번역해서 알렸다.[12]

安藤昌益는 오늘날 일본에 결핍되어 있는 두 가지 소중한 자산을 간직하고 있다. 氣철학에서 발전시킨 생극론으로, 학문 세분화의 폐해를 시정하고 통합화를 이룩하도록 촉구한다. 국수주의적 자아도취에서 깨어나게 하는 소중한 비판정신이 유럽 추종을 버리고 주체성을 회복하고, 수입학을 창조학으로 바꾸어놓을 수 있게 한다.

---

12 〈朴趾源과 安藤昌益의 비교연구 서설〉, 《철학사상》 5(서울대학교 철학사상연구소, 1995); 〈安藤昌益と朴趾源の比較研究序說〉, 《朝鮮文化研究》 3(東京: 東京大學 朝鮮文化研究室, 1996); 〈安藤昌益與朴趾源比較研究序論〉, 《延邊大學學報》, 哲學社會科學版 1999.4, 2000.1.(延吉: 延邊大學)

5-3 나의 노력

福澤諭吉의 《학문을 권함》(學問のすすめ) 국역판이 좋은 책이라고 알려져 많이 팔리고 있을 때, 나는 《우리학문의 길》(1993)을 써서 정반대의 주장을 폈다. 남들이 이미 내놓은 기존지식의 수입에 급급한 잘못을 청산하고, "우리가 당면하고 있는 문제를 해결하는 학문을 스스로 창조하면서 세계학문 발전에 적극 기여하는 역사적 전환"을 이룩하자고 했다. 이렇게 하는 것이 우리학문의 길이라고 했다.

주장을 구체화한 내용을 간추려보자. 〈학문이란 무엇인가〉에서 말했다. 학문은 논리로 이루어지지만 현실과 밀접한 관련을 가진다. 역사 창조를 위한 실천의 설계도이며, 독백이 아닌 대화와 토론으로 이루어진다. 〈이론 창조를 위한 대학의 사명〉에서는 대학이 할 일이 학문 이론 창조라고 했다.

〈일본철학사가 있는가?〉에서는 일본 철학의 부재를 문제 삼았다. 일본철학사라는 책도, 강의도, 학문 영역도 없는 사실을 확인하고, 이것이 일본의 큰 불행이라고 했다. 일본과의 비교에서 우리의 길을 찾았다. 우리는 지난 시기에 관심을 지나치게 가진 폐단이 있다고 하는, 바로 그 철학을 되살려 학문을 하는 원리로 삼아야 한다. 〈중국철학사와 한국철학사〉에서는 중국철학사가를 뒤따르던 한국철학사가 徐敬德·任聖周·崔漢綺의 氣철학이 한 단계씩 이루어지면서 앞서나가 새로운 시대를 열었다. 일제 강점기 동안 이런 노력이 중단되고 폄하된 것을 안타깝게 여기고, 적극 계승해 획기적인 발전을 이룩해야 한다.

〈서양 학문론에 대응하는 자세〉, 〈우리 학문론 전통의 재인식〉에서 말했다. 서양 학문론을 받아들이는 것보다 우리 학문론의 전통을 재인식하고 계승하는 데 더 큰 기대를 해야 한다. 특히 崔漢綺의 학문론에서 많은 도움을 받을 수 있다. 〈제3세계 학문의 주체성 문제〉에서 세계학문의 대전환을 이룩하자고 했다. 우리학문은 동아시아학문으로, 제3세계 학문으로 나아가는 이중의 확대과정을 거쳐 세계학문으로 진출해야 한다. 유럽중심주의의 과오를 시정하고 진정으로 보편적인 학문을 이룩해 근대를 넘어서는 다음 시대를 이룩하는 지침을 제공해야 한다고 했다.

그 뒤에 학문론에 관한 책을 계속 쓰면서 논의를 확대하고 발전시켰다. 중요한 것들만 든다. 《인문학문의 사명》(1997), 《학문론》(2012)에서 논의의 범위를 한 단계씩 넓혀 학문총론 정립을 시도했다. 《세계·지방화시대의 한국학》 전10권(2005-2009), 《한국학의 진로》(2014)에서는 한국학이 발전해 세계학으로 나아가는 길을 찾았다. 《창조하는 학문의 길》 (2019), 《대등한 화합, 동아시아문명의 심층》(2020)에서는 생극론에 입각한 학문론 정립의 성과를 정리하고 대등론으로 나아갔다.

여러 가닥으로 해온 작업을 총괄하면, 학문을 바람직하게 하는 원리를 정립하기 위해 세 가지 노력을 했다. (가) 전통학문의 원리를 이어받아 고금학문 합동작전을 한다. (나) 한국학에서 동아시아학으로, 동아시아학에서 세계학으로 나아간다. (다) 문학론에서 인문학문론으로, 인문학문론에서 학문총론으로 나아간다. 여러 책에서 이 세 가지 작업을 해서 얻은 성과를 《창조하는 학문의 길》(2019)에서 다음과 같이 간추렸다.

학문은 '과학'이어야 한다는 생각을 버리고, 조상 전래의 지혜를 지닌 동아시아 공유의 용어 '學問'의 가치를 확인하는 것이 선결과제이다. 學問은 단일 개념이 아니고, '學'과 '問'으로 이루어져 있다. 學은 무엇이고 問은 무엇인지 세 가지 상호관계에서 파악된다. (1) 學은 學習이고 問은 質問이다. (2) 學은 學究 즉 탐구이고 問은 問答 즉 토론이다. (3) 學은 이론이고 問은 실천이다. 學과 問의 생극론적 관계가 이처럼 달라진다.

(1)에서는 學과 問이 글자 그대로의 의미를 지녀, 스승에게서 학문을 전수받는 제자가 할 일을 말한다. 스승이 가르쳐주는 대로 따르기만 하지 말고 질문을 해야 이해가 깊어진다. 질문을 잘하면 제자가 스승을 깨우쳐주어 사제관계가 역전될 수 있다. 스승이 감당하지 못하는 질문의 해답을 질문자의 소관사로 삼고 새로운 탐구가 시작되어 학문이 발전한다.

(2)에서는 學과 問에 대한 이해의 단계를 높여, 탐구해서 얻은 바가 있으면 토론을 거쳐 검증하고, 수정하고, 발전시켜야 한다. 탐구에 그치면 자아도취에 빠져 타당성을 얻지 못할 수 있다. 토론을 거쳐야 탐구한 바가 타당한지 부당한지 알 수 있다. 토론이 탐구 의지에 다시 불을 붙여 새로운 연구로 매진하게 한다. 부당하다고 판정된 연구를 다시 하는 과업은 토론자가 담당하는 것이 마땅하다.

(3)에서는 學과 問을 행위자들의 상호작용으로 이해해, 이론과 실천의 관계를 말한다. 學은 특정인이 맡아서 하더라도, 問은 누구나 참여할 수 있는 공동의 작업이다. 불특정 다수가 제기하는 질문을 시대의 요구로 받아들여 해답을 찾는 것이 연구의 과제이다. 잠재되어 있는 질문을 민감하게 파악해 예상을 뛰어넘는 해답을 제시하면서 역사를 창조하는 실천 행위를 선도하는 것이 마땅하다.

해답이 질문을, 질문이 해답을 유발하고, 이론이 실천을, 실천이 이론을 만들어낸다. 학문은 해답이 되는 이론을 제공하는 쪽이 홀로 하지 않고, 질문을 하고 실천에 관여하는 참여자들도 함께하는, 커다란 규모의 사회적 행위이다. 참여자들에게 끼치는 작용이 클수록, 참여자들의 요구가 적극적일수록 학문의 수준이 향상되고 효용이 확대된다.

학문은 자연학문·사회학문·인문학문으로 나누어져 있다. 이 셋이 어떻게 다른지 말하려고 자연·사회·인문이 무엇인지 하나씩 설명하면 동어반복의 함정에 빠져 힘만 들고 소득이 없다. 셋이 독립적이고 배타적인 실체라고 여기지 말아야 한다. 학문이 하나이면서 셋이기도 하고, 셋이면서 하나인 양상을 파악해야 한다. 형식논리에 갇히거나 변증법에 매이지 않고, 생극론을 활용해 비교고찰의 시야를 열어야 한다.

학문의 양면 學과 問의 관계에 비교고찰을 구체화할 수 있는 단서가 있다. 자연학문은 學을 엄밀하게 하기 위해 問의 범위를 축소하고, 인문학문은 問을 개방하기 위해 學이 유동적인 것을 허용한다. 사회학문은 그 중간이어서 學의 엄밀성과 問의 개방성을 적절한 수준에서 함께 갖추려고 한다.

이러한 차이는 언어 사용과 직결된다. 자연학문은 수리언어를, 인문학문은 일상언어를 사용하고, 사회학문은 두 가지 언어를 겸용하는 것이 예사이다. 연구의 대상과 주체라는 말을 사용하면, 또 하나의 구분이 밝혀진다. 자연학문은 주체와 대상을 분리해 대상만 연구하고, 인문학문은 대상에 주체가 참여해 연구한다. 이 경우에도 사회학문은 양자 중간의 성격을 지닌다.

대상에 주체가 참여하는 것은 연구의 객관성과 엄밀성을 해치는 처사라고 비난할 것이 아니다. 대상과 주체의 관계 또는 주체 자체에 심각한 의문이 있어 연구하지 않을 수 없다. 주체에 관해 계속 심각한 問이 제기되는데 學을 하지 않는 것은 학문의 도리가 아니다. 각자 좋은 대로 생각하도록 내버려두지 않고, 공동의 관심사에 대해 납득할 수 있는 대답을 논리를 제대로 갖추어 제시해야 하는 의무가 학문에 있다.

역사 전개, 문화 창조, 가치 판단 등의 공동관심사가 긴요한 연구 과제이다. 문제가 너무 커서 학문은 감당하지 못한다고 여겨 물러난다면 시야가 흐려지고 혼란이 생긴다. 역사 전개는 정치지도자나 예견하고, 문화 창조는 소수의 특별한 전문가가 맡아서 하면 되며, 가치 판단은 각자의 취향을 따르면 된다고 하면 어떻게 되겠는가? 이런 수준의 우매한 사회에서는 무책임한 언론, 말장난을 일삼는 비평, 사이비 종교 같은 것들이 행세해 민심을 현혹한다.

앞에서 든 것들이 모두 주체의 자각과 관련되므로, 혼란을 제거하고 필요하고 타당한 논의를 전개하기 위해 인문학문이 먼저 분발해야 한다. 역사철학, 문화이론, 가치관 등의 연구에서 인문학문이 역량을 발휘할 수 있어야 한다. 인문학문은 홀로 위대하다고 자부하지 말고, 가까이는 사회학문, 멀리는 자연학문과 제휴해야 할 일을 제대로 한다. 연구 분야가 지나치게 분화되어 배타적인 관계를 가지는 폐단을 시정하고, 학문이라는 공통점을 근거로 세 학문이 제휴하고 협력하고 통합되도록 하는 데 인문학문이 앞서야 한다.

중세까지의 학문은 어디서나 인문학문이 중심을 이루는 통합학문이었다. 근대에 이르러서 자연학문이 독립되고 사회학문이 그 뒤를 따르면서 학문이 분화되고 전문화되었다. 이런 변화가 자연학문을 발전시키고 사회학문이 자리 잡게 하는 데 결정적인 기여를 했다. 몰락한 종갓집 인문학문 또한 방법론을 갖추고 논리를 가다듬는 자기반성을 하도록 했다.

분화나 전문화가 자연학문·사회학문·인문학문 내부에서도 계속 진행되면서 역기능이 커졌다. 세분된 분야마다 연구의 대상과 방법에 대한 그 나름대로의 주장을 확립하려고 경쟁한 탓에 소통이 막히고, 총괄적인 인식이 흐려진다. 천하의 대세는 합쳐지면 나누어지고 나누어지면 합쳐진다는 원리에 따라, 나누어진 것은 합쳐져야 하는 것이 지금의 방향이다.

근대를 극복하는 다음 시대의 학문은 모든 학문이 대등한 자격을 가지고 근접되고 통합되는 방향으로 나아가야 한다. 근대에 피해자가 된 인문학문이 근대 이전부터 축적한 역량으로 전환을 선도하는 것이 당연하다. 동아시아는 근대 이전 인문학문이 대단한 경지에 이르렀다가, 유럽문명권이 근대학문의 발전을 선도하자 뒤떨어졌다. 선진이 후진이 된 변화이다. 근대 극복이 요청되면서 학문에서도 선수 교체를 해야 하므로 동아시아가 역량을 자각하고 사명감을 가져야 한다. 후진이 선진이 되도록 만들어야 한다.

한국은 중세 이전 학문을 중국에서 받아들여 민족문화의 전통과 융합하고, 근본이 되는 이치를 특히 중요시해 치열한 논란을 하면서 재정립해온 경험이 있다. 근대학문은 일본을 통해 학습하다가 유럽문명권과 직접적인 관계를 가진 다음 수준 향상을 이룩했다. 오래 축적된 역량을 살려 비약을 이룩하는 것이 이제부터의 과제이다. 후진이 선진이게 해서, 근대를 극복하는 다음 시대 학문을 이룩하는 데 앞서는 것이 마땅하다. 제도와 관습을 개혁해야 달성할 수 있는 희망이라고 미루어두지 말고, 탁월한 통찰력과 획기적인 노력으로 학문 혁명을 성취하자.

학문 통합은 자연학문이 앞서서 추진할 수도 있지만, 인문학문은 두 가지 유리한 점이 있다. 자연학문의 수리언어는 전공분야를 넘어서면 이해되지 않고, 인문학문의 일상언어는 소통의 범위가 넓다. 인문학문은 연구하는 주체의 자각을 문제 삼고, 연구 행위에 대한 성찰을 연구 과제로 삼고 있어 사회학문이나 자연학문에 관한 고찰까지 포함해 학문 일반론을 이룩할 수 있다.

인문학문은 지금 어려움을 겪고 있다. 자연학문이나 사회학문이 수익을 만들어내는 것을 효용성으로 삼는 방향으로 나아가는 데 인문학문은 동참하지 못해 무용한 학문으로 취급된다. 이것이 이른바 인문학문의 위기이다. 위기가 분발의 기회이다. 학문론 정립의 역군이 되어, 학문 전반을 반성하고 재정립하는 과업을 주동하면서 커다란 효용을 입증하고자 한다.

　학문의 효용은 수익만이 아니며, 각성이 더욱 소중하다. 자연학문이나 사회학문도 각성을 위해 노력하다가 순수학문의 범위 안에 머무르지 않고 수익을 위한 응용학문도 함께하게 되었으며, 그쪽으로 더욱 기울어지고 있다. 인문학문은 수익을 가져오는 응용학문의 영역이 적어 경쟁력이 없다고 하지만, 각성을 담당하는 것이 더욱 높이 평가해야 할 경쟁력이다.

　인문학문을 일방적으로 옹호하는 것은 공연한 짓이다. 각성을 담당하는 기능을 실제로 수행해야 존재 이유가 입증된다. 각성은 지속적인 가치를 찾아내고 체현해야 하는 작업이지만, 비장한 각오로 거듭 노력해야 가능하다. 이제부터는 인문학문이 자구책을 넘어서서 커다란 사명을 수행하는 방향으로 나아가야 한다. 사회학문을 끌어들이고, 자연학문으로까지 나아가 학문 전반을 혁신하는 노력을 한다. 이것이 근대 학문을 극복하고 다음 시대 학문을 이룩하기 위한 획기적인 과업이다.

5-4 기본원리

　내가 탐구하고 정립한 학문의 원리는 生克論이다. 생극론은 相生이 相克이고 상극이 상생이라는 철학이다. 직접적인 원천은 徐敬德에서 가져오고, 그 연원은 《老子》나 《周易》에서 확인할 수 있다. 任聖周에서 崔漢綺까지 전개된 후대의 氣철학에서 필요한 것을 보충했으며, 安藤昌益도 이에 포함된다. 생극론의 원리에 따라 문학사를 서술하고 문학 작품을 연구하면서, 철학보다 문학에 생극론의 더욱 풍부한 유산이 있는 것을 찾아 활용한다.

氣철학에 근거를 둔 생극론은 理철학을 논파의 대상으로 삼는다. 理철학에서 理는 하나이고 氣는 음양으로 나누어져 있다고 하는 것은 부당하고, 하나인 氣가 둘이기도 해서 생극의 관계를 가진다고 밝혀 논해, 생극론은 존재, 윤리, 인식 등의 모든 문제에 대한 사고를 근본적으로 혁신한다. 다시 변증법을 논란의 대상으로 삼는다. 변증법은 상극에 치우치고 상생은 버려두는 편향성이 부당하므로 시정해야 한다고 하고, 변증법의 이론을 넘어서는 생극론의 이론을 갖추어 문학사를 고찰하는 작업을 힘써 하면서 논의를 확대한다.

변증법이 상극의 투쟁으로 계급모순을 해결하려고 하다가 민족모순이나 문명모순을 격화시킨 잘못을 지적하고, 시정 방안을 제시한다. 상극의 투쟁과 상생의 화합이 둘이 아니고 하나이게 해야, 민족모순이나 문명모순이 격화되어 피를 흘리고 있는 인류의 불행을 치유하는 길을 열린다. 이런 전망을 가지고 근대를 넘어서서 다음 시대를 이룩하는 학문을 하자고 한다. 이보다 더 선진인 철학이나 학문은 없다.

이렇게 해온 작업을 가다듬어 〈생극론, 철학 아닌 철학〉이라는 글을 다시 쓴 것을 아래에 내놓는다. 위에서 든 廣松渉의 글과 견주어보면 커다란 차이가 있다. 하는 말이 모두 오랜 연원을 가지고 살아 있는 진품이다. 옛사람들의 생각을 이어받고 많이 다듬어 내 스스로 철학하기를 한 성과를 제시한다.

生克論은 徐敬德이 虛이기도 한 氣가 하나이기도 하고 둘이기도 해서 相生하면서 相克하고, 상극하면서 상생하는 관계를 가진다고 한 데서 유래한 전통철학이다. 논의를 구체화하고 적용을 확대하는 것을 내나름대로 철학하기를 하는 과업으로 삼아왔다. 잘한다는 이유로 잘못하지 않도록 경계한다고 다짐한다.

생극론은 철학이 아닌 철학이고, 철학을 부정하는 철학이다. 개념을 논리로 연결시켜 체계화한 사고가 철학이라면, 생극론은 개념에서 벗어나고 논리를 넘어서고 체계를 거부하니 철학이 아니다. 개념에서 벗어나고 논리를 넘어서서 체계를 거부하는 것은 일탈을 목적으로 하지 않고 그 반대이다. 기존의 격식화된 사고를 떠나 새로운 탐구로 나아가는 전환을 이룩해, 철학을 부정하고 혁신하는 철학을 한다.

생극론은 누구나 쉽게 하는 이야기에서 비유, 역설, 반어 같은 것들을 가져와 철학을 혁신하는 철학을 하고자 한다. 말이 되지 않는 소리를 늘어놓으면서 진실 탐구의 사명을 더욱 성실하게 수행하고자 한다. "… 이면서 아니고, 아니면서 … 이다"라고 하는 기본명제에서부터 통상적인 논리에 어긋나고, 철학의 범위에서 벗어나는 말을 너무 많이 하며, 체계적인 논술로 정리되기를 거부하니 철학이 아니면서, 철학이 불신을 청산하고 고립에서 벗어나 유용성을 최대한 확대하도록 한다.

생극론은 세상을 바람직하게 개조하는 전략이다. 변증법이 계급모순을 상극투쟁으로 해결해야 한다고 하고 마는 한계를 극복하고, 생극론은 계급모순보다 민족모순이나 문명모순이 더욱 심각한 문제임을 분명하게 인식하고 일깨워주고 적절한 해결책을 찾으려고 노력한다. 패권을 장악한 쪽에서 동질성을 요구하는 데 맞서서 이질성을 옹호하고, 상극을 상생으로 바꾸어놓는 투쟁을 하면서 진정으로 보편적인 가치를 쟁취해 문명모순을 해결하기 위해 진력한다.

생극론은 통상적인 철학이 아니다. 철학이 아닌 철학이고, 지금까지의 철학을 부정해 혁신하고자 하는 철학이다. 철학의 범위를 벗어난 각론을 풍부하게 갖추어 타당성과 유용성을 입증한다. 문학사를 서술하고 문학을 이해하는 원리로 활용해 많은 성과를 얻고, 기본 원리를 더욱 분명하게 한 것은 위의 글에서 미처 말하지 못했다.

생극론은 이론과 실천이 하나이게 하고, 오늘날 인류가 당면하고 가장 큰 시련인 문명모순을 해결하는 방안을 제시한다. 변증법은 할 수 없는 일을 하면서 근대를 넘어서서 다음 시대로 나아가는 역사창조의 지침을 제공한다. 변증법은 상극에 치우쳐 계급모순을 투쟁으로 해결하는 데는 기여했으나, 그 때문에 민족모순을 확대하고 문명모순을 격화시켰다. 상극의 편향성을 상극이 상생이고 상생이 상극인 생극론으로 바로잡아야 민족모순이나 문명모순에 올바르게 대처할 길이 보인다. 이에 관해서도 이미 많은 말을 했으며, 더 할 말이 얼마든지 있다.

철학하기를 해서 얻은 성과를 글을 써서 나타내는 것은 쉬운 일이 아니다. 용어를 열거하고 논리적인 관련을 고찰하는 종래의 방법을 사용하면, 생극론을 훼손해 진정한 가치가 사라지게 만든다. 글 쓰는 방법을 혁신해, 용어에 의존하는 정도를 줄이고, 고식적인 논리에서 벗어나야 한다. 발상을 자유롭게 하고 표현을 생동하게 하면서 친근하게 다가가야, 설득력을 확보하고 공감을 자아낼 수 있다.

생극론은 너무 거대해 총론으로 이용하기 어렵고 각론이나 응용이 필요하다. 이 글 전반부에서 자세하게 고찰한 문학사 서술이 각론으로서 특히 큰 의의를 가지고 총론의 타당성을 입증하는 데 기여한다. 생극론을 사람들 사이의 관계를 파악하는 데 응용한 것이 다음에 드는 대등론이다.

《동아시아문명론》이라는 책을 최초로 내고, 국가에서 문명으로 관심을 넓히는 학문을 하자고 했다. 동아시아문명의 내력과 의의를 어문·역사·철학의 견지에서 고찰하고, 동아시아학문을 이룩하는 것을 공동의 과제로 삼아야 한다고 했다. 한국·일본·중국·월남이 각기 자랑할 만한 과감한 구상, 정밀한 고증, 다양한 문화 체험을 합쳐 동아시아학문을 이룩하면, 세계학문의 역사를 크게 바꾸어놓는다고 했다. 유럽문명권 학문의 지배에서 벗어나는 모범을 보여, 다른 문명권도 일제히 깨어나게 할 수 있다고 했다. 유럽문명권에서 선도한 근대학문을 넘어서서 다음 시대 학문을 이룩하는 길을 열 수 있다고 했다.

《동아시아문명론》이 2010년에 나오자, 2011년에 일본어로, 2013년에 중국어로, 2015년에 월남어로 번역되었다.[13] 독자가 늘어나고 관심이 확대된 데 부응해 후속 작업 《대등한 화합, 동아시아문명의 심층》(2020)을 내놓았다. 문명의 심층에 내재되어 있는 대등론을 찾아내 동아시아가 하나가 되고 세계를 평화롭게 하는 원리로 삼자는 대담한 구상을 제시한 것이 기본 내용을 이룬다. 서두에서 한 말을 옮긴다.

사람과 사람의 관계를 말하고, 사회 구성이나 역사 전개의 원리를 논하는 견해는 셋이다. 명명이 필요해 셋을 차등론·평등론·대등론이라고 일컫기로 한다. 이 가운데 어느 것을 택하는가에 따라 이어지는 논의가 아주 달라진다.

사람은 貴賤이나 賢愚의 구분이 있게 마련이다. 존귀하고 어진 쪽이 그렇지 못한 쪽을 다스리면서 이끌어야 한다. 이런 견해는 차등론이다. 차등의 근거는 형이상학으로 치닫는 관념론이다. 구체적인 확인이 가능하지 않은 본원적인 이유로 차등이 있다고 한다. 위대한 민족인가 열등한 민족인가도 결정되어 있다고 한다.

사람은 누구나 다 같은 사람이므로 예외를 두지 말고 모두 존중해야

---

13 豊福健二 譯, 《東アジア文明論》(東京: 朋友書房, 2011); 李麗秋 譯, 《東亞文明論》 (北京: 社會科學文獻出版社, 2013); Ha Minh Thanh dich, *Ly Luan Nen Van Minh Dong A*(Hanoi: Nha Xuat Ban Hoi Nha Van, 2015)

한다고 한다. 개인뿐만 아니라 집단도 이와 같다고 한다. 이렇게 말하는 것은, 차등을 거부하고 나서는 평등론이다. 평등을 주장하는 근거는 검증이 필요하지 않다는 신념이다. 모든 사람은 천부의 인권을 타고났다고 하고, 거룩한 절대자가 누구나 사랑한다고 말하기도 한다.

미천하고 어리석다고 멸시받는 사람들은 불리한 조건을 새로운 창조력의 원천으로 삼아 세상을 뒤집어놓을 수 있다. 이렇게 주장하는 대등론은 평등론마저 넘어선다. 평등론에서는 언술의 차원에서 물리치려고 하는 차등을 대등론에서는 있는 그대로 두고 밑으로 들어가 전복시킨다. 존귀가 미천이고 미천이 존귀이며, 슬기로움이 어리석음이고 어리석음이 슬기로움인 현실 체험을 논거로 한다.

차등론은 어느 문명권에나 있다. 비판이 거듭되어도 강자에게 계속 필요하므로 없어지지 않는다. 평등론을 내세워 차등론을 부정하는 대전환을 유럽문명권이 선도해 대단한 영향력을 행사해왔다. 대등론은 동아시아문명 심층의 유산이다. 상극이 상생이고, 상생이 상극이라고 하는 生克論을 사람들 사이의 관계에서 거론하는 것이 대등론이다.

차등론은 역사의 전환을 부인하거나 폄훼해 한계를 드러낸다. 평등론은 막연한 이상론에 머물러 역사의 실상과 유리된다. 평등론의 전도사 노릇을 하는 것이 유럽문명권이 우월한 증거라고 해서 차등론을 재생하기까지 한다. 대등론은 한 시대가 물러나고 다음 시대가 시작되는 역사의 전환을 정확하게 예견하고 실현하는 주체의 능력을 제공한다.

동아시아 여러 나라가 화합을 이루려면 차등론에서 철저하게 벗어나야 한다. 약자가 강자를 흠모해 차등론을 추종하는 추태도 말끔히 청산해야 한다. 평등론을 대안으로 삼으면 잘못을 분명하게 바로잡을 것 같지만, 공허한 이상론에 머무른다. 평등의 근거를 절대자의 사랑에서 찾는 형이상학이 낯설어 설득력이 부족한 것을 후진의 증거로 삼을 수 있다.

문명의 유산인 대등론을 찾아내 발전시키면 동아시아가 화합해야 하는 이유와 방법이 분명해져 널리 모범이 될 수 있다. 대등의 원리는 어디서나 동일하고, 양상은 경우에 따라 상이하다. 지금 필요한 양상이 무엇이고 어떻게 구현해야 하는지 알아내기 위해 힘써야 한다.

이렇게 전개되는 대등론은 위정척사를 세계적인 범위에서 실현하는 새로운 철학이다. 위정척사의 '正'은 동아시아문명이 심층에 간직한 대등론이고, '邪'는 세계 도처의 억설을 유럽 열강이 침략을 일삼으면서 가다듬은 차등론이다. 침략을 일삼으면서 가져온 평등론은 전적으로 타당하게 보이지만 환상으로 차등론의 잘못을 가리므로, 옛사람의 표현을 빌리면 似正而邪者, 옳은 것 같으면서 그른 수작이다.

평등론의 환상을 깨고 대등론이 전면에 나서면서, 선진이던 유럽문명권은 후진이 되어 물러나고, 후진이던 동아시아가 선진이 되어 다음 시대를 이룩한다.

대등론이 탐구의 도달점은 아니다. 사람은 누구나 대등한 능력을 가지고 창조를 한다는 사실을 밝혀 논하는 창조주권론 정립을 새로운 과제로 삼고 그다음의 책을 써서 우선 유튜브 방송을 한다. 이런 논의를 계속 발전시켜 미지의 경지를 개척해 나갈 것이다.

6. 발표 논문

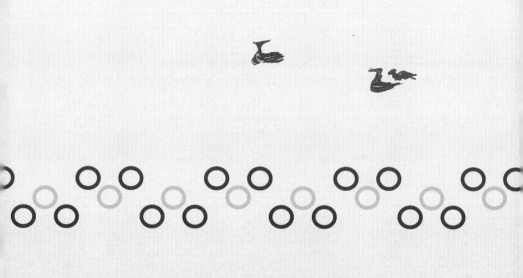

6-1 목록 제시

여러 나라의 국제학술회의에 가서 발표한 논문 가운데 일본학문과의 관련을 직·간접적으로 논의한 것들을 여기 내놓고, 본문의 논지를 보완한다. 한문 논문 하나, 영문 논문 일곱이다. 먼저 읽기를 바라는 순서로 수록한다.

목록을 먼저 보이면 다음과 같다. 논문을 발표한 나라를 괄호 안에 적는다. 이들 논문을 국문으로 옮겨 놓으면 읽을 사람이 많아지지만, 증거력이 감퇴된다. 학문은 분명한 증거를 가지고 엄밀하게 진행하는 재판과 같아야 한다. 대중의 판단을 먼저 구하거나, 여론재판은 하지 말아야 한다.

東亞文化史上'華·夷'與'詩·歌'之相關(중국)

The Problem of Canon in Korean Literature(일본)

Korean Literary History in the East Asian Context(인도)

Korean Studies in the Global Age(인도)

Historical Changes in the Translation from Chinese Literature: a Comparative View of Korean, Japanese and Vietnamese Cases(네덜란드)

Traditional Forms of the Narrative and the Modern Novel in Korean and Other Third World Literatures(일본)

The Medieval Age in Korean, East Asian, and World Literary Histories(스웨덴)

Toward a New Theory of the Periodization of World Literary History
(이집트)

6-2 東亞文化史上 '華·夷'與 '詩·歌'之相關

導言

　東亞各國諸民族, 自古成一家也. 是何故？ 共有同一文明, 共用同一文語, 形成一大家, 與數個他大家竝立, 同參列創造世界史. 然今日東亞各國, 放棄同一文明, 而各己追從西洋風, 喪失同一文語, 而只用互相不通之口語, 此爲是不幸之事也. 吾等東亞文化比較研究者, 須奮發治愈當代之弊風, 非但繼承同一文明之遺產, 亦回復共同文語之文章, 以此爲己任, 可也. 吾雖未熟於先賢教學, 不近於醇正古文, 只以熱望今日東亞再興前日之大同學風, 敢試分外之擧, 而懇請大方叱正.

　共同文語者, 乃前日之'文', 故不要他稱. 然今日中國人謂之'文言文', 韓國·日本·越南人 稱之'漢文'. 以'漢文'可爲共用之稱, 然中國人中或者謂之 "漢代之文", 西洋人中或者認之 "中國人專用之文", 故不可不再規定之. '漢文'乃東亞之'共同文語'. '共同文語', 可略稱'共文'. 中國之白話及各國之國語, 方爲公用書寫語以後, '共文'退出, 而潛跡於古籍. 雖語文一致者, 時代之要求, 千古'共文'不可不學. 各國應有固有語文, 而國際語文不可不用. 爲東亞學術文化之國際交流, 應當再生東亞之'共文'卽'漢文'.

‘共文’不是‘共語’, 故各國之發音相異也, 然可以眼讀同一文, 而得同一意, 同時心裏發聲各者相異之音. 吾以菲材之力, 雖書出僅僅達意之拙文, 不要區區通譯, 幸哉, 不借他家之英語, 快哉. 此一文非完物, 只摘要而已. 內容及語辭, 兩面不備. 處處未成文章, 列擧語辭, 間間挿入新語, 損傷品格. 識者必怒, 不必過責. 壇上發表時. 不得不讀之以韓國音, 願添未盡之辭而補之. 座中諸公, 應當讀之以各自之音, 任意修正補充, 而願飜作完文.

關於東亞文學, 吾已著三種書; 《東亞文學史比較論》(1993), 《東亞口碑敍事詩之樣相與變遷》(1997), 《東亞文學之一樣與多樣》(近刊). 然此等書只用韓國語, 未有譯本, 故吾之所見, 不能傳達於隣邦同學諸公. 今日幸得講演之機會, 願約述平素所見之一端.

‘華·夷’與 ‘詩·歌’之槪念

東亞之‘同一’文明之內, 實含有‘異多’性向. 東亞之同一‘文語’, 與各國‘口語’竝用. ‘同’者不全同, ‘一’者非純一. ‘同’卽‘異’, ‘一’卽‘多’, 此萬古不變之理也. 爲知‘同’, 必探‘異’; 願算‘異’, 應究‘同’. 欲明‘一’, 當識‘多’; 希論‘多’, 須學‘一’. 援用此方法, 吾論述東亞文學之一樣與多樣.

一千數百年以降, 東亞史上, 有兩個緊要相對語: 曰‘華·夷’, 曰‘詩·歌’.‘華·夷’,‘詩·歌’之區分槪念, 言約而意深. 以極單純之名字, 包括千差萬別之文化現象. 是東亞‘共文’文字漢字之最長處也.

‘華’者乃東亞文明同樣之普遍理想也. ‘夷’者乃各民族文化多樣之相異特性也. 關於‘華·夷’之範圍及實狀, 頗有多種相反見解, 而兩者相對之論法, 常存焉. ‘詩’則用共同文語, 遵同一規範之律文者矣, ‘歌’則依各民族語, 表現相異之律文者矣. ‘歌’之名稱及種類, 各樣各色. 然區分‘詩·歌’之慣習,不變焉.

‘詩’者乃‘華’之發, ‘歌’者乃‘夷’之見, 則當然之事也. 然當然之事, 不是必然之事. ‘華·夷’與‘詩·歌’兩者之關係, 可變也. 或有以‘歌’呈‘華’者. 或有作‘詩’揚‘夷’者. 然則有‘華詩’,‘夷歌’,‘華歌’,‘夷詩’. 如此四種詩歌, 何時出現, 而有如何相關?

‘華詩’之擴散

上古之時, 只有‘歌’, 未有‘詩’. 使用文字而後, ‘詩’出現. 孔子明禮樂, 刪詩書以來, ‘華·夷’之別, 行於世. ‘詩’雅·‘歌’俗, ‘華’尊·‘夷’卑之差等觀念, 漸得威勢, 而爲東亞中世之文化規範, 支配文學史之展開.

《詩經》所載之‘歌’, 多出于里巷百姓之民謠, 本‘夷歌’也. 然孔子及後代儒家, 作之爲‘華詩’之源. 自漢至魏晉代, 推崇‘華詩’, 貶下‘夷歌’. 往往採‘夷歌’而入‘樂府’, 棄夷趣, 以此爲‘華詩’之材. 李白之〈娥眉山月歌〉, 雖稱歌, 然顯示脫俗高雅之風, 爲‘華詩’之一典範. 全文如下:

娥眉山月半輪秋　　　　影入平羌江水流
夜發清溪向三峽　　　　思君不見下渝州

唐代確立‘華詩’以後, 李白·杜甫爲千年師表, 五言·七言定百代詩律. 更不要採用‘樂府’, 終忽視‘夷歌’. ‘華詩’與‘夷歌’不交涉, 乃中國文學史之特點也.

其不採入於‘樂府’之‘夷歌’, 乃見棄遺忘. 故國內外稱中國爲‘華詩’專一之國. 然此是卷裡風光. 於本地風光, 別有天地. 中國之中原內, 漢族各分派,使用不同口語, 各承相異'夷歌'. 其中九牛一毛, 纔至近日採錄出刊. 揚子江邊之吳語敍事詩, 如〈沈七哥〉, 〈薛六郎〉等, 其一例也. 然中國內各少數民族, 恒時尊崇自己'夷歌'. 白族之〈創世歌〉, 納西族之〈黑白之戰〉, 彝族之〈銅鼓王〉, 皆以巨篇之'夷歌', 表出民族自矜心. 《後漢書》〈西南夷列傳〉所載, 白狼王所作之〈遠夷樂德歌〉等慕漢歌三章, 非眞情之作也. 西南少數民族, 往往同參於'華詩'創作之時, 不說向中原慕'華'之事, 而吟詠各自能具'華'之格.

段義宗, 南詔國白族詩人也. 《全唐詩》明記段義宗爲"外夷", 而收錄〈思鄕作〉. 其一節曰: "座久銷銀燭, 愁多減玉顔, 懸心秋夜月 萬里照關山." 秋夜寂寞, 在他鄕見月, 詩人思故國, 其事緣悽絕. 然不能歸, 被殺於中國. 今人評此詩曰"頗具唐詩風韻". 所謂"唐詩風韻"者, 非中國之獨有資産, 而且中世前期以來, 東亞各國'華詩'之共有物也.

新羅代韓國人崔致遠, 在唐思鄕詩云: "海內誰憐海外人, 問津何處是通津", "客路離愁江上雨, 故園歸夢日邊春"(〈陳情上太尉〉). 其言辭與聲律具備'華詩'之秀, 其懷抱與情趣專向故國之天. 高麗代韓國詩人李齊賢, 在元時, 作〈思歸〉. 其全文如下:

　　　　扁舟漂泊若爲情　　　　四海誰云盡弟兄
　　　　一聽征鴻思遠信　　　　每看歸鳥嘆勞生
　　　　窮秋雨鏁靑神樹　　　　落日雲橫白帝城
　　　　認得蓴羹勝羊酪　　　　行藏不用問君平

此詩, 以精深之辭, 傳淳朴之心. 詩人遊歷於天下同文之廣域, 交驩與四海兄弟之名士. 處處賞味勝景珍饌. 物物賦詠寓興妙趣, 總是非餘暇之閑事, 而爲祖國之勞苦也. 未完必須之要務, 先出思鄕之私情, 是詩人之情狀. 休勞生於鄉里, 而樂蓴羹與村民之事, 已定於心中, 不必問於他國古人.

遠邦日本之訪中客, 亦作同軌之詩. 明初, 僧侶詩人絕海中津, 臨迫歸國, 述萬端感懷, 而寄于中國人知己. 其一節, "十年寄跡江淮上, 此日還鄉雨露餘, 客路扁舟回首處, 離愁滿幅故人書."(〈四明館驛簡龍河猷仲徽〉) 云云, 可謂清新切實也.

往往異國詩人訪中國時, 作懷古詩, 而述悲感. 此種詩, 表面上言中國之不幸, 其內面論自國之苦惱, 此乃常例也. 琉球詩人周新命, 訪清代中國, 過一侯王之宮城廢墟, 作一篇歎詩〈釣龍臺懷古〉. 其全文如下:

江上荒臺落日邊　　　　　不知龍去自何年

殿檻花滿眠鼯鼠　　　　　輦道苔深哭杜鵑

遺事有時談野老　　　　　斷碑無主臥寒煙

凄然四望春風路　　　　　縱是鶯聲亦可憐

讀此詩者, 能想起琉球喪失國權之不運. 詩人目睹他國之景, 回憶自國之史. 處處情景裏, 物物悲歌動. "遺事有時談野老"之"野老", 是可言不忘國魂之志士. "斷碑無主臥寒煙"之"斷碑", 是聯想斷絕國史之慘狀.

越南詩人阮攸, 亦於清代訪中, 作弔屈原詩〈反招魂〉. 其序頭之言, "魂兮魂兮胡不歸, 東西南北無所依", 可謂凡常也. 然至於"君不見湖南數百州, 只有瘦瘠無充肥", 可見作者之真意, 在批判當代之弊風.

於韓國, 徐居正嘗編纂《東文選》, 收集歷代韓國漢詩文. 其序曰: "我東方之文, 非宋元之文, 亦非漢唐之文, 乃我國之文也. 宜與歷代之文, 并行於天地之間, 胡可泯焉而無傳也". 此言亦當於其他諸國. 韓國·日本·南詔·越南·琉球等之詩人, 皆其作詩能力對等卓絕, 故東亞爲同文之一家.

然此等諸國, 不擇一方路, '詩'與'歌', 兩者竝行. '詩'惟恐不足, '歌'愈益自勉, 而補短宣長. 其文學史, 是'詩'與'歌'之交涉史也.

'華歌'之登場

中國以外東亞各國, 爲宣揚自民族之'歌', 講究三種對策. 一曰使用文字. 二曰整齊律格. 三曰提高構想.

第一對策, 使用文字之目標. 是願以口頭'歌'之民謠, 變爲書面'歌'之作品也. 始初無自國文字, 故借用漢字, 表記自民族語. 韓國之'鄕札', 日本之'假名', 越南之'字喃', 白族之'白文', 卽是也. 韓國之'歌'用'鄕札'者, 謂之'鄕歌'. 日本之'歌'用'假名'者, 謂之'和歌', 越南之'歌'用'字喃'者, 謂之'國音詩', 白族之'歌'用白文者, 謂之'白文詩'. 後代, 韓國創製自國文字, 表記新'歌'時調. 日本之'假名'簡略化.

第二對策, 整齊律格之目標, 是欲具現與'詩'相似之外形美也. 越南之'國音詩'用五言又七言形式, 正似律詩. 白族之'白文詩'及日本之'和歌', 用五言七言交替形式, 近似律詩. 其中, '國音詩'之五言又七言形式, 不是越南民謠之自然律格, 摹之於律詩, 作人工律格. '和歌'之五言七言交替形式, 亦同軌之人工律格. 然'白文詩'之五言七言交替形式, 仍用自民謠之自然律格. 韓國之'鄕歌'及'時調'再組成傳來民謠之律格.

第三對策, 提高構想之目標, 是欲具現與'詩'同格之思想內容也. 換言之, 願使'歌'得不遜於中國及自國'詩'敍人事賞山水之意趣, 而因以'夷'化爲'華'. 然其方法, 與言語之特性, 有緊密關係. 越南·白族兩語, 是孤立·單音節語. 正如'詩', 以五言又七言, 可能表出複合構想. 然韓國·日本兩語, 是膠着·多音節語. 以五言又七言可容之詩想, 與'詩'不能對等. 與'詩'形式上對等又內容上對等, 不能兼全, 故不可不擇一. 韓·日兩國之'歌', 擇相反之事.

日本'和歌', 外形上與'詩'近接之, 而於詩想遠離之. 韓國'鄕歌'及'時調', 外形上與'詩'遠離之, 而於詩想近接之.

各國之'夷歌', 用上記三種方策者, 變爲'華歌'. 越南'國音詩'及白族'白文詩', 以名稱中'詩'字, 表示是與'詩'同格之'歌'. '華歌'出現之結果, 上層之'華詩', 中層之'華歌', 下層之'夷歌', 形成三層之文學. 上層與中層, 是文人之域. 下層是百姓之域.

文人或專念'華詩', 或兼業'華詩'與'華歌'. 兩者間, 無有學識地位之差. 白族之楊黼, 越南之阮廌, 韓國之李滉, 皆當代最高名賢碩學. 以'華詩', 務揚同一文明, 作'華歌', 欲成上下紐帶. '華歌'確立, 於15·16世紀. 是中世後期文學之成熟期也.

楊黼之'白文詩'〈山花碑〉, 是'華歌'之一好例. 全文20節, 其中引用13·14兩節. (甲)是原文, (乙)是漢譯. (龔友德, 《白族哲學思想史》, 昆明: 雲南民族出版社, 1992, 363-364面)

(甲)	(乙)
盛國家覆世功名	盛國家蓋世功名
食朝廷尊貴爵祿	享朝廷尊貴爵祿
慈悲治理衆人民	慈悲治理衆人民
才等周文武	才比周文武
恭承敬堂母天地	恪恭敬父母天地
孝養干子孫釋儒	孝養敎子孫釋儒
念禮不絕鐘磬聲	禮佛不絕鐘磬聲
消災難長福	消災難長福

性理學之巨擘, 韓國之李滉, 作'華歌'之標本〈陶山十二曲〉, 於其跋, 論'歌'之感化勝於'詩'之理由曰: "自歌而自舞蹈之. 庶幾可以蕩滌鄙吝, 感發融通, 而歌者與聽者, 不能無交有益焉." '詩'也, 只以托於吟詠而傳言, 不能容易達成醇化之意. 然'歌'也, 樂之者, 能唱能舞, 以渾身感發, 不知不識間, 自然悅道義頤心性. 故爲振作'華'風, 不可不用'歌'. 此崇尙'華歌'之宗旨也.

'夷詩'之反逆

至於自中世至近代之移行期中18世紀頃, 在'詩'界發生一大變革. 以'樂府'標榜再現民間歌謠及閭巷風俗之'詩', 多數出現. 然此物, 不是如漢魏晉代之古'樂府'同軌. 古'樂府'潛跡於中國, 數百年後, 中國以外各國及中國內少數民族, 爲積極具現民族文化之特性, 使用自國之'夷歌', 創出'夷詩', 而革新'華詩'主導之詩壇.

其時, 韓國之金萬重曰: "閭巷間, 樵童汲婦, 咿啞而相和者 雖曰鄙俚, 若論眞贋, 固不可與學士大夫之所謂詩賦者, 同日而論."(西浦漫筆). 此言主張'夷歌'勝於'華詩'也. 朴趾源曰: "字其方言, 韻其民謠, 自然成章, 眞機發現."(嬰處稿序) 以民謠之'夷歌', 爲辨別文學創作眞僞之標準.

標榜'樂府'之'夷詩', 有四種; 一曰'飜譯樂府'. 二曰'詠史樂府'. 三曰'紀俗樂府' 四曰'戲作樂府'. 韓國長於'飜譯樂府'. 申緯之'時調'飜譯, 柳振漢之漢譯〈春香歌〉等, 是也. 韓國及日本各有'詠史樂府', 沈光世等數人之〈海東樂府〉, 賴山陽之〈日本樂府〉, 是也. 韓·日·越各國及中國少數民族, 多有各自之'紀俗樂府'. '紀俗樂府'之分布最廣也.

越南詩人阮攸之長詩〈龍城琴者歌〉, 細細寫出一下層樂工之行色, 而深深

歎息西山運動敗退之歷史悲運. 表面上'紀俗樂府', 其裏面則'詠史樂府'. 舉
列其一端如下:

顔瘠神枯形略小　　　　狼藉殘眉不飾粧

誰知就是　　　　　　　當時城中第一妙

舊曲聲聲噲淚垂　　　　耳中靜聽心中悲

猛然憶起二十年前事　　鑑湖席中曾見之

城郭推移人事改　　　　幾處桑田變滄海

西山基業盡消亡　　　　歌舞空遺一人在

瞬息百年能幾時　　　　傷心往事淚沾衣

'戲作樂府', 最盛行於日本之'狂詩'. 是倣古典, 而逆轉之, 以呈淺近戲謔
之味. 其一例, 桂井蒼八之改作〈娥眉山月歌〉. 以娥眉山, 改爲姙婦腹. 故意
毀損原作之脫俗高雅氣風, 而造作低俗鄙陋褻辭, 以供可笑之資. 全文如下:

娥眉山月半臨腹　　　　形似平生孤柳柔

夜發傷産向散亂　　　　招醫不來下憂愁

'夷詩'行世後, '華詩'·'華歌'·'夷歌'之三層秩序, 遂顛倒. '詩'雅·'歌'俗·
'華'尊·'夷'卑之差等觀念, 終撤廢. '華詩'·'夷歌'·'華歌'·'夷詩'相異而相和,
相克而相生之關係, 方出現.

今日, 外面上未有'華·夷', '詩·歌'之區分. 個別之'夷', 代替大同之'華'.
口語'歌', 占有'文語'詩'之位. 然於東亞各國文學之內面, '華詩'·'夷歌'·'華
歌'·'夷詩'之文學精神, 及其互相生克關係, 繼續作用. 四種詩歌, 總是恒久
貴重之資産也.

6-3 The Problem of Canon in Korean Literature

1

"Canon" is an English word that was unknown in Korea until recent times. Now it is frequently used, translated into jeongjeon(正典), among literary critics with a background of Anglo-American learning. It is not a pedantic term, but means rather simply the writings evaluated and recognized as standard or authoritative.

Such an idea is not new. The words *jeongo*(典誥), *jeonmo*(典謨), jeonbeom(典範) were used in traditional Korea, with a similar meaning. In this paper, I discuss the canon of Korean literature as a succession to the heritages of indigenous forefathers.

Every civilization and nation has its own canons. The ideas and the methods of forming canons seem to be not so much different from one another. We can also identify a common process of rearranging canons. This will offer a key to world-wide comparison of the developments of cultural and literary history.

In Europe, the Bible or Holy Scripture was the first-tier of the canon, and the second-tier was comprised of Greek and Latin classics. English literature was only deemed fit to be evaluated as part of the canon only in the 20th century. East Asian and Korean cases can be clarified in comparison with Western counterparts.

2

The Holy Scriptures of Confucianism were the highest canons of East Asia for a long time, when Confucianism was the universal idealism of whole civilization. They were *Analects*(論語), *Mencius*(孟子), *Treatise on the Middle Way*(中庸), *The Great Learning*(大學), *The Classic of Odes*(詩經), *Book of History*(書經), and *Book of Change*(周易). Classics of literature, such as Tang poems(唐詩), and Tang and Song proses(唐宋文) were ranked in the second-tier of the canon. Unlike European case, these two tiers, from the original form used the language: the classical Chinese in its fixed written form. Religious, philosophical, and literary traditions were more closely related in East Asia than in Europe.

Beginning with the age of Southern Song(南宋), China produced no longer a common canon of the whole civilization. The other East Asian countries, Korea, Japan and Vietnam, competed with China by creating their own writings in written Chinese, along with vernacular literatures. Some eminent poets, such as Yi Gyubo(李奎報) in Korea, Setsgai Tsushin(絶海中津) in Japan, and Nguyen Trai(阮廌) in Vietnam, adeptly expressed nationalist themes using written Chinese.

However not only in Korea, but in the other East Asian countries as well, national heritages of the literature in written Chinese were generally depreciated. They were sometimes added to canon list as a third-tier, additional works. The hierarchical order could not be changed. But this was better than the situation in Europe, where Latin literatures produced in England or in the other countries from the medieval age and on were not deemed worthy of inclusion in the canon.

3

Two anthologies of Korean literature in written Chinese by Choe
Hae(崔瀣, 1289−1340) and Seo Geojeng(徐居正, 1420−1488) brought
about a turning point in the recognition of neglected heritages.

In the preface of his anthology, *Easterner's Writings*(東人之文), Choe
Hae said:

As our Eastern people's language is different from Chinese, if the
talent inherited is not lucid and keen, strenuous effort in study can not
win success(in producing the best work). But just as the essence of mind
(to be expressed in literary work) is the same all around the world, the
satisfactory works of our writers are not at all inferior to theirs(若吾東人
言語既有華夷之別 天資苟非明銳 而致力千百 其於學也 胡得有成乎 尙賴一
心之妙 通乎天地四方 無有毫末之差 至其得意 尙何自屈而多讓於彼哉).

Seo Geojeng explained why he compiled *Anthology of Eastern Writings*
(東文選):

These are our Eastern nation's literatures, not Song and Yuan
literature, nor Han and Tang literature, but our nation's literature.
These works must live between the heaven and the earth with(Chinese)

literature of each generation. How they can disappear and be lost?（是則
我東方之文 非宋元之文 亦非漢唐之文 而乃我國之文也 宜與歷代之文 并行
於天地間 胡可泯焉而無傳也）

The best writers, whose works were given priority, if listed in
chronological order, were: Choe Chiwon(崔致遠), Gim Busik(金富軾), Yi
Inro(李仁老), Yi Gyubo(李奎報), Yi Jehyeon(李齊賢), Yi Saek(李穡),
Gweon Geun(權近). Their works attained the level of the canon.

Some private anthologies of poetry followed. Heo Gyun(許筠,
1569-1618)'s *Selection of National Poetries*(國朝詩刪) and Jang Jiyeon(張
志淵, 1864-1921)'s *Anthology of the Great East Poetries*(大東詩選) are
good examples. These books boasted the achievement of Korean poetry
in written Chinese.

Among the anthology of prose works, the final product was *The Prose
of Nine Writers of Koryeo and Han(Joseon) Dynasties*(麗韓九家文),
compiled by Gim Taegyoeng(金澤榮, 1850-1927), while he was exiled in
China. Gim Busik(金富軾), Yi Jehyeon(李齊賢), Jang Yu(張維), Yi Sik
(李植), Gim Changhyeob(金昌協), Bak Jiweon(朴趾源), Hong Seokju(洪
奭周), and Gim Maesun(金邁淳) were selected as nine best writers. The
compiler wanted to let Chinese readers know that Korean writers created
masterpieces on the same level with Chinese classics.

4

Vernacular literature in Korean language was unable to shed its lowest status and rise to the level of the canon. But Gyun Yeo(均如, 923-973)'s *hyangga*(鄕歌) works, "Song of the Ten Wishes of Bohyeon(Samantabhadra) Bodhisattva"(普賢十願歌) enjoyed exceptional reputation, as it expressed the highest form of Buddhist thought. An able writer of the same period, Choe Haenggui(崔行歸) translated them into written Chinese. In the preface, he compared *hyangga* with the poetry in written Chinese.

The sounds [of two songs of both countries] are distant as a star in the East and a star in the West. The ideas [of two songs] compete with each other as a spear and a shield, and hard to determine which is superior. In competition, they will flow down together to the ultimate sea of truth, each taking its own way. Why it is not good?

(論聲 則隔若參商 東西異辨 據理 則敵如矛盾 强弱難分 雖云 對衒詞鋒 足認同歸義海 各得其所于 何不臧)

As *hyangga* disappeared, this theory could not be inherited by succeeding generations. When vernacular songs in Korean language reappeared in *sijo*(時調) and *gasa*(歌辭), they were regarded as playing a supplementary role to cover the shortage of the poetry in written Chinese. Yi Hwang(李滉, 1501-1570) and other poets, who showed creative ability in both domains, said that the song in Korean were indispensable for singing and dancing, giving moral purification.

Some eminent works, though, got a special reputation. Jeong Cheol(鄭澈, 1536−1593)'s gasa, "Special Song of Gwandong"(關東別曲), "Song of Longing for a Beauty"(思美人曲), "Second Song of Longing for a Beauty"(續美人曲) are good examples. Kim Manjung(金萬重, 1637−1692) said that these three songs were "genuine literary works of Left of the Sea"(左海眞文章). "Left of the Sea"(左海, 좌해) is a term for Korea. "Genuine literary works"(眞文章) means that their quality is excellent enough to be included in the canon.

Such an evaluation could not cover all of vernacular verse. In the 18th century, *Songs of Green Hill*(靑丘永言) and other anthologies of *sijo* works appeared with the declared mission of preserving them. But *sijo* and *gasa* were never regarded as more than subsidiary songs.

Prose works in Korean were not considered as literary works. Though novels in vernacular were produced abundantly and read widely, they were denounced as to be harmful to morals. But Kim Manjung(金萬重)'s novels, *The Dream of Nine Clouds*(九雲夢) and *Madame Sa's Journey to the South*(謝氏南征記) received special appreciation for two reasons: the author was an well−known high−ranking officer, and the two novels have philosophical and moral meaning.

5

The first modern History of Korean literature(朝鮮文學史, 1922) was written by An Hwag(安廓). He wanted to deal with equal importance of two domains of Korean literature, the literature in written Chinese and the literature in Korean, and clarify their mutual dependency. But it was only a rough outline that lacked the necessary details. Unfavorable situation during the colonial age hindered further achievement.

Cho Yunje(趙潤濟)'s *History of National Literature*(國文學史, 1949) was the product of liberated Korea. It made great advances in its use of materials. And it had a systematic framework. It was accepted widely as reliable text book, not only in universities but also in high school level. In this book, Cho Yunje defined Korean literature based on a nationalist ideology. He turned the classical hierarchy of two domains of Korean literature upside-down. The literature in written Chinese was degraded to the level of a marginal part, and the literature in Korean became the focus.

Among the writers of the literature in written Chinese, regarded as producers of the canon by classical anthologists, Hong Seokju(洪奭周) and Gim Maesun(金邁淳) were omitted. The reason is that, Cho Yunje thought, they had no noticeable relationship to the main current of Korean literary history newly described. Some other important writers of the literature in written Chinese were mentioned in concern with vernacular literature.

Works of the vernacular literature in Korean, already evaluated, were welcomed as heroes of literary history. *hyangga* and sijo were praised as precious expressions of national spirit. Jeong Cheol(鄭澈, 1536–1593)'s *gasas* and Kim Manjung(金萬重)'s novels became model masterpieces in the canon. *Story of Hong Gildong*(洪吉童傳), *Story of Chunyang*(春香傳), and some other well known popular novels were added to it.

This is not a final conclusion. During recent half century, the study of Korean literature developed tremendously. Many neglected works were found and analysed. Bongsan Mask Play(鳳山탈춤), Gim Ryeo(金鑢)'s poems in written Chinese dealing with social reality, and the longest novel *Banquet for Family Alliance at the Moon-Watching Pavilion*(玩月會盟宴) in 180 volumes are typical examples. To accept new members, the established canon system must be reconsidered.

Furthermore, a new view of literary history is needed. I wrote my Comprehensive History of Korean Literature(한국문학통사, the first edition in 1982–1988, the fourth edition in 2005), in 6 volumes, to carry out such a demand. Main points of my attempt can be summarized as following.

There are three literatures in Korean: oral literature, literature in written Chinese, and written literature in Korean. They had equal importance. They competed and intermingled with one another. Literary historian has to clarify that process with wide perspective and deep sight.

The distinction between major and minor works must be abolished. The contributions of low class and women must be recognized with a new insight. Oral narrative songs, which are transmitted and recreated by shamans, lead to the rediscovery of a lost vein of ancient literature.

Ordinary vernacular letters(諺簡) of women, excavated by accident from old tombs, are precious evidences of literary life.

The scope of the literature is broadened extensively, and replaced by new conceptions of the text or of literacy. The conception of canon loses meaning and is disappearing. Now I write the fourth edition of this book to be published in 2005. It will manifest the anti-canonic direction more clearly. That is one of the important tasks to overcome modern conception of literary history.

6

We can identify three stages in the history of the canon from Korean case. They were closely related with intellectual and social history.

Classical canons of the common written language of the whole civilization ruled for a long time when the universal idealism was leading ideology. These were then replaced by the canons of vernacular literature, in the age of the modern nationalism of the 20th century. Now the conception of the canon is questioned and distrusted, with the goal to create a new type of egalitarian society.

Korean case demands a detailed investigation and comparison with other countries near and far. We are now at the starting point of a long journey. If the same process is found through a good amount of meaningful evidences all around the world, it will contribute much in proving the unity of human experiences.

6-4 Korean Literary History in the East Asian Context

1

From 1982 to 1988 I published the first edition of *Hangugmunhaltonsa*(*A Comprehensive History of Korean Literature*), which covers the entire development of the history of Korean literature. This was revised and published in the second edition in 1989, and revised and published again as a third edition in 1994. Much time has passed since then, and the task of rewriting it once again cannot be put off. I published the fourth edition at the beginning of 2005, adopting newly discovered materials and integrating the results of the latest research.

When I first wrote the history of Korean literature, I focused on the development of the history of Korean literature itself and did not deal with its relationship to foreign literature. After achieving my planned task, I then set about verifying in a variety of ways how the principles and facts I uncovered in my description of Korean literary history could be applied to East Asian literary history, and how much they contribute to a new understanding of world literary history. The results have been published in the following books. All books are written in Korean. Here I present the titles translated into English.

A Comparative Theory of East Asian Literary History(1993)

Fiction and Facts in Writing World Literary History(1996)

Catharsis, Rasa, Sinmyeongpuri: Three Principles of Drama and Film (1997)

Aspects and Changes in East Asian Oral Epics(1997)

One and Many East Asian Literatures(1999)

Common Written Language Literature and Ethnic Language Literature (1999)

Similarities and Differences in Civilization(1999)

The History of Philosophy and the History of Literature: Two or One?(2000)

A Comparative Study of the Social Histories of the Novel(2001)

The Development of World Literary History(2002)

Going as far as summarizing the development of world literary history, I was able to confirm that my history of Korean literature made a proper beginning in its inquiry into literary history. A good start made it possible to go a long way. I researched a proper understanding of the division of periods in literary history, the interrelation between oral literature, common written language literature, and national language literature, and the fact that the history of literature is tied up with the history of other fields, even correcting misconceptions concerning the history of world literature.

I wrote the fourth edition with the results of these new researches. But I can not present all of them. What I can do in this paper is to explain some important items which are most vital to an understanding of the history of Korean literature in the East Asian context.

2

The first era of Korean literature was that of oral literature. The first important genre of oral literature, national founding epics showed typical characteristics of the ancient literature. When national foundation epics were no longer made and *Hanmun*(classical written Chinese) appeared, there were great changes in the structure of the class responsible for writing literature. In order to write *Hanmun*, one had to study writing as diligently. Being a writer was reason to boast. Yet it was not an age in which writers could express themselves in their writing. They were technicians, writing what their government ordered them to write.

The adoption of *Hanmun* and the creation of a *Hanmun* literature were unfortunate in that it caused the egocentric literature expressed in the Korean language to be relegated to the province of lower−class culture, where it struggled against the dominance of *Hanmun* literature. However, this transition from the ancient era to the medieval era, where the common written language and world religions of one's civilization sphere are adopted, is a common process that occurs in any developed nation. In this way humanity is able to share its wisdom, experience of social changes that overcome the isolation, inequality, and illogic of the ancient era, and advance both ideologically and artistically.

Common written languages did not destroy or overrun ethnic languages. As ethnic languages were unified, consolidated, and developed into written languages, they developed the ability to express high culture. The modern sorrow at the loss of many native words or grammatical forms due to this development is of no help in understanding the actual historical circumstances. No nation has been able to cultivate an ethnic language into a national language without accepting a common written language. We should not envy the Philippines or Sub-Saharan Africa. They suffered the aggression of modern Western powers without cultural background of national identity and were forced to use the language of their aggressors as their official language.

We can argue over whose ancestors played the leading role in achieving the common written language and world religions of a particular civilization sphere. We can lament the fact that our Korean ancestors could not achieve these on their own, even though they were very active in scholarship. This way of thinking, though, is born of modern nationalism. Medieval universalism considered all the property of every world empire to be in the public domain. We should not be applying a modern nationalist concept in an attempt to determine the ethnicity or nationality of certain medieval world empires. It is an even greater mistake to deny the existence of civilization spheres and divide them into ethnic nations.

We would be mistaken to view the medieval era in East Asia as a vast empire founded by the Han people of China. Even when the Han Empire emerged as the ruling order of a unified China, they had not yet reached the medieval era, but were still in the transitional period from the ancient era to the medieval era. This is because they were still preparing a common written language and universal religion. When different peoples from the north established their empires in the middle reaches of the Yellow River, there was a cooperative effort to realize medievalization by forces both within and without China. A turning point was the transformation of written Chinese into a common written language and the establishment of Buddhism, both of which were accomplished within China by Northern Wei and without China by Goguryeo.

A number of dynasties followed in the north and south, and the countless peoples who participated in the process that led to the Sui and Tang Empires engaged in a cooperative effort to enrich medieval civilization. These fruits were adopted and developed further by various other nations, creating an East Asian civilization sphere. In terms of nations, the initial members of the East Asian civilization sphere were the various dynasties of China, Nanchao in southwestern China, the three kingdoms of Korea(Goguryeo, Silla, and Baekje), and Japan. The family grew even larger with the addition of Vietnam, which freed itself from long domination by China, and the Ryukyu Islands, which underwent a late medievalization.

The publicly owned properties of medieval civilization cannot be considered the private possessions of any one ethnic nation. This mistake is not made in other civilization spheres. Only in East Asia has the medieval world empire -- that is, China -- continued to the present day, so the medieval era and the modern era have become confused. The history of literature must actively help distinguish that which has been confused, making it clear that the medieval era is the medieval era, not the modern era.

In the medieval era, there was a distinction between the "son of heaven" and the king. "Son of heaven" is a literal translation of the term used in the East Asian civilization sphere, cheonja in Korean, tianzi in Chinese, to refer to the earthly representative of the heavenly deity. The title is equivalent to the caliph of Islam and the pope of European Christianity. Because the son of heaven was the sole agent on earth of the highest deity worshipped by an entire civilization sphere, there could only be one son of heaven(or caliph, pope, etc.) in each civilization sphere. Only then could the son of heaven undertake the role of connecting heaven and earth, guaranteeing homogeneity within a civilization sphere and clearly establishing the foundation of political order or virtue, thus preventing chaos. The ancient custom of a king wielding the authority of the gods of heaven still remained in some places during the medieval era, but these cases are not convincing enough to negate medieval universalism.

A king's sovereign power was only justified if he was invested with his title by the son of heaven. In places where a distinction was made between the son of heaven and the emperor, son of heaven invested the emperor with his title, who then in turn invested the king with his title. The relationship formed by such investiture of a title had religious and spiritual significance, but was not a political lord and vassal relationship. It would be a mistake to say that the land ruled by a king was not a sovereign nation. The emperor symbolized the spiritual sovereignty of the whole civilization area, while a king symbolized the political sovereignty of his country. The medieval era was an era of dual sovereignty. In cases where rulers below the king were autonomous, it was an era of triple sovereignty.

The common written language played an indispensable role in firmly establishing this view of order. The diplomatic documents exchanged by the emperor and king were among the most high-toned and ornately embellished documents composed in the common written language. The form and style were standardized, verifying the homogeneity of members of the same civilized world, and superiority and inferiority within that world were determined by minute differences in the methods of composition. Every ruling class author within that civilization sphere's territory could write the same forms of poetry and prose. Even if they could not communicate verbally when meeting, they could still communicate through writing.

Hanmun is not a spoken language, but a written one, and each country had a different way of pronouncing it, making it more heterogeneous than other common written languages. The differences in word order and grammar between *Hanmun* and the Korean language were constant causes for concern. When *Hanmun* became the official written language, our ancestors did not express disapproval, but toiled long to devise a written language for Korean using *Hanmun*. There were writing systems that wrote *Hanmun* according to the Korean word order. There were also attempts to transcribe the Korean language using *Hanmun*.

The medieval era was the era of *Hanmun*, but *Hanmun* did not dominate every aspect of life. Another characteristic of medieval civilization was the dual structure of *Hanmun*: the original structure and the structure used to express the Korean language. This dual structure was magnified with the appearance of the Korean writing system of *hangeul*, and was finally overcome with the advent of the modern era.

3

The civil service examination system tested the ability to compose *Hanmun* literature. *Hanmun* was very hard to study. But that examination was open to anyone not of humble origin and chose personnel for government service based on a test of ability. The civil service examination system was put into practice in China in 589, Korea in 958, and Vietnam in 1075. It was not put into practice anywhere else, giving these three countries a lead in East Asian medieval civilization. Japan maintained their old custom of appointing personnel to government posts according to status, and thus they fell behind and were relegated to the periphery of the civilization sphere for quite some time.

It is a mistake to criticize the civil service examination system, saying that it was improperly administered and gave rise to abuses. In those societies without a civil service examination system, government positions were decided by military struggles or hereditary status, and scholars and writers —— like those of Silla —— were relegated to the position of working level technician, no matter how skilled they were. As with all original ideas of history that have epochal significance, the positive contributions of the civil service examination system gradually decreased as its negative applications began to make themselves known.

Only when demands for the dissolution of the civil service examination system had grown fierce did the Europeans arrive in East Asia. They were shocked to discover an idea that they had been unable to think of themselves, and used this in belatedly establishing a modern examination system. The countries of East Asia, with Japan in the lead, have adopted the European examination system and are criticizing the civil service examination(despite the fact that they still implement it), but this is putting the cart before the horse. The civil service examination system, which led to the modern examination system, is an important evidence in proving the superiority of East Asian civilization.

The most salient difference in the medieval East Asian civil service examination system and the modern examination system styled after the European model is in the subjects tested. Literature and law are the primary subjects, with the former being a literature examination and the latter being a law examination. In the literature examination, law was considered a secondary subject, used in selecting low−level personnel for administrative work. In the law examination, literature was considered to be of no use at all, and was excluded entirely.

If asked which was more important in ruling a nation, literature or law, a modern person would say law without hesitation. The medieval East Asians, though, thought differently. One must know humanity in order to rule a nation, they would say, and literature is best suited to the task of understanding humanity. All peoples in the medieval era felt that literature was not an ornament on the margins of life, but the most valuable of all human endeavors, and in East Asia this common conception was the most clearly expressed and systematized.

The civil service examination was a literary examination because literature was valued over the practical affairs that moved society according to laws, and because it developed the mind, allowing people to comprehensively judge facts. If we discuss the issue again from the law aspect, using the terms "positive law" and "natural law", natural law was considered to be above positive law, and it was felt that a desirable society could only be achieved if literary figures, who were the best judges of natural law, guided the experts in positive law. The ideal that a philosopher should rule the nation was realized, with literary figures taking the place of philosophers.

Literature, which was necessary to the civil service examination system, was not the literature of ethnic languages but of the common written language. The literature of the common written language was a means of communication used throughout the entire civilization sphere, and it offered a measure by which cultural levels could be compared. Based on the common scriptures, it also fostered a communal understanding of humanity and values, brought people closer together in terms of sensibilities, and offered the knowledge necessary in everyday life, such as knowledge of laws and institutions. In order to prevent the written language from being swept away by the spoken language and allow it to protect the common heritage, composition methods were strictly consolidated, individual differences were reduced, and the changes of the times were rejected. This was an amazing development at first, but gradually became conservative and led to abuses that became customary.

4

The literature of Korean language appeared with *hyangga* using *hyangchal* writing system borrowing Chinese characters. *hyangga* had a long history that began in the Silla period, but with the end of the early Goryeo period it disappeared. In order to uncover the reason and meaning behind this fact, we must understand the greater current of literary history in relation to the tendencies of history in general.

In the early Goryeo period, the lineage aristocracy that carried on the traditions of Silla were responsible for upper class literature while they reigned as the ruling power, so *hyangga* was perpetuated. With the Military Officers' Uprising in 1170, the ruling system of the lineage aristocracy collapsed, along with all support that would guarantee the survival of *hyangga*. The long period of early medieval literature had ended.

In the late Goryeo period, powerful aristocratic families ruled the nation, and the new literati grew as a competing power. The powerful aristocratic families had survived the Military Officers' Uprising and the Mongol invasions, and during continued interference by Yuan China they seized an unusual opportunity to gain power and land, but they did not have the ability to rebuild upper class literature. They encouraged the king, who only sought pleasure and excitement, they relieved ideological tension, they cared nothing for dignity, and they enjoyed folk singing and dancing. The new literati realized that this would lead to the collapse of the nation, and so they sought to establish an ideology that would reform the ruling system.

In order to correct the fundamental wrongs of the ruling class, who trampled on the lives of the people and abandoned themselves to hedonism, a fundamental change in the way of thinking was required. The new literati were originally local functionaries and thus had a close relationship with the common people and handled all sorts of affairs, but a new world view was required that went beyond their experience: a world view that properly understood reality, made moral principles clear, and understood these two, reality and moral principles, as a unified whole. This meant proposing an alternative to the early medieval philosophy of the mind that was established by highly advanced theoretical Buddhism, and this had to be carried out in a number of difficult steps.

Reforms in the basic aspects of literature accompanied these changes in philosophical thinking. These changes in literature did not follow any precedent, but were wholly unique, and the basic task the new literati set for themselves was the creation of a new branch of literature. Only by understanding that the history of philosophy and the history of literature are at once separate histories and a unified whole can we understand this fact. Literary branches are the products of their ages and concrete realizations of ideology are vital to understanding the history of literature, and having confirmed this we must go beyond the scope of literary research.

The *hyangga* had internalized the world by embodying the ideology of an age that placed importance only on the mind, but in the age when both the material and the way were considered important, a didactic poetry that globalized the self had to be newly established and a lyric poetry that internalized the world had to be recreated. For Korean language poetry, a unique creation that did not rely on foreign precedents, the early medieval era was the age of lyric poetry, while the late medieval period was the age of lyric poetry *sijo* and didactic poetry *gasa*. This is the clearest way of distinguishing between the early and late medieval periods.

This was not only true for Korean literary history. Vietnam was also an intermediate nation in the *Hanmun* civilization sphere, and so they created late medieval didactic poetry in almost the same way as Korea. If we broaden the scope of our inquiry, we can see that intermediate nations in a number of civilization spheres all developed ethnic language didactic poetry around the 13th century: the Tamil in the Sanskrit civilization sphere, the Persians in the Arabic civilization sphere, the French in the Latin civilization sphere, and so on. It is also widely confirmed that such central nations as China already had a didactic poetry, while peripheral nations like Japan either had no didactic poetry or did not deal with issues of philosophy in song and poetry.

The form of thought that placed importance on both the mind and the material can be found in every civilization sphere, and it caused a simultaneous introduction of the late medieval period around the world. There were even basic similarities in division of responsibility concerning the methods of embodying this change. A great teacher, such as Zhu Xi of China, emerged in the center of the civilization sphere and completed a common written language text that revised and systematized the fundamental principles of the common religion(be it Confucianism, Hinduism, Islam, Christianity, etc.) to include a recognition of the material. In the intermediate areas, which were unable to do this and thus fell behind, the cultivation of an ethnic language didactic poetry that expressed a new understanding of reality was offered as an alternative, leading the development of literary history. Nations in the periphery were in no condition to enter the competition.

The specific aspects of late medieval ethnic language didactic poetry are different from each country. In Korea, the didactic poetry of the late medieval period were Gyeonggi-style songs and gasa, and the lyrical poetry was sijo. Gyeonggi-style songs appeared first, and with their decline gasa become the dominant didactic poetry. Gyeonggi-style songs were short-lived, but gasa enjoyed a long life, playing an important role in the next era as well. Sijo are still around today.

5

The late Joseon period, after the Japanese Invasion of 1592, was the first stage of the transition between the medieval era and the modern era. The efforts to ensure the continuation medieval literature and the movement to establish a modern literature were intertwined in a relationship of conflict and harmony; it would be a mistake to call this period an extension of medieval literature, and it would be unreasonable to call it the starting point of modern literature. The transitional period between the medieval era and the modern era was not merely a transition, but an era that had its own distinct characteristics. There were two such periods: the transitional period between the ancient and the medieval era, and the transitional period between the medieval and the modern era.

The transitional period from the medieval era to the modern era cannot be given a concise, unique label, and we have no choice but to define its characteristics by referring to the dual character of medieval and modern literature, since the three-fold system of ancient, medieval, and modern is considered the starting point for the division of historical periods. We cannot, however, begin to describe the development of literary history by revising this three-fold system. It would be wiser to realize that reality is more important than terminology, and to view the revision of the three-fold system not as a prerequisite but a result of the task at hand.

The Japanese Invasion of 1592, which lasted for seven years, was a severe trial that forced appalling suffering on the Korean people, shaking the nation to its foundations. "Righteous armies" rose up around the country and reinforcements arrived from Ming China to repel the invaders. About a generation later, another disturbance occurred, this time in the north. Having founded the Later Jin Empire in 1609, the Jurchen(Manchus) eventually established the Qing Dynasty in China in 1644. Along the way they invaded Korea twice, once in 1627 and once in 1636, forcing Korea to suffer from the humiliation of defeat. The Jurchen and Japanese had been regarded as little more than inferior barbarians, and yet when they overran the civilized nation of Korea, the ruling class had no means of coping with them.

Having exhausted their strength fighting in Korea, the government of Japan collapsed and was replaced by the Tokugawa Shogunate, and the Qing Dynasty replaced the Ming Dynasty as the ruler of China. The Joseon Dynasty, though, was already two hundred years old and showing its limitations, and although it suffered from a decisive wound, it did not collapse but extended its lifespan for about another three hundred years. The excellency of the Joseon Dynasty, which was a model late medieval nation for not only East Asia but the entire world, acted as an impediment to historical development.

It was very fortunate that Korea was able to overcome the trials of the Japanese and Mongol invasions, but opinions varied on why this was possible and what it meant. Those who say that loyalty was absolute said that it was only by the aid of heaven that the king did not pass beyond the borders of the nation and the royal line was preserved. If we think of the dynasty and the people as separate, though, even though the ruling system of the dynasty was showing its limitations both internally and externally, the people were still capable and could thus repel the foreign invaders and protect the cultural community. When the ruling class weakens, it is only natural that a critical and creative force should rise up from the lower class. As seen in the "righteous armies" that arose during the invasions, the lower class grew and their resistance intensified.

Suffering from two wars and then entering into the transitional period from the medieval era to the modern era was a change that the three East Asian nations experienced together. Japan and China did not enter the modern era with the change in dynasties. However, while the Tokugawa Shogunate and the Qing Dynasty both established ruling systems appropriate to the transitional period from the medieval era to the modern era, effectively preventing the progression into the modern era, the Joseon Dynasty refused to abandon the ideals of the late medieval era and thus lost the ability to control society and aggravated the social contradiction.

No matter what the place, the most important social change of the transitional period from the medieval era to the modern era was the emergence of a bourgeois class that made their living through commerce and industry. This was also the period when the demands of the bourgeoisie for a change from a status-based society to a class-based society were rejected and the status system protected, leading to the coexistence of status and class. Qing Chinese society became one in which only those who passed the civil service examination were allowed to retain the highest status, while all others merely belonged to a class and had no status. The Tokugawa Shogunate bestowed on its bourgeoisie the status of chyounin(lit. "townspeople"), thus reestablishing the status system.

The Joseon Dynasty at first attempted to preserve the status system intactly. When the bourgeoisie gained yangban status, though, followed by wealthy farmers, the majority of the population came to have yangban status and the status system became powerless. The ruling class, which failed to understand that a more fundamental change was taking place, tried to heal the wounds of war and divert domestic criticism by proclaiming that the Joseon Dynasty was indeed the last bastion of medieval values against the barbarians of Japan and Qing China. For this reason, even some cultural movements that sought modernization had to accept these values as their basic premise, and their thorough objections were either made with great effort or grew violent.

The numerous records, testimonies, recollections, and imaginings from all walks of life that arose from war brought the history of Korean literature to a new stage. Faced with a severe trial, writers abandoned formalities that they had respected up until then and sought new ways of vividly expressing that which they had seen, felt, and lamented. This was the case with everyone, and so the gap between the upper and lower classes was narrower than it had ever been before. This was the starting point of the literature of the transitional period between the medieval era and the modern era.

Even the historical records or journals left behind by government officials carrying out their official duties report in detail the course of the war and the events after it ended, moving the reader with their realistic depictions of the wretched scenes and their expressions of grief. Their experiences were so new that they could not explain them, so they needed to make an unprecedented attempt to simply describe what they saw and felt. Such attempts were published in *hangeul*(the native Korean script) as well, proving that the usage of *hangeul* had increased.

With the emphasis on expressing sentiments, poetry was chosen in favor of prose. Even in *Hanmun* poetry, which followed traditional forms, the writers were not in a position to refine their writing, and so they put content first. In *sijo* and *gasa*, there were cases where the authors failed to bring to life the experiences and sentiments themselves, and thus relied on ancient events and introduced moralistic explanations into the text. In tales and novels, authors could only use those types that had been handed down.

Old rhetorical methods were at odds with the new experiences, and this problem took a long time to solve. In cases where the goal was to reaffirm medieval ideology, harmony was achieved by either reducing or watering down new experiences. When questions about the overall meaning of life were asked, even without a drastic departure from the old rhetorical methods, the discord of form and content actually had a positive significance. Shaping the logic of the new experiences themselves into the structure of the work was possible from the literature of the very lowest class.

6

The novel took its place as the literature of the transitional period from the medieval era to the modern era. What had previously been called "novels" were no more than the pioneering works of outsiders that were ahead of their time. The novel gained its own distinct form and grew in earnest as a new literary genre during the transitional period from the medieval era to the modern era, the late Joseon period(17th century and on). At the same time, the age of the novel was beginning in other East Asian nations and in Europe as well.

In order to understand the beginning of the age of the novel, we need to examine the history of the changing era as the structure of philosophical thought and literary genres meshed. As philosophy changed, a corresponding change occurred in literature as well, so this change can be explained through philosophical concepts and logic. It is a fact that the history of philosophy and the history of literature are both separate histories and a unified whole everywhere in the world, but in Korea this fact is particularly clear.

During the medieval era, the universe was understood to be a duality of the mind/the way/the principle reason and the material/the vessel/the material force. In the early medieval period the distinction was between the mind and the material: the mind was considered genuine while the material was considered false. and so lyric poetry, which expressed the mind, occupied the highest position of all literary branches. In the late medieval period, the mind was called "principle reason" and the material was called "material force". They were both considered important and raised up side by side, establishing a structure of thinking that enabled the coexistence of lyric poetry and didactic poetry.

In the transitional period from the medieval era to the modern era, principle reason and material force were considered at once separate and inseparable, but the theory of the duality of principle reason and material force were dominant, holding that material force was more important. The theory of the monism of material force refuted this, and held that principle reason was merely the principle of material force and did not exist separately. This philosophy corresponds with the novel, which expresses the conflict between *eum* and *yang(yin* and *yang)* in the realm of material force as the conflict between the self and the world in the fictional work. In the structure of the novel as well there are elements which follow the dualist theory and elements which follow the monist theory, leading to controversy surrounding the retrogression toward the medieval era and the progression toward the modern era.

The novel succeeded the tale, but displayed the inverse of its relationship between the self and the world. It overcame the tendencies of the legend, which asserted the supremacy of the world in the conflict between the self and the world, and the folk tale, which asserted the supremacy of the self in that same conflict, and established a serious structure of conflict characterized by mutual supremacy. The novel is markedly different from legends and folk tales, which were oral literature that were occasionally recorded, in that it was created as written literature. Literary composition methods could not be borrowed from the tale, so a separate model was needed. That model was the biography (*jeon*). In name and form, the novel paraded as the biography, transforming the didactic into the narrative, fact into fiction, instruction into entertainment, and support of the ruling ideology into criticism of it.

The mission of the biography was originally to judge the rights and wrongs of individuals in their biographies in historical records, seeking to instruct later generations. Then there arose personal stories that, unlike official biographies, anyone could write, and the content and expression in these stories became more free, producing works that drew closer to the novel. There are works that could be called intermediate works that show an overlapping of the biography and the novel. This does not mean, though, that the novel was a later modification of the biography. The novel was a rebellious child, disguising itself as the biography, plagiarizing its method of narrating people's lives, and gradually usurping the authority the biography had enjoyed. Not only in Korea, but in other East Asian countries as well, the novel began as a "mock biography," just as it began as a "mock confession" in Europe.

The relationship between the biography and the novel becomes the standard by which historical eras are divided. The period when there was only the biography and no novel continued through the early medieval era, and then the situation changed with the advent of the novel. The period during which the novel, which had been rejected because of its inferior position, posed as the biography was the first stage of the transitional period from the medieval era to the modern era. The reversal of positions in which the biography lost its influence and disguised itself as the novel was a change that occurred during the second stage of the transitional period from the medieval era to the modern era. In the modern era, the biography was excluded from the domain of literature and the novel wielded great influence.

The novel appeared and grew at the same time in each nation in East Asia, so a comparison is necessary. Through such a comparative study a number of questions about the Korean novel may be answered. The Korean novel was greatly influenced by the Chinese novel, and there were not a few translations and adaptations, but their basic characters were different. This is a difference that is best examined in relation to social history, rather than literary theory.

The transcription and, at the reader's discretion, adaptation of novels whose authors were unknown was something that only happened in Korea. In China, it was customary for an author to publish books under a pen name. In Japan, publishers requested manuscripts from authors and clearly stated the author's name when publishing these manuscripts, thus allowing them to maintain their popularity. It could be said that the novels of China were writers' novels, the novels of Japan were publishers' novels, and the novels of Korea were readers' novels.

Chinese novels, even those that were written in baihua, the colloquial language, could only be read and enjoyed by learned men. Japanese novels, which used *kana*(the vernacular script), were men's novels because of the characteristics of the content, not the language it was written in. Korean novels, though, were read mostly by women and actively addressed women's interests, and it is surmised that there were a significant number of novels written by women as well.

7

Modern literature is the literature of the period from 1919 to today. The literature of the period from the 17th century to 1918 is the literature of the transitional period from the medieval era to the modern era, divided into the first and second stages by the year 1860. In 1860, "Eastern learning" was founded and a collection of Eastern learning songs, was published, ushering in a new stage of the transitional period from the medieval era to the modern era. With the March First Independence Movement in 1919, the transitional period between the medieval era and the modern era ended and modern literature began.

As we enter the period of modern literature, the relationship between Korean literature and world literature increases dramatically, demanding a wide-ranging comparative study. In studying modern Korean literature, we must keep in mind the fact that the basic character of modern literature is the same everywhere, only the timing and the process by which modern literature was achieved differ. Compared with the literature of the preceding transitional period, modern literature differs in the following aspects.

During the transition from the medieval era to the modern era, Eastern Asia was one civilization sphere that produced a homogeneous and interrelated literature, but in the modern era the individual countries each went their separate ways. Japan renounced their Asian heritage, joined the ranks of the European imperialist powers and devoted itself to aggression. China suffered civil war in a semi–colonial state, and there was a severe ideological conflict in literary composition as well. Like Korea, Vietnam became a colony, but their ruler was France. Unlike most other nations in Eastern Asia, Korea was colonized not by a distant European power, but by its own neighbor.

For this reason, Korea was at a far greater disadvantage than other colonized nations in Asia and Africa. Firstly, modern Western literature was introduced second–hand by the Japanese, making a deep understanding of it impossible. Secondly, Japan was unable to secure the moral superiority needed to justify their colonial rule and thus enforced a military rule that leaned toward fascism, engaging in oppression that denied freedom of the press or of thought.

The first disadvantage seemed to be a difficult one to overcome. In terms of literary criticism, the indirect transplanting of modern literature did cause difficulties. However, in terms of actual literary composition, authors, whether they realized it or not, succeeded in carrying on the tradition of Korean literature and tapping into the wellspring of modern literature to create a national literature that may serve as a model for the Third World. The second disadvantage led to the misfortune of Korean writers having almost no creative freedom. Korean writers had to develop their literature differently than China, which went no further than a semi–colonial state, not to mention the colonial ruler of Japan. These two characteristics, though, did not cause literature to wither, but became a catalyst that led to a more faithful manifestation of the universal values of modern literature.

In Japan, writers who did not want to cooperate with the aggressors, but were oppressed for their proletarian literature and had genuinely abandoned the ideology of Communism, sought to create a literature that pursued sensibilities, as in the West. In China, literary critics who severely discussed the political ideology of the proletarian literary movement assumed leadership of Chinese literature. Korean writers cherished in secret inclined toward proletarian literature that was oppressed more harshly than in Japan and linked this with the national literature. They eschewed the slogans of struggle and focused on composition, using indirect methods such as allusion, symbolism, and satire to criticize colonial rule and express their desire for national liberation. Although they did not proclaim it, they took on the duty of leading the people, earning great trust.

In poetry, the surface chaos which is made following Japanese adaptation European literature did not go very deep. There were those who sought to revive *sijo*, and others who insisted that poets should follow the Japanese precedent and write free verse. Yet there were also those who leaned to neither side, but inherited and modified traditional rules of versification and manifested in their poetry the national resistance against the Japanese imperialism. The exceptional works produced by Yi Sanghwa, Han Yongun, and Kim Sowol were widely loved and considered a proud heritage of national literature, the likes of which cannot be found in either Japan or China.

Yi Yuksa and Yun Dongju, who died in prison toward the end of the colonial period, did not attempt to become political poets. Nor were they nationalistic poets. They merely expressed in simple lyrical poetry the desire to live truthfully and without shame, unconquered by the darkness of the age, and for this the Japanese government put them in prison and left them to die, making them martyrs for the cause of national liberation, proving that they had transcended such justifications as political ideology or nationalist consciousness.

The modern novel was established by Yeom Sangseop, and his Three Generations(*Samdae*, 1931) presented an unbiased a cross−section of the differences in ways of thinking and the severity of the struggle between ideologies that emerged along with the changes of the times. In Gang Gyeongae's The Problem of Humanity(*Inganmunje*, 1934), tenant farmers who could not bear the extortion of the landowners moved to the city and became factory workers, where they engaged in a bitter struggle with the factory owner. She depicted the typical process of proletarian struggle beneath colonial rule through a weak female protagonist and a style that showed a delicate sensibility. In *Muddy Stream*(*Tangnyu*, 1937), which carried on the tradition of pansori, Chae Mansik depicted the fate of one poor woman who could not deal properly with harsh reality because of her kind heart, alluding to the coming awakening of the people.

After liberation from colonial rule, Korea was divided north and south, and the writers of each side were cut off from each other and created different literatures. In the South, critics who claimed that the new currents of thought in European literature should be adopted were very influential, while in the North the goal was socialist realist composition. Both sides, though, attempted to write narrative poems and historical novels that would stand as monuments to national history.

6-5 Korean Studies in the Global Age

Distinguished guests and academic colleagues! Now we are attending an epoch-making academic conference. The international seminar for "Perspectives on Korean Culture," held here in New Delhi from October 7 to October 9 2005 is an important milestone in the international development of Korean studies and in the friendship between our two countries, India and Korea.

This conference is officially offered by The Center for Japanese and North East Asian Studies of Jawaharlal Nehru University, as Korean section is included in it. And this conference is actually planned, with the support of Korea Foundation, to commemorate the 10th anniversary of Korean studies programme and the 559th Hangul Day. Hangul, the Korean alphabet was made at October 9 1446.

Such an unusual situation inevitably brings to mind the unhappy memory of Japanese colonial rule over Korea. Independence is an indispensable condition for the normal growth of a nation as well as an academic field. I do not like isolation, and want cooperation. But each must be free to realize genuine mutual understanding and help.

Korea was one of the countries who lost their sovereignty and became colonies. The colonizer was Japan, a neighbour in the East Asian civilization sphere. This was a peculiar case. East Asia was a single civilization sphere with highly homogeneous and interrelated national cultures. When European powers invaded the whole world, the individual nations went their separate ways. Japan disavowed their membership in the East Asian civilization sphere and sought to join the ranks of the colonial powers. China became a semi-colony and suffered civil war. Vietnam lost independence and became a colony of France. Korea was colonized not by an European nation, but by an old friend, Japan.

For this reason, Koreans were more unfortunate than other nations in Asia and Africa that also suffered colonial rule. The modern knowledge of the West was introduced indirectly by way of Japan, making a deep understanding of it impossible. Japan failed to secure the moral superiority that would justify their colonial rule, and so enforced a military rule that leaned toward brutal fascism, utterly denying freedom of press or thought.

But Korea succeeded in inheriting two precious traditions: the high level of learning that originated with the East Asian civilization sphere and the creative varieties of national culture. Putting these indigenous abilities to effective use, she obtained independence, modernized socially, and developed economically. That is the reason why Korea became the forerunner of Third World countries.

Korean is divided into North and South. The military tension is still strong. Though a milestone in the journey toward peaceful coexistence has recently been reached, there are still many difficulties ahead before reaching the goal of a unified Korea. As the political situation is gloomy, cultural abilities have to offer a hopeful perspective. It is the great duty of scholars of Korean studies to correct the distortions of culture wrapped up in politics, and to put forward a persuasive alternative view based on wide ranging, in-depth research.

Accumulating the results of extensive research, we scholars of Korean studies have to prove and make widely known the fact that Korean people's long history and splendid tradition are the source of energy that will enable us to overcome the North-South division. While recognizing anew the homogeneity of the East Asian civilization sphere, we have to once again forge closer ties with neighboring countries. At the same time, we have to continue to clarify and discuss the ethnic differences and distinctive characteristics that have contributed to creating variety within this homogeneity. To achieve world peace and attain the kind of development of world history that we all wish to see, Korea has to go beyond pessimism by asking what East Asia can contribute from the viewpoint of idealism.

Currently, there is an argument going on over the assertion that Korea has to play a balancing role in East Asia. In relation to the military aspect this is completely unthinkable. In terms of politics there are also many difficulties, and a consensus has still not been reached. The state of affairs on the Korean peninsula has given rise to an even greater degree of anxiety. But in terms of culture, the claim that Korea can play a balancing role is perfectly reasonable. In this case it is not only possible, but also convincing and desirable.

In the East Asian civilization sphere, China has been at the center, Japan at the periphery, and Korea and Vietnam in intermediary positions. Maintaining a close relationship with both the center and the periphery, Korea had a good understanding of the overall extent and structure of the East Asian civilization sphere and was able to map out a middle way that avoided extremes. By conducting proper research into these historical origins and by being aware of both the center and the periphery, we will be able to make a positive contribution to bringing unity to East Asia once again.

Korea is facing various international challenges these days, including Chinese claims on the history of Goguryeo and Japanese distortion of history textbooks. But narrow-minded national defence is a worn-out countermeasure. Korean scholars must have a universal world view to persuade scholars of Chinese and Japanese studies to move in a different direction. To awake them to the fact that China's superpowerism and Japan's imperialism are impediments to scholarship, a more convincing view of history has to be developed.

To take this point one step further, we have to take up the task of expanding the field of comparative studies and establish a general theory that is applicable on a worldwide level. By going beyond nationalism toward universalism, we have to provide the direction that will lead all of mankind into the next era. Only Korean studies that are not just Korean studies are true Korean studies.

I have long conducted comparative research of Korean literature with the literatures of the other countries in East Asia, China, Japan and Vietnam, have obtained many meaningful and valuable results. If we are aware of the overall nature of East Asian literature, we can also clarify our understanding of the literatures of each country within the region. Furthermore, only by conducting comparative research into East Asian literature and the literatures of Europe and various other civilizations can we recognize their specific characteristics and speak with any authority about the entirety of world literature.

Comparative research is also necessary in order to discard our self-centeredness and come to an understanding of others. It's a big mistake to make the claim that globalization is an inevitable trend at this time while still pursuing the exclusive economic benefit of one's own nation or trying to transplant one's own values into another country. In order to correct this kind of mistake, we need to carry out genuine comparative research based on equality and a wide variety of perspectives.

Until now, comparative literature has tended toward microscopic studies and been devoted to proving relationships of influence. We now have to carry out macroscopic comparisons and make an effort to discover the points of difference and commonality in each independently established literature or culture. Comparative literature's most important tasks and goals must be to discard the bias of Eurocentricism, conduct research into the numerous literatures of the world from an equal viewpoint and illuminate the universal aspects and values of all of world literature.

Through broad comparative studies, I tried to find the Korean role in the global age. This is the answer. The most valuable contribution that the Korean cultural tradition can make is in the creative activity of harmonizing things that are essentially different in order to create new values. The wisdom that establishes harmony while acknowledging conflict and encourages growth while not denying antagonism is the best way of solving the countless problems that we face today.

On the basis of this principle, conflict is reconciliation and reconciliation is conflict. The idea that overcoming is becoming may be termed the "overcoming–becoming theory"(saenggeuk ron). The "overcoming–becoming theory" is the only way of expressing the term saenggeuk ron in English. The dialectic of the "overcoming–becoming theory" functions through the corrective tendency in "overcoming" to move toward "becoming."

We can ascertain the origin of this way of thinking in the Silla period. Writer Choe Chiwon who maintained that the profound Way (do) that existed in our country was also contained in Confucianism, Buddhism and Taoism. He stated that the manifestation and process of recreation that took place as a result of the fusion of our indigenous culture with Confucianism, Buddhism and Taoism was unusual and profound. In every age, figures such as Wonhyo, Iryeon, Choe Jeu and others established new systems of thought by absorbing cultures from various outside sources and recreating them by harmonizing them with the indigenous culture.

Husbands and wives, parents and children, and brothers and sisters, while believing in different religions and even engaging in arguments, still do not break off relations but continue to live together in harmony. From outside Korea this is an amazing thing that is difficult to understand, but Koreans consider it to be completely natural. This kind of wisdom that is necessary for our future is appearing for the first time in human history and is now being tested in Korea.

Korean mask dances dynamically demonstrate the paradoxical idea that conflict is reconciliation and reconciliation is conflict both between the characters that appear in the performance and between these characters and the spectators. In other forms of Korean performing arts as well, the appeal of performances that make our minds feel comfortable even while they increase our feelings of tension has given rise to the phenomenon of the "Korean Wave"(hallyu), which is currently receiving a rapturous welcome in many countries in East Asia.

Let's take a look at the Korean dish, bibimbab, which demonstrates a unique characteristic of Korea. The various ingredients, while continuing to exist in themselves, come together to form a harmonious unity, showing that overcoming is becoming and becoming is overcoming. New types of electrical products such as mobile phones, are created in this way and give pleasure all over the world.

Now the whole world is facing crisis. In order for us to be able to go beyond the increasing conflict resulting from competition in the fields of science and technology, and economy and politics, the humanities have the mission of demonstrating the rationality of living in accordance with such ideals as the unity of the human race. That is to say, we have to go beyond the clash of civilizations and strive for their reconciliation and unity. The most valuable tradition of Korean studies is the wisdom of humanities.

The situation in the world today is such that while class conflict has been eased to some extent thanks to the positive contributions of technological and economic development, a different kind of serious conflict, namely ethnic conflict, has become even more severe. Because of these ethnic conflicts, blood is being shed in numerous places around the world, such as Northern Ireland, Palestine, Chechnya, Iraq, Afghanistan, Sri Lanka and Tibet. The mission and task at hand for the humanities is to carry out research into the true nature of the main causes of these ethnic conflicts, such as religion, language, customs and history, and provide a diagnosis for them and insights with which to solve them. If we doubt the value of the humanities, then the future of the world looks dark indeed.

Even though we have to continue to strive for the improvement of living standards and social equality, life's satisfactions, such as internal, and spiritual fulfillment, which material development alone cannot provide, have to be provided by the humanities. From ancient times until the Middle Ages, the humanities held sway over scholarship. Then in recent times the social sciences have split off from the humanities and have taken pride in their own independent growth, while the natural sciences have emerged demonstrating their own power and pushing the humanities into the background. In order to go beyond the contemporary era and create a new era, the humanities have to come to the fore once again. It is the mission and task of the humanities to play the leading role once again in providing an overarching theory for all branches of scholarship.

The post—modernist idea prevailing in the West that history is coming to an end is a fallacy. There must be hope in the twenty—first century. We have to go beyond the conflicts of the present and create the next era in a more desirable way. The Western philosophy of history, while recognizing the defects and limitations of the present age, has been unable to put forward any alternative. This is the evidence of a failure of thinking. We cannot just stand by and watch while all that humanity has considered valuable up to the present, such as history, logic, values, and so on, for ridicule and rendered futile.

We have to engage in rigorous scholarship, equipping ourselves with sound logic and a proper set of values, in order to go beyond the present age and participate creatively in history as we go forward into the new era. The leadership role of the First World has come to an end, the opposition of the Second World has lost its effectiveness, and it is now time for the Third World to take the lead. In this regard, the cooperation between India and Korea is very important.

6-6 Historical Changes in the Translation from Chinese Literature:

A Comparative View of Korean, Japanese and Vietnamese Cases

Introduction

Translation is a core means to develop human civilization. Human civilization can be defined as the total sum of the creative inventions of all nations or ethnic groups in the world. But such an idealistic view is denied by the fact that each nation or ethnic group uses its own language which can not be understood by others. The only way to overcome the barrier, which hinders the unification of human wisdom, is translation.

Not only the verbal forms of the cultural products but also even the material devices can be exchanged and accumulated as far as they are translated or explained by translation. In the framework of the history of translation, the main currents of the development of human civilization can be revealed. But such a book as the world history of translation is not yet written and published. We are so much ignorant about ourselves.

In the European case, I can find Henri Van Hoof's *Histoire de la traduction en occident* (Paris: Duculot, 1991). This book explains histories of translation in France, England, Germany, Netherlands, and Russia, one by one, with many details. The author's erudition deserves admiration.

But translation is an international process, intermingled with each other among language groups. Partitioned into national divisions, its complexity is unreasonably simplified.

Now it is the time to try to formulate a dynamic theory of translation. Assembling data even carried out over the national levels can not solve the problems in the theoretical perspective. Both the traductology as an independent discipline and the translation studies within the field of comparative literature are until now too microscopic to understand the vital structure of translation.

The situation in East Asian translation studies

To find out an intercultural, dynamic theory of translation, the cases of the other civilizations beyond Europe must be verified. East Asian civilization can contribute much to this. But the actual situation is not encouraging. The translation studies in East Asia started late with European impact, and is preoccupied mainly with the topics about the one way traffic of importing European literature into each one's nation.

The reason of such undesirable deviation is that those scholars trained in Western academic societies have interests in translation studies, with an inner motivation to moderate the cultural shock felt by themselves. The East Asian classics are hard to understand for them. The wider problems of the translation among East Asian languages in the premodern age are left beyond their ability.

The specialists of classical literature of each East Asian country sometimes produced precious works of translation studies. But they are unknown not only to the readers of Western languages but also to the compatriots studying modern literature. And the scope of the translation studies of the specialists of classical literature is limited within the interrelation of two countries. The whole area of East Asian literatures has not come into view of modern scholarship.

Literary Migrations, Traditional Chinese Fiction in Asia(Beijing: International Culture Publishing Corporation, 1987), edited by Claudine Salmon, is a remarkable example. It provides wide information about how the traditional Chinese novels are translated in Asian countries, including Korea, Japan, Vietnam, Thailand, Malaysia, and Indonesia. Some outstanding papers of the specialists of each country are assembled by translation.

But it lacks a systematic view. There is no attempt to compare various cases to draw some general conclusion. The idea to understand the translation is too naive. China is the giver, and the other countries are the receivers. That is all. The problem of cultural interaction between the giver and the receiver is not considered.

To understand the case of the novel, we must think of its situation in the history of translation. The novel is the latest property of the translation from Chinese literature. So it must be compared with previous items of classics. The history of translation has to be based upon the periodization, and to contribute to improving it.

My idea to open a new horizon

So I would propose a new study in this paper. It is not an accomplished work, but a study plan with hypothetic assumptions. As it is impossible for me to provide all the details necessary for this work, I want helps from literary historians and comparists of the other countries. It is much desirable to meet counterparts for an international cooperative study.

As a scholar studying Korean classical literature, I wrote in the first time *Hangumunhagtongsa*(*A Comprehensive History of Korean Literature*)(Seoul: Jisiksanup Publishing Co., Ltd, 1982–1986) in 6 volumes, and then enlarged the main scheme for understanding literary history into *Dongasiamunhagsabigyoron*(*Comparative Study of East Asian Literary Histories*)(Seoul: Seoul National University Press, 1993). Now I am approaching the third goal, the world literary history.

In *Segyemunhagsaueheosil*(*Fiction and Facts in Writing World Literary Histories*)(Seoul: Jisiksanup Publishing Co., Ltd, 1996), I criticized 38 kinds of world literary histories, written in 8 Western and Eastern languages. And I proposed some new theoretical perspectives overcoming the eurocentric prejudice about understanding world literary history.[1] This paper is a partial work to prove the perspective ideas.

---

1 Its outline is presented in an article, "Toward a new periodization of world literary history" in my book *Korean Literature, in Cultural Context and Comparative Perspective*(Seoul: Jipmundang, 1997) It was presented originally at the congress of "Comparative Literature in Arab World" held at Cairo University, 20 December 1995.

Now what is needed above all is a macroscopic insight to understand the historical changes in the interaction between the unity and the variety of the literature on the civilizational level. In the medieval age, the unity of a civilization was supported by the common written language, while national vernacular languages promoted the variety. The interrelationship of these two aspects is the main point of my immediate research.

East Asia is a good example of a civilization which had a common written language in the medieval age. The translation from the literature with the common written language is the best item to identify the dynamics of a civilization. That's the reason why I selected the theme of this paper, "Historical Changes in the Translation from Chinese Literature: a Comparative Study of Korean, Japanese and Vietnamese Cases".

China, Korea, Japan and Vietnam were East Asian countries with a common heritage of medieval civilization. China was its center, and the other three were the peripheries to receive the influences coming from the center, in the relation of literary exchange as well as in other spheres of culture. But we must not think that the giver is superior and the receiver is inferior. The dynamics of the cultural hegemony were not so simple.

Korean, Japanese, and Vietnamese peoples regarded themselves as the legitimate heirs of the common heritage of classical literature. The literati of the three countries not only modified and recreated the borrowings from China, but also competed with Chinese counterparts to make their own distinct cultural world within the broader framework of the same civilization.

There were continuous translations from Chinese literature. But the characteristics of the translation were changed according to the historical stages. Changing characteristics mean shifts in cultural interaction and hegemony.

First and second stages of the translation from Chinese literature

In the first stage, the way to read Confucianist and Buddhist scriptures, written in classical Chinese, with each one's unique linguistic devices, was invented. Vietnamese people learned Chinese under Chinese rule. But they read Chinese texts with Vietnamese pronunciation. Koreans and Japaneses also invented respectively their own pronunciations to read classical Chinese.

The texts of classical Chinese read by Vietnamese, Korean, and Japanese pronunciations are not intelligible to Chineses. The visual aspect of the common classical language of East Asia confirms the unity of a civilization, the audial aspect its diversity. The term classical or written "Chinese" is inadequate, as it leads to misunderstanding of both aspects.

Vietnamese usage to call the common language of East Asian civilization as the "Han" is excellent.[2] It is an abridged form of the common term of the three countries, "漢文" *hanvan*(in Vietnamese),

---

2 Its usage is easily identified in the books written in Western languages and published in Vietnam. Nguyen Khac Vien et al., *Vietnamese Literature*(Hanoi: Foreign Languages Publishing House, date unkwown) is a good example.

Hanmun(in Korean), *kanbun*(in Japanese). But in Chinese "漢文" *hanwen* means another thing, Han dynasty prose. In this case, by majority rule, the Chinese term loses the qualification of the standard.

The literati of the three countries inherited preciously their ways of understanding the Han, the written language of East Asian civilization. And they did not study the colloquial Chinese, as it was regarded as without value. Only small numbers of professional interpreters were trained to speak Chinese.

A scholar of the seventh century, Sheolchong(薛聰) is known as a forerunner to invent the Korean method of reading the Chinese texts. Japan seems to have adopted the same method. In Japan it is used even now, as what is called *kundoku*(訓讀). That is the way to read the Han translating it.

During the first stage, until about the twelfth or the thirteenth century, the important Han classics were understood well by Vietnamese, Korean, and Japanese men of learning. So the Han classics became the common property of East Asia. Each member of the civilization had the equal right to use them with their own way. The examination selecting government officers by testing the ability to read and write the Han was launched in Korea in 958, in Vietnam in 1075.

In the second stage, Confucianist and Buddhist scriptures and some important works of the literary classics were translated into national languages. Vietnamese king Ho Quy Ly(胡季犛)'s translation of Confucianist scriptures, in the early fourteenth century, made the starting point of the new stage. Korean alphabet, *Humninjeongeum*(訓民正音), invented in the fifteenth century, played an excellent role for the same work.

In Japan the way of reading Han texts by translating was used continuously. So it was sufficient for Japanese people to publish the texts adding the marks for Japanese way of reading. The editing Han texts with such mark was called *Kundai*(訓解). *Tōshi Kundai*(唐詩訓解, *Poems of Tang Dynasty with Japanese Way of Reading*) is a good example of it.

Koreans abandoned such a method after inventing the Korean alphabet. By the new writing system, well designed for describing Korean oral language, the three domains of classics of the Han, Buddhist scriptures, literary works, and Confucianist scriptures, were widely translated. The second stage was clearly distinct from the first stage in Korea.

But in that period, the translated text did not replaced the original. It was a close translation to help to understand well the everlasting classics, and published with them in bilingual editions. The translation of Buddhist scriptures was rather freer than that of Confucianist scriptures, as it was designed to be read even by women. In the case of the literary works, the style or expression of Korean language used in the translation had to be an issue. So *Tusieonhae*(杜詩諺解, *Translation of Dufu*杜甫*'s Poems*) offered some excellent examples of the beauty of Korean language.

Third stage of the translation from Chinese literature

In the third stage, a new genre of Chinese literature, the novel became the favorite item for translation. The three other East Asian countries developed their own genres of the novel along with the Chinese one.[3] So the Chinese novel was not a classical model but a companion as well as a rival of the same age.

The novels of the four countries needed multiple exchanges of themes and techniques. But Chinese novel was the giver, and the others were the receivers, as in the previous stages. The reason is in the linguistic situation that Chinese novels could be understood by others, and the reverse was impossible. The translations among other three countries are very limited because of language barriers even nowadays.

Chinese novels, though they were popular literatures, were written in the classical Han. Some of them used a mixed style adopting colloquial Chinese. But is was not so difficult to read for the literati of the other three countries trained in the Han.

As the novel was not a classic, it was translated freely with wide adaptations. There was no idea about the copyright. Nor was there any distinction between the translation and the creation. Korean, Japanese,

---

3 The Korean term for the novel was soseol(小說, minor saying), which came from China. Its meaning was redefined according to the actual characteristics of Korean novel. Japanese term commonly used was gesaku(戲作, playful composition). The emphasis on the pleasure is given in the term, as Japanese novel was developed as a favorite article of commerce. Vietnamese novel tryennom(傳喃, tale in popular script) was written in verse.

and Vietnamese novels increased rapidly owing to active import of ideas and motifs. What they received was not decided by the giver's choice. Three countries showed their own tastes in selection and transformation.

In Korea Chinese *yanyi*(演義), the historical novel was particularly popular. *Sanguozhi yanyi*(三國志演義, *The Romance of Three Kingdoms*), by Luo Guanzhong(羅貫中) was read most widely with pleasure and had great influence. There were original works with many complete translations, partial translations, partial translations with additional adaptations, rewritings, and works using its motifs.

The Japanese favorite work was *Shuihu Zhuan*(水滸傳, *Water Margin*). Its Japanese translation, *Suikoden* produced many adaptations, such as *Honchō Suikoden*(本朝水滸, *Our Country's Suikoden*). In Vietnam the adaptations of *Xiou Ji*(西遊記, *The Pilgrim to the West*) enjoyed much popularity.

Some novels, which are evaluated as masterpieces, adopted Chinese sources effectively in discussing their own social problems. Korean *Ch'ŏnsusŏk*泉水石(*Spring, Water, and Stone*), Japanese *Nansō Satomi Hakkenden*南總里見八犬傳(*The Story of Eight Warriors Named Dogs of the Satomi Family in Nanso Province*), Vietnamese *Kim Van kiew*(金雲翹, *Mr. Kim and Van-Kiew Sisters*) are such works. They showed the culmination of East Asian premodern novel.

The unknown author of *Ch'ŏnsusŏk* borrowed the historical background and some minor characters from Luo Guanzhong's another historical novel *Cantang Wudai Yanyi*(殘唐五代演義, *The Romance of the Remained Tang and Wudai Period*). The fact that as the huge empire of Tang was collapsing, every traditional value was shaken was depicted vividly in it. But there is no catastrophe for those who understand the inner process of historical change and join in a new start. Such a theme was used, I think, to suggest the author's philosophy to overcome the medieval society.

Nansō Satomi Hakkenden was a major work of an outstanding Japanese professional novelist, Takizawa Bakin(瀧澤馬琴, 1767–1848). During the long period from 1814 to 1842, he worked diligently to write a huge masterpiece, even losing his sight. He gathered everything precious and astonishing in it. Adopting some plots from the most important rival work *Shuihu Zhuan* was indispensable. That made his novel colourfully and wonderfully interesting. He interposed in the novel several manifestations, written in classical Han, to announce his ambitious ideas to make an unprecedently novel.

Vietnamese writer Nguyen Du(阮攸, 1767–1820), during in diplomatic mission to China from 1813 to 1814, found a Chinese novel *Jin Yuan Qiao Zhun*(金雲翹傳, *Mr Jin and Yun–Qiao Sisters*), and translated it into Vietnamese with free adaptation. As he used a Chinese setting, it was possible to depict the decayed society vividly with critical sight. His inner message to regret the lost hope of people's revolution was expressed through the story that the heroine could not forget the lost love, living as a prostitute, sacrificed by cruel violence of merciless fate.

For further study

The three stages in the historical changes in the translation from Chinese literature were almost the same in Korea, Japan, and Vietnam. The three stages can be identified as the early medieval age, the late medieval age, and the transitional period from the medieval to modern ages. The peripheral countries began to approach to the universal civilization in the early medieval age, and made it their national properties in the late medieval age. and finally opened widely the polycentric directions of literary creation in the transitional period from the medieval to modern ages.

Similar stages of the historical changes in the translation from the literature of the common written language can be identified in other civilizations. Not only the East Asian civilization but also Sanskrit, Arabic, and Latin civilizations experienced a fundamentally same process of transformation from the early medieval age to the transitional period from the medieval to modern ages.

The changes of the characteristics of translation from the literature of common literary languages to the national literatures is a good proof to formulate a theory of the universal periodization of the literary history of the world. To prove such hypothetic assumptions, comparative studies covering wide ranges of human history are needed.

6-7 Traditional Forms of the Narrative and the Modern Novel in Korean and Other Third World Literatures

The shaman epic and pansori are two representative types of Korean oral narrative poetry in long form. The shaman epic is a part of shaman rites.[1] It presents, in sublime tones, heroic lives that follow traditional patterns. More than one hundred versions of the shaman epic have been collected. Pansori is a very popular performing art that is practiced by the Korean singer of the tales, called the kwangdae. The characters of pansori are ordinary people confronting social conflicts. Their fates are revealed in both realistic and satiric style, in a combination of sung passages and spoken passages.

These two types of narrative poetry played an important role in the formation of Korean soseol. Soseol is called xiaoshuo in Chinese, and shosetsu in Japanese. It is a written form of prose narrative or fiction. If we use the terminology for English literary genre, it is a romance as well as a novel. Applied to Korean literature, the English terms are troublesome. In French, it can be identified as a roman. There is no

---

1 This paper is based on my book written in Korean, *Hangugmunhaggwa Segyemunhag*(Korean Literature and World Literature)(Seoul: Jisiksanup Publishing Co., Ltd, 1991)

problem in referring soseol more generally as prose fiction. But the modern novel, it must be remembered, is a sub-genre of soseol. Another sub-genre is traditional soseol, or the traditional novel. So, in spite of English convention, the soseol, prose fiction, and the novel will be used as interchangeable terms. Not only traditional prose fiction but also the Korean modern novel are deeply connected with the shaman epic and pansori.

The assumption that the Korean modern novel is an imitation of a Western model is not valid. Traditional prose fiction with a history of five centuries was transformed into the modern novel through a process of indigenous change. Western impact was a secondary factor. Some writers utilized traditional techniques of narration with new intentions and effects. For example, Chae Man-shik's *Tangnyu* (*The muddy Stream*, 1937) is a social novel criticizing Japanese colonialism. Nevertheless, it borrowed its story pattern from one transmitted through the shaman epic and the technique of the narrator's ironical interference was introduced from pansori. The protagonist is a pitiful girl who sacrifices herself to save her family from bankruptcy. However, such a deed is not praised but mocked. A naive moralism must be denied to confront the realities of colonial society without illusion. Traditional techniques of narration effectively stimulate the reader's perception of this dilemma.

A similar case is found in a Turkish novel. Yasar Kemal's *Memed* (1955) is directly related to rich traditions of the oral epic and of destan. Destan is a widely distributed form of traditional storytelling in verse and prose, sometimes written and published. Destan (dastan in

Persian) is equivalent to Arabic qissa and Malayan hikayat. It is a truly international genre of traditional fiction. Any theory of the narrative that fails to consider it cannot have a general implication.

Yasar Kemal's *Memed* is a modern novel that faithfully follows the tradition of destan. In this novel, a young tenant reluctantly becomes a bandit to escape the landowner's oppression. He is feeble, and has no way to cope with the police. But his misfortune arouses a deep sympathy among the humble people in the story as it does from the readers of the novel. So he becomes easily identified with the great heroic bandit of the epic and destan. He cannot be defeated in any circumstances.

These two novels, *Tangnu* and *Memed* are not identical. In the Korean case, the traditional technique of narration was mainly used to arouse critical consciousness, while in the Turkish case was to stir fighting spirit on the basis of the precedent heroic narratives. But the fact that both novels inherited a common element indicted why the modern novel in many Third World nations cannot be presumed to be an imitation of the European models.

While it is true that European novel, as if it were a mirror, likes to depict social life, *Tangnu* and *Memed* belong to a tradition in which the author and the readers meet in an arena of literary performance to dispute about social problems. A basically identical process of the development of narrative literature, from oral epic to written prose fiction, from traditional prose fiction to the modern novel, is found in many countries with different cultures. But eurocentricism in literary theory, of which English terminology is the harbinger, hindered the realization of this aspect of universality in the history of world literature.

The relation between traditional genres and the Third World modern novel can be discussed in a wider scope. Classical biography is another archetype of the modern novel. The Egyptian writer Najib Mahfuz has shown us a good example. His novel *al–Miraya*(The Mirrors, 1972) is a direct adaptation of Ibn Khallikan's biographies of the 13th century, which presented 865 historical figures of the Arabic world in alphabetical order. Mahfuz introduced the biographies of 55 contemporary persons, in an alphabetical order. But they are fictive characters meant to demonstrate political conflicts within Egyptian society. Occasionally, folk customs and folklore determine the basic orientation of the modem novel. Nigerian novelist Chinua Achebe's *Things Fall Apart*(1958) and *Arrow of God*(1964) are well known examples.

Now it would be a good time to reconsider the fixed theory of the novel. The insistence that the genuine novel was produced in eighteenth century England can not be sustained. A little generalized view that the novel is the bourgeois epic of European civilization also must be revised, in the light of the fact that novels of other continents are not imitations of the European novel. The various types of prose fiction or native novels widely distributed around the world have their own histories. In many cases, the novel was derived from the epic. But the relationship between these two genres cannot be generalized along lines of European theories.

George Lukacs', and the other is Mikhail Bakhtin have formulated two influential European theories regarding the relationship between the epic and the novel. Lukacs said the novel is "die Epopöe der gotverlassenen Welt"(the epic of a world that has been abandoned by God). He insisted that the harmony "aporischen Heimat"(a priori home), the Greek epic, was lost so that the novel can not get rid of "transzendentalen Obdachlosigkeit"(transcendental homelessness). But this theory does not clarify the connection between the two genres on a factual level. The assumption that the Greek epic is the lost paradise of the novel has only a metaphoric meaning. It is a typically eurocentric barrier which hinders finding a general theory of the novel in world literature.

Bakhtin presented a more plausible opinion. He used the term epic not as a specific type of literature in a certain period. Rather, the epic is a high narrative with established norm and the novel is a low genre with anticanonical form. The epic and the novel, he insisted, coexisted from ancient times. What he called the epic is not limited to any specific example such as the Greek epic. The novel as he defined it can be also identified widely around the world. Thus Bakhtin seemed to furnish a more useful suggestion for a general theory of world literature. But as he considered the novel to be a nonhistorical genre, it is impossible to answer the question about the situation of the novel in literary history. The contrast of the epic and the novel as high and low narratives is also doubtful, as in wider spread of examples the novel posses more formal qualities as high literature than the epic.

The basis of Lukacs' theory that the epic disappeared and then the novel appeared may be true in European literary history, but not true in many other civilizations. Bakhtin's assumption that the epic continuously coexisted with the novel is imaginative. Examples from many other places like Korea and Turkey suggest that two genres related and coexisted for a while. Such epic is the oral epic. Only the oral epic is directly connected with the novel. The epic written early with cannonical style has the high prestige of classical literature. But the oral epic is a low genre in literary society. It sinks even lower when it becomes popular entertainment, and generates more vulgar variants, such as Korean pansori and Turkish destan.

The written versions of lower or vulgar oral narrative are the narrative prose fiction or the novels of the age of transition from the middle ages to modern times. From the outset, the novel was of higher status than the oral epic, because it had to adopt highly respected canons of written literature. The essential parts of the novel are derived from the epic and its later variants, but the novel evidenced an impulse to overcome its too humble origins by disproportionately imitating already respected norms.

Lukacs adopted Hegel's view that the novel is a bourgeois epic. Bakhtin regarded the novel as a low people's literature, in terms so broad as to be vague. But I think the novel was born as a joint effort of the people, the aristocracy, and the bourgeoisie. Popular tradition and aristocratic norms are introduced into it by forerunners of the bourgeois writers. The multifarious characters of its world do not make its form loose but, rather, produce intensified conflicts in structure as well as in world view. Faced with Western impact, the traditional techniques of non−European narrative could either become disintegrated or be fortified. To fortify it, one had to revitalize even already neglected attributes oral narrative poetry, just as Chae Man−shik's *Tangnu* and Yasar Kemal's

Memed.

There have been continuous attempts to prove an indigenous rise of the modern novel among Indian, Arabic, and African literary historians. But the results are not so satisfactory. One reason lies in terminology. In most cases, the terms epic and novel are used only in their European meanings. So there cannot be a general discussion of world literature. It is not also desirable to use each scholar's own native terms. The words, narrative poetry, fiction, modern fiction seem to be neutral. But they do not designate specific genres in literary history. So I have used the epic and the novel as general terms, regardless of English convention. If English is used as an international language, its terms must have general meanings, at least in an expressly comparative framework.

Another reason why Third World literary historians cannot explain the indigenous rise of their modern novels is their own neglect of popular, vulgar forms of the traditional narrative. In India, hundreds of thousands of copies of dastan(qissa) were sold.[2] But those who search for the origin of the Indian modern novel do not give attention to them.[3] A large scale comparative study about various forms of traditional novels in the Third World, such as soseol(xiaoshuo, shosetsu), destan(dastan, qissa),

---

[2] Such a fact is well explained in Frances W. Prichett, *Marvelous Encounters, Folk Ramances in Urdu and Hindi*(Riverdale, Maryland: The Riverdale, 1985)

[3] There is no mention of dastan not only in T. W. Clark ed., *The Novel in India: Its Birth and Development*(Berkeley: University of California Press, 1970), but also in Meeakshi Mukherjee, *Realism and Reality: The Novel and Society in India*(Delhi: Oxford University Press, 1985); and C. D. Narasimhaiah and C. N. Srinath eds, *The Rise of the Indian Novel*(Mysore: Dhanynloka, 1989)

hikayat, must be planned. A general theory of a world history of the novel can be formulated upon such a study.

The eurocentricism of literary theories, which reduces world literature to a literature of the First World, is an old fashioned world view, but not one easily overcome. The negation of the universality of First World literature was initiated the theorists of the Second World. But it was not carried out to a satisfactory stage, because the authorized methodology of the Second World was inadequate for the understanding of literature, and continued to neglect Third World literature. The scholars of the First and Second World gradually lost their enthusiasm and the perspective for developing general theories of world literature and rewriting its history. In great measure, that task falls to Third World literary theorists and historians. But such a change is not so clearly recognized among the poisons immediately concerned. Mutual exchanges and discussions are very limited.

One concrete difficulty in formulating theories of world literature, which Third World scholars try to initiate, lies in the problems of language. I myself currently depend on English as working language, instead of any Third World language. Literary works and studies of Third World countries cannot be comprehended mutually. It is impractical and difficult to abandon already established terms of literary theories. So I think it is indispensible and desirable that the scholars of the First, Second, and Third Worlds co-operate to re-examine world literature.

Such a macroscopic, intercultural comparative literature is very important. The theory of the novel, which is, in a sense, a worn-out subject of study without any expectation of remarkable results, has changed into a crucial issue by a newly enlightened view of world literature. This paper has only begun to turn in that direction.

6-8 The Medieval Age in Korean, East Asian, and World Literary Histories

1

When I wrote 5 volume *Hangugmunhag Tongsa*(*A Comprehensive History of Korean Literature*) (the first edition was published in 1982–1988, the fourth and most recent edition was published in 2005)[1], it was not easy to formulate a general scheme for the work. Listing relevant materials in a chronological order was not sufficient. Theoretical argument was indispensable from the outset.

I seriously examined the popular periodization that is consisted of the ancient, medieval, and modern ages. Its defects are plain to see: as a eurocentric conception, it may distort the histories of other civilizations, and,

---

1 Seoul: Jisiksanup Publishing Co., Ltd. One-volume abridged version has been published in French: Cho Dong-il et Daniel Bouchez, *Histoire de la littérature coréenne des origines à 1919*(Paris: Fayard, 2002)

as it is cultivated and promoted in social history, it neglects the autonomy of literary history.

A proponent of so called the total history, Marc Bloch recently reaffirmed that the medieval age was the feudal society which divided power and land.[2] And he insisted only Western Europe and Japan honourably passed such a stage. Scandinavia was mentioned reluctantly when it had undeniable relations with the core of Europe.[3] The other civilizations were not considered. Such a one-sided theory makes the situation worse. The hope of a universal understanding of world history seems to be a fantasy.

The periodization of the ancient, medieval, and modern ages explains only a specific aspect of world history, and without any convincing result. What is the common characteristic of the literary products of those two societies, Western Europe and Japan, that divided power and land? There is no answer forthcoming.

One way to avoid such an absurd universalism is isolationism. That is, to write each nation's literary history within its particular framework. Most works of national literary histories prefer to use indigenous terms which refuse to be translated into other languages.

This is not a desirable solution. There are two fatal defects in it: various doctrines of isolationism conflict with one another without any reasonable solution, and the hope of a general view of world literary history disappears. Then literary historians will not be able to defend themselves against the accusation that they are the most retrogressive, narrow minded,

---

2 In *Société féodale*(Paris: Albin Michel, 1968)

3 Marc Bloch's Europe is "Europe Occidental et Centrale"(*ibid.*, p. 15)

and nationalist of all academic researchers.

2

I was determined to find a new starting point. That is to define the ancient, medieval, and modern ages in the context of the Korean literature, and to test the validity of this definition in East Asian, and world literary histories. The criterion I used was not social history but linguistic change. The key concept in my definition of the medieval age is diglossia, the relation between high and low languages.[4]

When the common written language of East Asia, classical Chinese(漢文, *Hanmun* in Korean, *kanbun* in Japanese, *hanvan* in Vietnamese) was adopted as high language in Korea, the stage of diglossia began. This was the medieval age. Medievalization[5] was more clearly manifested in linguistic history than in other histories.

Before that time there was only oral literature. That was the ancient age in Korean literary history. In the modern age, diglossia was abandoned, and the former low language, vernacular Korean took the place of the official language and became the national language. An understanding of such changes leads to a very simple, clear, and useful way of periodization.

The introduction of classical Chinese was accompanied by ideological

---

4 The conception of diglossia is well defined and used in Francis Britto, *Diglossia, a Study of Theory with Application to Tamil*(Georgetown: Georgetown University Press, 1968). Tamil's case is similar to Korea's.

5 The word "medievalization" is not found in the *Oxford English Dictionary*(Oxord: Claredon, 1987). But it must be used as a basic term equivalent to "modernization".

change.[6] Official recognition of Buddhism in 372 was an important landmark, and Confucianism followed. From that time on, classical Chinese played an indispensable role in religious and political life. The monumental inscription at the tomb of king Gwangaeto(廣開土, whose name means "the opener of wide territory"), made in 414, is a good example of a early literary work using classical Chinese.

Written literature in the Korean language began with songs inscribed in Chinese characters. The writing system was called as *hyangchal*(鄕札, "native writing"), the literary genre was *hyangga*(鄕歌, "native song"). "The Song of the Comet"(彗星歌), composed by master Yungcheon(融天師, whose name means "coordinator of the heavens") in 594, is the earliest known example. From 1446 literature in the Korean language was written in the newly made alphabet *Hunminjeongeum*(訓民正音, "The Propper Sounds for Teaching the People").

During the long medieval age, high language — classical Chinese — and low language — vernacular Korean — produced different literatures. But themes and motifs were used interchangeably. Yi Gyubo(李奎報), the 13th century poet used classical Chinese to write national epics recreating the tradition of nation-founding myths. The leading neo-confucianist of the 16th century, Yi Hwang(李滉) composed his *sijo*(時調) works, a type of lyric poetry, in vernacular Korean, with philosophical themes.

There were many translations between high and low literatures. The

---

6 summarized the outline of Korean literary history in my book written in English, Cho Dong-il, *Korean Literature in Cultural Context and Comparative Perspective*(Seoul: Jipmundang, 1997), pp. 7-30

interrelationship between the two literatures is an everlasting and fruitful field of study for Korean literary historians. Such experiences help open a new horizon for understanding literary history in a wider scope.

The balance between the two literatures was changing. During the first period, which I call the early medieval age, high literature dominated low literature. In next period, the late medieval age, from the 13th century, there were noticeable attempts to promote low literature. In the age of the transition from medieval to modern literatures, from 17th to 19th centuries, low literature flourished and made high literature come close to it.

To clarify the sub-divisions of the medieval age, I added a second criterion of periodization, that is to say the change in literary genres. In ancient literature, the oral epic was the most important. But dominant genre of medieval literature was lyric poetry.

In late medieval literature, the lyric poetry *sijo* coexisted with the didactic poetry forms of *gyeonggichega*(景幾體歌) and *gasa*(歌辭). *Gyeonggichega* is rather short stanzaic verse and *gasa* is rather long verse without stanzas. In the age of the transition from medieval to modern literatures, the canons of existing genres were shaken and a new genre, the novel appeared.

Changes in literary genres were related to social history, especially to the replacement of literature-creating groups. When the warriors' hegemony passed on to the intellectual aristocrats, the lyric got the leading role instead of the epic. Newly emerged literati with realistic world views, called *sadaebu* (士大夫) created the didactic poetries of the late medieval age. From the age of the transition from medieval to modern societies, newly emerging bourgeois contributed much in promoting the novel.

3

What I have said so far can be summarized in four propositions: (a) written literature began in the medieval age; (b) The coexistence of high language — classical Chinese — and low language — national vernacular — is the characteristic of medieval literature; (c) the dominant genre of medieval literature was the lyric, but in latter medieval literature the lyric poetry coexisted with didactic poetry; (d) in the age of the transition from medieval to modern literatures, the canons of existing genres were shaken and a new genre, the novel appeared.

Can these propositions be applied to the literatures of other East Asian countries, using classical Chinese as common written language?[7] I selected China, Japan, and Vietnam as representative examples of East Asian countries. The result of the investigation is as follows:

	China	Japan	Vietnam
(a)	−	+	+
(b)	+	+	+
(c)	−	−	+
(d)	+	+	+

Vietnam has 4 +and no −, just like Korea. In (b) Vietnamese authors

---

7 To answer this question I wrote *Dongasiamunhagsa Bigyoron*(*A Comparative Study of East Asian Literary Histories*, Seoul: Seouldaehaggyochulpanbu, 1993) and *Hanaimyeonseo Yeoreosin Dongasiamunhag*(*One and Many East Asian Literatures*, Seoul: Jisiksanup Publishing Co., Ltd, 1999)

using classical Chinese produced not only national but also anti-Chinese works, best exemplified by the works of Nguyen Trai(阮廌) (c) Vietnam had the didactic poetry *fu*(賦), similar to Korean *gasa*. The two poetic forms dealt widely with living experience, moral problems, and practical knowledge.

Japan has 3 +and 1 −. (c) is −, as there was no didactic poetry in Japan. There is also a speciality in (b): national vernacular literature played an important role from the early medieval age. The Japanese *waka*(和歌) produced more abundant works than the Korean *hyangga*. *Genjimonogatari* (源氏物語) also exemplified that tendency.

China has 2 + and 2 −. (a) is −, as Chinese written literature began in the ancient age. So in (b) the distinction between languages is not clear. The literature using low language, *baihua*(白話), developed later. (c) is −, as the Chinese didactic poetry *fu*(賦) appeared before the medieval age. Though Chinese *fu* and Vietnamese *fu* have same name, their historical positions were quite different.

My theory can be said to have gotten 9/12(3/4) approval in East Asian literatures. Now it has become possible to have a common periodization of East Asian literature, through which each nations' specialties can be closely compared. Such a result suggests that a general theory of world literary history may be possible.

4

Classical Chinese was not a unique common written language. Other civilizations also have their own common written languages: Sanskrit in

South and South-east Asia, classical Arabic in West Asia and North and East Africa, and Latin in Europe.

Just as classical Chinese was the vehicle of Confucianism and Buddhism, the other common written languages were used respectively as the official medium of the religions of their civilizations: Sanskrit for Hinduism and Buddhism, classical Arabic for Islam, and Latin for Christianity. Common written languages are the most distinctive mark by which civilizations were divided.

The era of the common languages was the medieval age in world history. During that time, from approximately the 4th to the 19th centuries, the diglossia of high language literature and low language literature coexisted in a large part of the world. It ranged from Japan in the East to Morocco in the West, from Iceland in the North to Madagascar in the South. In such homogeneity we can best see the unity of world literary history.

Unity does not exclude diversity. Innumerable literary works have their own peculiarities, and it is impossible to make a general theory comprising all of them. But such diversity is not chaotic. With a macroscopic view, we can identify much of this diversity as systematic transformations of this unity.

The relationship between the unity and diversity of literary history can not be identified in any single national literature. I tested it by comparing East Asian literatures. The results achieved in one civilization have to be compared with the cases of the other civilizations. This is the best way to formulate a general theory.

China's characteristics, written literature beginning in the ancient age and low langage literature developing later, were well manifested in the central parts of other civilizations. Also in the cases of Sanskrit, classical Arabic, Latin, the homelands of the common written language lagged behind in vernacular literature.

Japanese national vernacular literature played an important role from the beginning of the medieval age, and this was a common trait of the peripheries. Java, Swahili, and Scandinavian literatures showed similar achievements. It is quite natural that among Scandinavian countries, the most remote country of Iceland was the best pioneer of national vernacular literature. The Icelandic *saga*[8] led medieval national vernacular literatures all around the world.

The problem of didactic poetry needs more detailed investigation. Not only Classical Chinese but also Sanskrit and Latin literature produced many written works of didactic poetry in ancient age.[9] That is the characteristic of civilization centers.

Japan did not participate in making didactic poetry, so the lyric completely dominated the domain of poetry. Such an exceptional tendency similar to the modern conception of poetry, can be said to be a peripheric choice. It is necessary to find other literatures to compare with the Japanese case.

Korea and Vietnam are situated in the intermediate area of East Asian civilization, between the center and the periphery.[10] There are many other

---

8 Régis Boyer, *Histoire des littératures scandinaves*(Paris: Fayard, 1996), pp. 39–57

9 In Arabic case it was oral didactic poetry, as there was no written literature. See Albert Arazi, *La réalité et fiction dans la poésie arabe ancienne*(Paris: G.-P. Maisonneuve et Larose, 1989)

10 Immanuel Wallestern's terms "the center", "the semi-periphery", "the periphery" are

countries, also in the intermediate area of their respective civilizations, that eagerly wrote didactic poetry in the vernacular. Tamil, Persia, France and Germany are good examples.

Their vernacular didactic poetries offered new insights into problems of understanding and evaluating living condition, impacted from the center. That was the most valuable achievement of late medieval literature. The age of the transition from the medieval to modern literatures continued this trend and broadened its scope.

The fact known from Korean literature that newly emerged literati with realistic world views made the didactic poetry is also true in other countries. In Europe they are identified as first intellectuals.[11] They had a deep bond with the peasantry, in some places with the bourgeois. The world view of vernacular didactic poetry is a joint work of the reasoning and experience of intellectuals and lower people. This is a typical instance that shows how changes in literary genres were related to the replacement of literature-creating groups.[12]

---

the product of the center oriented prejudice. His opinion that world system was made with the capitalism reflects the modernist view of history.

11 Jacques Le Goff, *Les intellectuels au Moyen Age*(Paris: Seuil, 1957)

12 My theory of literary history explained in this paper is discussed in detail in many books written in Korean. Gongdongmuneomunhaggwa Minjogeomunhag(*The Literature of Common Written Language and the Literature of National Languages*, Seoul: Jisiksanup Publishing Co., Ltd, 1999), Segyemunhagsaeu Jeongae(*The Development of World Literary History*, Seoul: Jisiksanup Publishing Co., Ltd, 2002) are the most important.

5

The periodization of the ancient, medieval, and modern ages obtains new meaning by my approach using two tactics. One tactic is to start with Korean literature and continue on to East Asian literature and world literature. The other is to begin from linguistic history and move to the change in literary genres and the replacement literature—creating groups.

The former tactic can be changed according to researcher's situation. One uses the literature which one is familiar as a starting point for broader view and deeper insight. But the latter is unchangeable in any case. The epistemological process going from known result to hidden cause is a reliable means to restore the relationship between literary history and social history.

There is no single key to understand world literary history. The distinction between major literatures and minor literatures is mistaken. All literatures, in any place, contributed respectively to making world literature. We have to make an unlimited effort to find the whole process systematically by comparative studies on a broader scale.

To advance the study of literary history to a desirable level, we have to go beyond national limits. Each nation's literature has to be understood as a part of the literature of a civilization. Further, inter—civilizational comparative study is a better goal, from which general theories can be formulated.

During the medieval age, the nations in the center, in the intermediate, and in the periphery of each civilization each played an important role. The literatures produced by nations in a similar situation within their respective civilizations show remarkable homogeneity. There are many interesting themes for comparative study to be found here.

6

Roughly speaking, Korea and Middle Europe as the intermediates, Japan and Scandinavia the peripheries, offer many interesting themes for close comparison. Japan and Scandinavia were the homes of the *Waegu*(倭寇, *Wakou* in Japnese, *Wokou* in Chinese) and the Viking, two forces of peripheric revolt. The fact that Japan and Scandinavia were promoters of vernacular literature might be closely related to this. Japanese *gunkimonogatari*(軍記物語) can be compared to the Icelandic *saga*.

The divisions between the intermediate and the periphery vary. Among Scandinavian countries Denmark is close to the intermediate. Denmark's search for identity in the common heritage of medieval Europe is similar to the Korean case.[13]

The Christian monk Saxo Gramamticus' Danish history *Gesta Danorum* written in Latin has a good counterpart in Korea. Buddhist monk Iryeon (一然) wrote Korean history *Samkukyusa*(三國遺事, *Memorabilia of the Three Kingdoms*) in classical Chinese, at almost the same time during the late medieval age. These two authors insisted that there were glorious national histories based on mythical evidence before Christianity or Buddhism came and imposed a new order.

---

13 Brian Pastrick McGuire ed., *The Birth of Identities, Denmark and Europe in the Middle Age*(Copenhagen: C. A. Reitzel, 1996)

Mutual dependence as well as conflict between the religious universalism of the whole civilization and the national identity with original tradition are the principal subjects of these two historical writings. This can be understood as a typical intellectual orientation of intermediate countries. To formulate a general theory from this idea, broader examples from other civilizations must be examined.

6-9 Toward a New Theory of the Periodization of World Literary History

The theory of the periodization of world literary history on the basis of temporal division into the ancient, the medieval, and the modern ages was established by European scholars in the nineteenth century. This approach can explain the development of European literature well. Although there are continuous discussions about the problem of how to define the distinctive characteristics of each age, there seems to be no fundamental question raised as to its validity. However when this theory is applied beyond its own territory, it is most likely to distort the history of world literature by virtue of its eurocentric prejudice.

Let us take a well known example as a starting point. John Macy's *The Story of the World's Literature*(New york: 1925) is perhaps the most systematic work on the history of world literature ever written in the

English speaking world. The author showed convincingly the process of change in European literature, dividing the periods into the ancient, medieval, and modern ages.

But in his schema all non—European literatures are regarded as stuck within the period of ancient age. Only some scanty examples of Chinese, Japanese, India, Arab, and Persian literatures are mentioned in one chapter entitled "The Mysterious East", included in the part on ancient literature. Something one does not understand seems to be mysterious.

The reason why the author denied even the existence of the medieval age in the non—European literature history is not a matter of mere ignorance. To prove European superiority, it might have been indispensable for him to damage the totality of world literary history. What is more disappointing is the fact that in England or in the United States until now there is no new work published to replace this scanty book.

In France, a massive and ambitious history of world literature, 6 volumes of *Histoires générales des littératures*(*General Histories of Literatures*)(Paris: 1961), edited under the direction of Piere Giaon, was published. The general scheme of its periodization is more extended, as follows.

1 The first known literatures

2 The ancient age

3 From the ancient to medieval ages

4 The medieval ages in Europe and other places

5 Sixteenth century Europe: dawn of a new age

6 European "royal authorities"(seventeenth–eighteenth centuries)

7 Romanticism through 1848

8 1848~1945

9 After 1945

In 4 "the medieval ages", not only European but also many non–European literatures of the medieval age are introduced. In this respect, we can say this book advanced beyond the level of a rudimentary Eurocentric obstinacy. But the modern age, from 5 to 7, is a European monopoly. Other literatures are not allowed to get share in it. So the discrepancy that the history of European literature is continuous while that of non–European literatures is manifested at a glance. The spans of inclusion for some representative examples of individual literatures are distributed as follows. The numbers indicate the ages.

	1	2	3	4	5	6	7	8	9
Latin		2	3	4	5	6			
Italian				4	5	6	7	8	9
French				4	5	6	7	8	9
English				4	5	6	7	8	9
German				4	5	6	7	8	9
Russian				4	5	6	7	8	9
Indian	1	2	3	4				8	9
Chinese	1	2	3	4		6		8	9
Iranian		2		4					9
Japanese			3	4		6		8	9

Arab	3	4			8	9
Indonesian					8	9
Vietnamese						9

This chart distinctly betrays what is a Eurocentric prejudice. the pride of the European literary history is its continuity. Latin literature is directly followed by Italian, French and some other literatures. Every national literature in Europe, once started, enjoys everlasting life. But the histories of non—European literatures are interspersed with vacancies. Such discrepancy is, in fact, the main theme of this book.

In the histories of non—European literatures, the ages of 5, 6, 7 are generally omitted. It is an unusual exception that Chinese and Japanese literatures are acknowledged to have 6. China and Japan must thank the writers for such preferential treatment. On the contrary, Iranian literature is notably in tatters. The history of the Indonesian classical literature, in Javanese or in Malay, is cut off. Almost the whole history of Vietnamese literature, which is indeed not shorter than French literature, is virtually eliminated.

The non—European literatures of the age of 8, or 9 are considered not to be indigenous but transplanted from Europe. So the Vietnamese and many other peoples not shown in the chart, such as the Burmese, the Thai, and the Cambodian, are treated as incompetent in literary creation. Korea is not enlisted even in the chart of the failures.

From the nineteenth century to recent times, Germans have been more enthusiastic than other European peoples in writing histories of world literature. Among their abundant works, the most voluminous and the most up-to-date one is in 25 volumes, with a rather unsuitable title of *Neues Handbuch der Literaturwissenchaft*(*New handbook of Literature Study*)(Wiesbaden: 1978–1984), edited under the direction of Klaus von See. This book seems to be the largest product of literary study ever published in the world. But its view point is more disappointing than the previous works.

Each volume of this book is planned so as to cover an age. Some important ages extend over two or three volumes. Among 25 volumes, only four are for non-European literatures. Volume 1 is for the ancient Orient. Volume 5 is for the Orient of the medieval age. Volumes 22 and 23 are for Asian literatures. In this book the terms "Orient" and "Asia" designate different regions. West Asia and north Africa belong to the "Orient", while "Asia" is East Asia.

From volume 1 to volume 2, the literary history of Europe and the Orient is treated in chronological order. But there is a distinct inequality. Europe is the main area; the Orient is an adjunctive part of it. Every stage of the European literary history, from the ancient to the contemporary age is fully explored in as many as 22 volumes, while the whole literary heritage of the Orient is crammed in two volumes. According to this book, Oriental literature, including Arab literature, ceased to grow after the medieval age. Such a view is a typical Orientalism.

The literature of East Asian peoples is not degraded to an adjunctive part of European civilization. It is cut off from the main part of the world history, and exiled to last few volumes. which are in fact the appendix. Chinese, Japanese, and Korean literary heritages are introduced separately without a common periodization, so they are scattered in isolated fragments. In this case, the term Orientalism is too gentle to describe such a wild apartheid.

On the other hand, Russia attacked the fallacy of the bourgeois view of the world history and boasted of presenting a progressive and scientific alternative. Among Russian critical works, the literary history appeared rather late, when soviet ruling system was collapsing. The ambitious work of Gorky Institute of World Literature, *История Всемиой Литратуы*(*History of World Literature*)(Moscow: 1987−1995) was planned to be completed in 10 volumes. 8 volumes dealing with the period from the beginning of literature to 1917, have been published. The other 2 volumes are unpublished, or not yet written. Each volume deals with a specific age as follows.

1 Primitive and ancient literatures

2 Medieval age literature, from the second−third century to the early thirteenth−fourteenth century

3 From the late thirteenth−fourteenth century to the sixteenth century

4 The seventeenth century

5 The eighteenth century

6 From the French revolution to the middle nineteenth century

7 The late nineteenth century

8 From 1880, the beginning of imperialism to 1917, Russian socialist revolution

In the magnificent introduction, two important principles are manifested. One is to follow the Marxist view of history. And the other is to overcome the Eurocentricism. These two are, however, contradictory each other. Marxist periodization of world history is, from the beginning, essentially a Eurocentric view; whether or not the troublesome insistence on an Asiatic mode of production is accepted. There is no way to overcome its inherent deviation. The only possible means to avoid the Eurocentric view is to adapt Marxism rather flexibly.

In the above chart designating each period, the term "modern age" is not used. From the late thirteenth—fourteenth century, the periods are in fact divided according to the stages of development of capitalism in Europe. But as such division is not explicit. It seems to be natural to arrange non—European literature from volume 3 to volume 6 in a sequence. Eurocentricism is overcome in appearance. But in the inner reasoning, non—European literatures are troublesome parts of world literary history, because they do not adhere to the law of historical development.

Non—European literatures are treated in each period covered on the grounds that they are contemporary with the European literatures introduced. There are no diachronic and synchronic connections made among non—European literatures. And the insistence that, from the age of volume 7, non—European literatures could join in the world literary history thanks to the extending influence of Europe is reaffirmed. In this respect, the second world's theory of the history of the world literature is not different from that of the first world.

Now it is time to formulate a truly universal theory for the writing of a history of world literature. It is a waste of time only to blame the Eurocentric prejudice or to bog down in analyzing and criticizing Orientalism. We must clearly realize the Third World's mission is to open a new horizon for human wisdom, and begin the creative process of writing the true history of world literature.

The theory of the periodization of literary history is at the very core of the project. I began to formulate the Third World's alternative theory of the periodization, from the history of Korean literature. In *Hangugmunhagtongsa*(*A Comprehensive History of Korean literature*) in 6 volumes (Seoul: first edition 1982–1986, third edition 1994), I proposed my theory for the first time. And in my next work, *Dongasiamunhagsabigyoron* (*Comparative History of East Asian Literatures*)(Seoul: 1993), those already formulated ideas were extended and verified. Now I want to apply them to the literatures of the other civilizations, and to map out a general theory of world literary history.

Until now Korean literature has often been excluded from the world literary history. East Asian literatures have been pushed far away from the European cultural center of the world. So it is quite natural that there should be a revolt from these outlying districts, from these proletarian regions. But we do not want to forcefully overthrow the European hegemony, but rather to present a new philosophy of peaceful harmony.

In my theory, the criterion of vital importance for the periodization is the existence of a common literary language of a civilization. Literary Chinese in East Asia, Africa, and Latin in Europe, Sanskrit in South and Southeast Asia, classical Arabic in West Africa and North Africa are four main common languages of world civilization. The existence or non-existence of "the literature of the common language of a civilization"(from now on I will call it LCLC) is the best criterion for dividing ages. Three main ages of the world literary history are "the ancient age before LCLC", "the medieval age with LCLC," and "the modern age after LCLC." Because this theory reveals the equal process of historical change, the conception of the ancient, the medieval, and the modern age acquires a universal meaning.

The ancient literature before LCLC were scattered in pluralistic units. Some of them formed large empires. But small cultural units without a written civilization did not accepted willingly the stronger's cultural hegemony because there was no universal view of humanity at that time. The ideology of the ancient age consisted of egocentricism in empires as well as in villages, in contrast with the medieval universalism.

The history of the medieval literatures is that of LCLC. The fact that the universalism of LCLC played fundamentally the same role in every ethnic unit of a civilization is common to the four main civilizations. Alongside the high stratum of LCLC, there were also the low stratum of vernacular literatures in every civilization. The same kind of dualism was found in all other aspects of medieval life. In the early medieval age the high stratum predominated over the low stratum, whereas in the late the medieval age the relation between two was reversed.

The medieval vernacular literatures became national literatures in the modern age. Universalism was replaced by nationalism. But the process of change is not so simple. In all cases, there was an age of transition from the medieval to the modern ages, that extended over several centuries. European literature interfered widely in non-European areas during this transitional period. But its impact did not bless them with gift of modern literature, but distorted the indigenous course of its formation. The struggle against the European imperialism made the Third World modernize its literature consciously with a high level of nationalism, although there remain some unsolved problems in formulating national languages.

By analyzing the relationship between the social context of language use and ideological orientations, the periods of the history of world literature can be subdivided as follows. The approximate standard dates are added.

1　Ancient literature

2　Early medieval literature, from the fifth century

3　Late medieval literature, from the thirteenth century

4　Transitional literature from medieval to modern ages, from the seventeenth century

5　Modern literature, from the late nineteenth century

What is more important is to find the typically flourishing genre of each age and the relationship between the thought patterns of its creators and social stratification. I would present only some results of such work briefly. Four outstanding examples from four civilizations are enumerated. Abbreviations are of each periods.

1 AL : the epic poetry of the proud conquering warriors: Ainu *Yukar* epic, *Mahabharata, Gilgamesh, Illias*

2 EML : the lyric poetry of the idealistic court aristocrats: Li Bai, Kalidasa, Al-Mutanabbi, Alcuin

3 LML : the philosophic poetry of the critical literati: Nguyen Trai, Kabir, Sadi, Dante

4 TL : the performing folk literature of the discontented low class: Korean pansori, Indonesian ludruk, Egyptian Hilali epic, Italian commedia dell'arte

5 ML : the novel the middle class in agony: Luxun, Premchand, Mahfuz, Thomas Mann

The social context of language use, the ideological orientation, the flourishing genre, the leading group of cultural creation, these four factors, mutually interacting, make the distinctive features of each ages, on the three levels of national, civilizational, and worldly literary histories. The whole secret of the literary history may be revealed by understanding the complex process of the interaction of these factors. We can seek precious proofs for such understanding in all neglected parts of the world. The priority of investigation can be selected according to actual situations of disclosing the secret.

We are now on the start line of an entirely new field of research which will to overcome Eurocentric prejudice and present a truly universal understanding of world literature. Literary historians and comparists of the Third World must accomplish this mission in cooperation. Each civilization and every nation in the Third World has its own special contributions to make for a philosophy of the peaceful and harmonious world. We must unite them.

토론

    이상과 같은 논의에 관해 두 차례 토론이 있었다. 첫 번째 토론은 친교 모임 설파사우회에서 했다. 일시는 2020년 8월 11일에서 12일까지 1박 2일이고, 장소는 충남 공주시 동학사 입구 동학산장이었다. 전문을 미리 보내고, 읽어와 토론하는 방식을 택했다.

    참석자는 모두 17명이었다. 장지원(충남대 교수), 윤주필(단국대 교수), 안동준(경상대 교수), 김헌선(경기대 교수), 유준필(서울대 교수), 임재해(안동대 명예교수)가 특히 적극적인 토론자로 나섰다. 토론의 요점을 아래와 같이 정리하고, 논문 수정에서 반영하기로 한다.

    일본과의 관계가 계속 소원해지는데, 이 논문에서 전개하는 논의가 왜 필요한가 하는 의문이 제기되었다. 이에 대해 몇 단계의 대답을 했다. 일본과의 관계가 언제나 소원할 수는 없다. 정치적으로는 멀더라도, 학문은 긴밀한 교류를 해야 한다. 일본과의 비교에서 학문 선진화에 관한 논의를 시작해야 관심을 끌고, 설득력을 가질 수 있다. 한·일학문 선진화 비교는 우리 학문의 진로 개척에서 결정적인 의의를 가진다.

    일본이 유럽을 추종하는 수입학에 힘쓰는 것을 따르면 영원히 뒤떨어진다. 우리는 학문하는 방향을 스스로 결정하고 보편적인 이론을 새롭게 만들어내는 창조학을 해야 일본보다 앞설 수 있는 것을, 비교고찰에서 입증한다. 보편적 이론을 창조해 한국의 학문이 일본보다 앞서는 것은 피해를 가해로 갚는 작전이 아니고, 일본도 달라져 새로운 선진

학문에 동참하지 않을 수 없다고 일깨워주는 자극이고 충고이다.

보편적 이론은 한국과 일본 양쪽에서 다 타당성을 가져야 보편적이다. 이 점을 확인하면서, 한국과 일본은 서로 필요로 하는 관계를 가지고 동아시아 학문을 다시 일으키고, 세계 학문을 혁신하기 위한 노력을 함께 해야 한다. 불행한 과거를 청산하고 일본과 함께 앞으로 나아갈 수 있는 길을 제시해야 학문을 선진화하는 보람이 있다. 가까이 있는 일본과는 화합하지 않으면서 벗을 멀리서 찾기만 하는 것은 본말전도이다.

제목을 〈한·일학문 선진화 방안 비교, 문학사를 중심으로〉이라고 한 것이 논란의 대상이 되었다. "학문 선진화"라는 표제는 너무 크고, "문학사를 중심으로"라는 부제는 너무 작아 격차가 심하지 않은가 하는 의문이 제기되었다. 이에 대해 나는 먼저 간략하게, 다음에는 심도 있게 대답했다. 작게 시작한 연구가 점차 커져서 염려하고 있는 격차가 없어진다. 부제에서 시작한 작은 작업이 표제에서 말하는 커다란 과업으로 나아간다. 이미 잘하고 있는 문학사 연구를 널리 알려, 아직 모자라는 다른 여러 학문까지 분발하도록 촉구한다.

문학사는 많은 학문의 한 분야이지만, 자국문학사 서술에서 그 나라의 학문 수준을 집약해 보여주어 각별한 의의가 있다. 나는 문학사를 전공분야로 하고 있어, 한·일학문에 관해 충실한 비교론을 전개할 수 있다. 이미 얻은 경험을 재검토하고 실적을 정리하면서 탐구의 차원을 높이고자 한다. 문학사 연구에서 시작하는 학문 선진화는 문학사의 범위를 필연적으로 넘어선다. 인문학문 전반을, 더 나아가서 학문을 총체적으로 통괄해 혁신하는 방안을 제시해야 선진화를 실질적으로 이룩하고 그 의의를 입증한다.

내 연구의 진행 과정을 두고 할 말이 있다고 했다. 문학 갈래의 이론을 전개할 때에는 갈등론을 내세워 분별을 일삼다가 이제 생극론에 근거를 두었다면서 화합을 소중하게 여기는 것은 무슨 까닭인가, 일관성이 없지 않은가 하고 물었다. 이에 대해, 논의의 대상과 시기가 달라져 변화가 나타난 것이 당연하다고 했다. 나눌 것을 나누어 말해 각론을 분명하게 하다가, 합칠 것을 합쳐 총론을 이룩하는 것이 진전된 작업이다. 학문 내부의 문제를 사회적이고 역사적인 상황과 관련시켜 다루면서, 갈등론을 넘어선 생극론으로 더 큰 그림을 그린다. 생극론이 사람들 사이의 관계에서는 대등론이 되어야 한다면서 더 나아간다.

연구의 진행에 관해 여러 논란이 있었다. '나의 학문하기'와 '함께 철학하기'는 어떤 관련이 있는가? 이것은 연구의 진행 과정에 관한 의문이다. 학문 선진화와 대등론은 어떤 관계인가? 이것은 이 연구의 도달점에 관한 의문이다. 이 둘에 관해 함께 대답한 말을 옮긴다.

'나의 학문하기'는 지금 진행하고 있는 연구 작업을 따로 지적해서 하는 말이다. 특수한 연구작업에서 일반적인 성과를 얻어 더욱 포괄적인 문제를 총체적으로 다루어 '함께 철학하기'로 나아가는 것이 연구의 목표이다. 학문 선진화를 위한 개인적인 노력이 모두 같이 할 작업의 방향이나 방법을 제시하는 데 이르러, 문학연구에서 철학으로 나아가고자 한다.

목표로 삼는 철학은 대등론이다. 상생이 상극이고 상극이 상생인 이치인 생극론이 사람들의 관계에서는 대등론이 된다. 선진국과 대등한 수준에 이르는 학문을 하는 데 그치지 않고, 사람은 누구나 지닌 창조수권을 대등하게 발현해 모든 차등을 철폐하는 대등론을 정립하고 실행하고자 한다. 세계적인 범위에서 대등론을 실현하는 대등학문을 하려고 분투한다.

수입학과 창조학이 얼마나 다른지 더욱 극명하게 말해야 하지 않는가? 이런 주장을 앞세우고, 수입학은 '빌어먹는' 학문, 창조학은 '벌어먹는' 학문이라고 하면 어떤가 하는 제안이 있었다. '빌어먹기'와 '벌어먹기'가 학문을 하는 두 길이라고 하면 아주 좋다고, 동의하고 감탄했다. 장차 이 말을 쓰기로 하고, 이 논문에서는 사용을 보류하는 것이 좋다고 판단한다. 한·일학문을 비교하면서 일본학문은 '빌어먹기'를 일삼는다고 하면 지나치기 때문이다.

위정척사를 다시 하자는 주장에 대해서 반론이 제기되었다. 위정척사를 하면 다시 변방이 되는 것이 것인가? 수구파로 돌아가 무엇을 얻겠다는 것인가? 두 사람이 각기 이런 말을 했다. 이에 대해 나는 말했다. 脫亞入歐의 반대말이 다른 무엇이 아니고 衛正斥邪이다. 양쪽의 주장은 정면으로 상반된다. 동아시아의 가치관을 버리자고 하기도 하고, 지키자고 하기도 한다. 선진 유럽을 따라야 한다고도 하고, 침략을 일삼는 유럽을 물리쳐야 한다고도 한다. 이렇게 말하는 '유럽'에는 유럽문명권의 새로운 강자 미국이 당연히 포함된다.

어느 쪽이 義로운가 가린다면, 시비가 명백하다. 탈아입구는 그르고, 위청척사가 옳다. 의로운가는 묻지 말고 利로운 것을 택해야 한다면서, 일본은 탈아입구로 득세해 그르고 옳은 것을 약하고 강한 것으로 바꾸어놓았다. 유럽 침략자의 대열에 들어서서 동아시아를 괴롭히고, 의로움을 마구 유린하고 조롱했다.

그것은 근대의 일이다. 이제 근대가 끝나고 다음 시대가 시작되려고 한다. 가장 큰 변화는 유럽이 선진의 지위를 잃고 몰락하는 것이다. 그 추종자 일본은 더욱 처참하게 무너지고 있다. 탈아입구 노선은 역사적 파산을 고했다. 그런데도 일본은 물론 유럽도 헛된 우월감을 버리지 않고 침략을 반성하거나 사죄할 생각이 없다. 시대가 달라지는 것을 부인하려고 한다.

제국주의 침략을 자행해 엄청난 불행을 가져온 죄과를 한국이나 동아시아에서 고발하는 데서 더 나아가 세계적인 범위의 심판을 일제히 해야 할 때이다. 이로운 것을 으뜸으로 여기고 약하고 강한 것을 구분하는 사고에서 벗어나, 의로운 것이 소중함을 재확인하고 그러고 옳은 것을 가려야 이제부터 할 일을 제대로 한다. 이를 위해 위정척사의 정당한 노선을 되살려야 한다. 민족의 정기나 동아시아의 가치관을 여러 문명권 공유의 正으로 확대해 극력 옹호하고, 세계 전역에서 자행된 침략세력의 죄과로 다시 규정되는 邪를 단호하게 물리쳐야 한다. 이렇게 하는 것이 근대를 넘어서서 다음 시대로 나아가는 인류 역사의 새로운 방향이다.

지난 시절 근대에는 위정척사를 선택하면 이로움을 잃어 고통을 겪고 배를 주려야 했다. 그때의 어둠이 물러나고 날이 새로 밝아, 이제는 세상이 크게 달라지고 있다. 탈아입구가 기술이나 산업에서도 퇴물이 되고 후발주자 한국이 놀라운 발전을 보여 대역전이 벌어지기 시작했다. 세계적인 범위로 확대되는 위정척사가 의로움뿐만 아니라 이로움도 지녀 한 시대를 청산하고 다음 시대를 창조하는 동력이 된다고 할 수 있게 된다.

이것은 아직 사실이 아닌 조짐이지만, 의심의 여지가 없다. 우리 한국이 조짐이 사실이게 해서, 다음 시대를 이룩하는 데 앞서달라고 사방에서 요구하고 있다. 멀지 않은 시기에 일본은 따돌림을 당하지 않으려고 따라오고, 유럽문명권 선진국이 모두 대전환에 동참하지 않을 수 없게 되리라고 예견할 수 있다.

한 가지 필수요건을 갖추면 예견이 실현된다. 그것이 학문의 선진화이다. 학문의 선진화는 선진국 수준의 학문을 하자는 것이 아니고, 낡은 선진을 밀어내고 모든 것을 새롭게 선진화하는 것이다. 세계적인 범위에서 근대를 넘어서서 다음 시대를 이룩하는 선진의 창조력을 발휘

하자는 것이다. 차등의 세계를 대등의 세계로 바꾸어놓는 것이 그 요체이다.

학문을 선진화하지 못하면, 모든 기대가 허사이다. 실수를 한다면 학자 탓인가 정부 탓인가 다투지 말자. 사태를 파악한 모든 사람이 먼저 최선을 다해야 한다.

두 번째 토론은 2021년 11월 12일 대한민국학술원에서 있었다. 요지 발표와 토론을 유튜브(조동일문화대학)에서 볼 수 있다. 지명토론자 이정복(정치학) 교수의 토론에 응답한 말을 보완해서 제시한다.

문학사에서 원리를 밝힌다고 하는데, 원리란 무엇인가? 문학사의 원리는 문학사가 어떻게 전개되는가 하는 의문에 대한 해답이며, 문학사의 시대구분에서 모습을 드러낸다. 일본에는 문학사의 시대구분이 없다. 나는 한국문학사의 시대구분을 근거로 한편으로는 동아시아문학의 시대구분으로, 세계문학사의 시대구분으로 나아가고, 다른 한편으로는 사회사의 시대구분으로, 철학사의 시대구분으로 나아가는 작업을 해왔다. 사람이 하는 창조의 총체적인 원리가 천지만물이 변천하는 총체적 원리와 다르지 않다는 것까지 밝히려고 한다. 萬物對等生克을 말하는 데까지 이른다.

학문이 예선도 있고 본선도 있는 경기인가? 학문은 한편에서 경기와 같다. 동아시아에서 벌어지는 예선에서 동아시아를 대표하는 실력을 갖춘 선수로 선발되고 본선에서 유럽문명권 정상의 학자들과 겨루어야, 승리의 가능성이 커진다. 학문은 다른 한편에서 경기와 다르다. 승패를 나누는 것보다 열띤 토론에서 합의를 도출하고 공동의 결론을 내리는 것을 더욱 바람직하게 여긴다.

정치는 차등, 문학은 대등을 지향한다고 구분할 수 있는가? 정치는 차등에서 벗어나기 어렵다. 차등을 철폐하고 평들을 실현하려고 투쟁하는 경우에도, 정치권력을 올바르게 행사한다는 지도자는 칭송을 받아야 한다고 해서 새로운 차등을 만들어낸다. 문학은 모든 차등은 부당하고 대등이 정당하다고 하는 것을 존재 의의로 삼아 왔다. 정치에 말려들어 불행하게 되는 문학도 있고, 서양에 더 많다. 동아시아에서는 道家 사상이 문학의 타락을 막는다.

자연학문에서 주도하는 학문통합론이 이미 막강한 세력을 구축하고 있지 않은가? 휩쓸려 들어가기 싫어 딴소리를 하는가? 자연학문은 가장 잘나가는 학문이므로 통합에서도 위력을 보인다고 여기는 것은 망상이다. 진실은 그 반대이다. 통합은 차등을 부정하는 대등을 원리로 해야 하고, 대등은 겉보기로는 열세인 인문학문에서 선도해야 이루어진다. 자연학문이 수리언어로 성취한 위세를 밖으로 확장하려고 하면 바로 무능이 드러난다.

인문학문은 수학 대신 철학의 언어로 이치의 근본을 밝히는 창조학을 하는 줄 모르고, 수준 미달의 일상어로 자연학문은 포용력까지 위대하다고 하면서 존경을 모으려고 하니 파탄이 심각해진다. 그런 것 가운데 하나인 'consilience'의 수입 대리점을 '統攝'이라는 기이한 상호를 내걸어 개설하고, 학문통합에 관한 논의를 이 땅 최초로 한다고 자부한다. 홍대용이나 최한기가 학문통합의 본보기를 다른 어느 곳보다 높은 수준으로 보인 것을 이어받아, 인문학문에서 주도해 학문통합을 진행한 성과를 가지고 세계 학문을 바꾸어놓으려고 하는 나라를 불모의 미개한 사막으로 여기고, 초보적인 선전을 일삼으며 품질이 의심스러운 수입품을 판매한다.

사회자 이태진(역사학) 교수가 마무리하는 말에서, 일본에는 철학이 수입품이 아닌 자기 철학은 없다고 하고, 내가 한 말을 재확인했다. "일본에는 相生의 개념이 없다"고 한 것은 새로운 진전이다. 이 사실을 확인하면서 일본의 제국주의를 분석하고 비판하는 연구를 하겠다고 하니, 기대가 크다.

마무리

일본은 내려가고 한국은 올라가, 한일 역전이 진행되고 있는 것은 이제는 널리 알려진 사실이다. 그 이유가 무엇인가에 관해서는 의견이 엇갈린다.

정치, 경제, 경영, 국민성 등 여러 영역에서 이런저런 사정을 들어 단편적이고 피상적인 해명이나 하고 말 것은 아니다. 근본적인 이유를 학문에서, 특히 철학에서 찾아야 한다.

일본의 자랑인 수입학이 경쟁력을 가지는 시대는 우울하게 저물고, 한국은 창조학의 참신한 발상으로 활기차게 일어선다. 일본은 철학이 모자라고, 한국은 철학의 나라인 전통의 차이가 그 근저에서 작용하고 있는 것도 알아야 한다.

일본은 비관에 사로잡혀 있지 말고, 동아시아의 저력을 살려 세계사를 바로잡기 위해 함께 노력하자. 한국과 일본의 장기인, 철학과 과학, 거시와 미시, 종합과 분석이 상생하면, 폭발적인 창조력이 현실로 나타난다.

사태가 여기까지 이른 것을 입증하는 토론 장면 둘을 든다. 일본의 국제일본문화연구센터에 초청되어 문학사에 대한 발표를 하고 있었던 토론은 예선이라고 할 수 있다. 네덜란드에서 열린 국제비교문학회 발표대회 폐회사에서 한 말은 결선에 해당한다.

"일본의 고대는 일본 고유의 시대이고, 중세는 중국화된 시대이고, 근대는 서양화된 시대라고 한다. 한국도 이렇다고 하면 안 되는가?" 이 질문을 받고, 먼저 반문을 했다. "일본의 중세가 중국화된 시대라면, 중국의 중세도 중국화된 시대인가? 일본의 근대가 서양화된 시대라면, 서양의 근대도 서양화된 시대인가?" 이어서 내 견해를 밝혔다.

"일본에서는 일본문학사의 특수성을 말하려고 그런 주장을 편다. 나는 한국문학사의 보편성을 밝혀, 고대는 공동문어 이전의 시대, 중세는 공동문어의 시대, 근대는 민족어를 공용어로 사용하는 시대라고 한다. 한국문학사에서 출발해 일본, 중국, 서양, 그 어느 곳도 다르지 않은 세계사 전개의 공통된 과정을 밝힌다."

네덜란드에서는 좌석을 가득 메운 유럽문명권 학자들을 향해 말했다. "오늘날 탈식민시대를 맞이해 새로운 사고를 해야 한다든가, 유럽중심주의에서 벗어나야 한다든가 하는 말을 많이 하지만, 유럽문명권 안에 들어앉아 다른 문명권에 대해서는 알지 못하면 아무 진전이 없다." 서두를 이렇게 꺼내고 논의를 진전시켰다.

"학문은 유식의 소관이고, 무식의 소관이 아니다. 한 문명권만 아는 것은 무식이고 여러 문명권을 아는 것이 유식이다. 당신네들 유럽문명권 학자들은 다른 문명권을 이해하기 위한 진지한 노력이 없다. 우리 동아시아인은 유럽문명권을 이해하기 위해 오랫동안 애썼다. 지금까지의 근대학문은 유럽문명권에서 주도했다. 이제 전환의 시기가 닥쳤다."

일본은 유럽문명권의 학문을 가져오는 수입학을 학문 선진화의 방법으로 삼고 상당한 성과를 거두었다. 우리 한국은 수입학에서 일본보다 뒤떨어진 사실을 인정하고, 따르기 위해 더욱 분발해야 한다. 이런 주장을 자주 들을 수 있으나, 타당하지 않다.

수입학은 선진국을 추종하는 학문에 지나지 않는다. 선진국과의 격차를 좁히는 데 그치고, 선진국보다 앞설 수는 없다. 학문을 선진화하려면, 새로운 연구를 스스로 개척하는 창조학을 해야 한다. 일본보다 앞서려면, 일본의 장기인 수입학을 두고 경쟁하지 말고, 일본은 잘하지 못해 버려두고 있는 창조학을 해야 한다.

일본과 한국 학문의 우열 역전이 학문의 모든 분야에서 일제히 이루어질 수는 없다. 연구비가 많이 필요하지 않고, 개인의 능력이 소중하고, 전통문화와 깊이 연결된 분야가 우열을 역전시키고 창조학의 바람직 모습을 보여주는 데 앞서는 것이 당연하다. 이런 조건을 모두 갖춘 분야가 문학사이다. 나는 문학사를 전공으로 하면서 창조학의 업적을 많이 이룩하고, 일본은 물론 다른 여러 나라에 가서 발표하고 토론하면서 학문의 역사가 달라져야 한다고 역설해왔다.

문학사학은 자국문학사 서술을 우선적인 과제로 한다. 자국문학사는 문화전통을 자랑하고 학문의 수준을 과시하는 두 가지 기능이 있어, 열심히 서술해 좋은 업적을 내놓으려고 어느 나라든지 경쟁을 한다. 일본은 유럽문명권의 전례에 따라 자국문학사를 서술하는 작업을 19세기 말에 시작해 유럽문명권 밖의 나라들 가운데 가장 앞섰다. 실증주의 방법을 수입해 자료와 사실을 정리하는 데 몰두하면서, 일분문학사의 특수성을 밝히는 데나 힘쓰고, 독자적인 방법이나 이론을 이룩하려고 하지 않았다. 규격품을 일사불란한 체계를 가지고 만들어내다가, 문학사 해체론을 받아들여 와해시키는 데 이르렀다.

일본이 창조학의 이론을 만들지 못하는 것은 철학 부재가 그 원인임을 스스로 안다. 그 때문에 유럽문명권철학을 더 열심히 수입해 학생들에게 가르쳐야 한다고 열 올려 주장하는 것은 빗나간 처방이다. 일본의 학문은 추종만 일삼아 노예의 학문이라고 질타해도 해결책이 생기지 않는다. 독창적 개인 연구를 위한 제도를 별도로 만들어 규제가 더 심해

271

졌다.

가능한 해결책은 무엇인가? 철학을 되찾아야 하는 것이다. 돌보지 않고 버린 일본철학의 유산을 특수성이 아닌 보편성을 확인해 재평가하면 길이 열린다. 한국을 비롯한 동아시아 여러 나라의 유사한 광맥을 자기 나름대로 힘써 개발해, 한국에서 하고 있는 작업과 열띤 토론을 하면 앞으로 많이 나아간다. 이렇게 하면 일본학문이 한국학문과 만나 동아시아학문을 함께 이룩하고, 세계학문을 바로잡는 작업을 공동으로 수행할 수 있다. 이를 위해 한국학문의 동향을 면밀하게 살피고 깊이 이해해야 한다.

철학계의 현황을 좀 더 자세하게 살펴보면, 한국에서도 유럽문명권 철학을 수입해다 공부하고 철학알기를 철학하기라고 착각한다고 할 수 있다. 수입이 모자라고 알기가 부족해 분발해야 할 것 같다. 다른 한편으로 한국의 전통철학은 어디다 묻어버리지 않고 꺼내놓고, 자구 풀이라도 하고 있으니, 일본만큼 암담하지는 않다. 글만 읽지 말고 뜻도 읽고, 한국철학의 특수성이 아닌 보편적 의의를 찾아, 전달의 대상이 아닌 토론거리로 삼으면 길이 열린다. 철학한다는 사람들이 헤매고 있어도 문학에서 철학읽기가 활발하게 진행되어 큰일을 하고 있다.

일본 고전문학은 철학 배제를 특징으로 하고, 신변잡기를 계절 감각을 곁들인 미문으로 그려내는 것을 장기로 삼았다. 한국에서는 인생만사에 관한 심각한 논란을 하는 작품이 풍부하게 이루어져 있어, 철학읽기를 해야 이해나 평가가 가능하다. 그런 발견을 모아 가로세로 편록해 문학사를 쓰는 행위가 철학하기로 나아가고, 이론 만들기의 성과를 거둔다. 각자 자기 문학사를 독자적으로 서술하는 논자들끼리 직접 또는 간접적으로 논쟁을 벌이면서 철학을 창조하고 이론을 발전시키는 작업이 열기를 띠었다.

그런 일을 편안하게 앉아서 하면 사치스러운 관념으로 기울어질 수도 있는데, 모진 억압을 받으면서 식민지 통치를 견디고, 해방투쟁을 위한 학문의 과업을 수행해야 했으므로 염려할 만한 일이 생길 수 없었다. 처음 쓴 문학사가 '自覺論' 서설이라고 했다. 자각은 무엇이며, 어떻게 해야 하는가, 어떻게 논의해야 하는가? 처음부터 철학을 하지 않을 수 없었다. 식민지통치를 받는 어려운 시기에 민족의식의 자각을 위한 문학사를 탐구해야 했으므로, 문학을 자료나 사실로 이해하지 않고 정신의 구현임을 밝히는 방향으로 나아가야 했다.

문학사는 민족정신의 통일과 분열을 말해주는 총체적인 의의를 가진다고 해야 하는가, 개개의 작품에 대한 실증적 연구가 소중한가 하는 논란이, 理一이냐 分殊냐 하는 철학의 전통과 잠재적인 관련을 가지고 전개되었다. 이 논란을 氣一分殊의 관점에서 해결해, 총체는 둘로 나누어진 개체들의 대립 이외의 다른 무엇이 아니고, 둘은 相生이 相克이고 상극이 상생인 생극의 관계를 가지고 운동하고 변화한다는 생극론의 철학을 문학사 서술에서 도출하고 정립했다.

구비문학에서 시작된 문학이 공동문어문학인 한문학을 받아들여 생극의 관계를 가지고 국문문학을 산출한 것이, 문학사 전개의 전체적인 모습이다. 자아와 세계가 생극의 관계를 가지고 빚어낸 문학 갈래가 시대적 여건에 따라 부침한 데서 문학사의 내부를 파악할 수 있다. 구비문학만 있던 고대, 공동문어문학의 시대인 중세, 공동문어문학이 청산된 근대가 크게 구분된다. 세계의 자아화인 서정시가 두드러진 구실을 한 중세전기와 자아의 세계화인 교술시가 서정시와 맞서던 중세후기, 자아와 세계의 대결인 소설이 등장한 중세에서 근대로의 이행기로 시대가 다시 구분된다. 이런 논의를 치밀하고 자세하게 전개했다.

한국문학사 서술에서 도출하고 정립한 이론을 적용해, 동아시아문학사를 통괄해서 서술하는 최초의 시도를 했다. 공동문어문학과 민족어문학의 관련 양상이 어느 문명권에서나 다르지 않다는 것을 확인하고 세계문학사 서술로 나아가는 길을 열었다. 유럽중심주의의 과오가 두드러지게 나타나 있는 세계문학사 서술을 비판하고, 다른 여러 문명권, 많은 민족의 문학이 모두 대등한 의의를 가진다고 하는 데 그치지 않고, 문학사 전개의 공통된 과정을 밝혀내, 거시적인 관점에서는 세계문학사가 하나임을 입증하는 데 이르렀다.

이런 연구 성과는 문학사론에 국한된 의의를 가지지 않는다. 한국문학사에서 시작해 동아시아문학사를 거쳐 세계문학사로 나아가는 것과 함께, 문학연구가 철학을 근간으로 하는 인문학문을 혁신하고, 사회학문이나 자연학문까지 포괄한 학문총론을 정립하는 데까지 나아가고 있다. 이것이 학문 선진화의 최종 과제이고 성과이다. 유럽문명권에서는 하지 못하는 일을 하면서, 근대를 넘어서서 다음 시대로 나아가는 각성을 촉구한다.

각성을 촉구하는 철학의 요체는 생극론이다. 생극론이 사람들 사이의 관계에서는 대등론이 된다. 생극론은 관념론을 타파하고, 변증법의 편향성을 시정한다. 대등론은 차등론의 잘못을 바로잡아야 한다. 생극론이나 대등론은 한국 특유의 또는 고유의 사고방식이 아니고, 동아시아문명이 심층에 간직해온 공동의 유산이다. 동아시아 모든 나라가 일제히 자랑스럽게 여겨야 할 대등론이, 정치형태나 사회구조에 억압이나 기만이 끼어들면 퇴색되거나 망각된다. 한국은 이웃들보다 더욱 민주적이고, 진솔한 나라서 대등의식이 온전하게 살아 있다. 이 때문에 다른 나라를 낮추어본다면, 이것은 대등론을 차등론으로 변질시키는 자살이므로 크게 경계해야 한다. 다른 나라에서도 대등론이 깨어날 수 있게 몸을 최대한 낮추어 도와주어야 한다.

차등론은 세계 도처에 있다. 비판이 거듭되어도, 강자에게 계속 필요하므로 완강하게 남아 있다. 차등론뿐만 아니라, 이에 맞서는 대등론도 어디에나 있는 인류 공통의 사고방식이다. 유럽문명권 같은 곳에서는 하느님과 사람의 차등을 교리로 한 종교가 득세해 대등론을 잠재웠다. 이에 대한 반론을 하느님이 평등론을 내려준다는 주장으로 제기해 혼란을 확대하고 있다. 동아시아가 앞에 나서서 이 혼란을 걷어내고 대등론을 소생시켜야 하는 임무를 지니고 있다.

지금 유럽문명과 동아시아문명의 우열이 역전되고, 동아시아문명이 유럽문명을 대신해 우위를 차지하는 사태가 벌어진다고 여기는 것도 착각이며, 아주 해로운 발상이다. 유럽문명이 자랑하는 차등론을 동아시아문명이 대등론을 제시해 무너뜨리면서, 우열을 역전시키고 부정하는 과업을 수행한다. 인류가 모두 대등론에 입각해 행복을 누리고 각자의 창조주권을 발현하는 시대를 만들어야 한다. 이것이 근대를 넘어서서 다음 시대로 나아가는 지표이다.

거대이론은 소용없게 되었다는 것은 물러나는 쪽에서 으레 하는 말이다. 새 시대를 바람직하게 창조하려면, 포괄하는 범위가 아주 넓고 타당성이 뛰어난 역사철학이 있어야 한다. 萬人對等生克이 萬生對等生克이고 萬物對等生克이라고 해야 한다. 이에 대한 논의는 여기서 할 수 없어 과제로 남긴다.